既然春风留不住

魏一言 著

长江出版传媒 长江文艺出版社

图书在版编目（CIP）数据

既然春风留不住 / 魏一言著. -- 武汉 : 长江文艺出版社, 2025. 6.(2025. 8 重印) -- ISBN 978-7-5702-3951-1

Ⅰ. I247.5

中国国家版本馆 CIP 数据核字第 2025480E8S 号

既然春风留不住
JIRAN CHUNFENG LIUBUZHU

责任编辑：姜 晶　　　　　　责任校对：程华清
封面设计：胡冰倩　　　　　　责任印制：邱 莉 韩 燕

出版：长江出版传媒　长江文艺出版社
地址：武汉市雄楚大街 268 号　　邮编：430070
发行：长江文艺出版社
http://www.cjlap.com
印刷：中印南方印刷有限公司

开本：880 毫米×1230 毫米　1/32　　印张：9.875
版次：2025 年 6 月第 1 版　　　2025 年 8 月第 2 次印刷
字数：207 千字

定价：48.00 元

版权所有，盗版必究（举报电话：027-87679308　87679310）
（图书出现印装问题，本社负责调换）

目 录

CONTENTS

第 1 章　　6 年不见，你还好吗？/ 001

第 2 章　　马上年审了，很缺人呐 / 012

第 3 章　　第一次思考工作的意义 / 019

第 4 章　　消耗或成长，一念之差 / 026

第 5 章　　基金经理的异常交易 / 032

第 6 章　　很淡很淡的爱与恨 / 041

第 7 章　　战战兢兢，如履薄冰 / 050

第 8 章　　我想要的不是钱，是尊重 / 058

第 9 章　　200 多份函证 / 063

第 10 章　　何必如此勤勉尽责？/ 068

第 11 章　　无脑听领导话的下场 / 078

第 12 章　　人性面前，内幕永远无法杜绝 / 083

第 13 章　　药材盘点里的猫腻 / 092

第 14 章	风吹哪边散哪边 / 101
第 15 章	做水，而非玻璃 / 107
第 16 章	工作和生活浑然一体 / 118
第 17 章	成年人的世界没有童话 / 126
第 18 章	聪明人不会将自己置于窘境 / 135
第 19 章	人生辽阔，不止爱恨 / 140
第 20 章	覆灭，多少灯火楼台 / 146
第 21 章	挨打的业主夫妇 / 155
第 22 章	重点是处理好和客户的关系！/ 165
第 23 章	穿越人海，向你奔来 / 175
第 24 章	被辜负的同情心 / 182
第 25 章	不要相信人，相信人性 / 188
第 26 章	拥有一颗强大心脏的重要性 / 193
第 27 章	职场中的脆弱友谊 / 200
第 28 章	林州医药，以这种方式重逢 / 205
第 29 章	凡事用数据说话 / 212
第 30 章	不打没有准备的仗 / 218
第 31 章	企业破产法的温度 / 225
第 32 章	真正的相遇，是灵魂的相遇 / 230
第 33 章	前所未有的使命感 / 239
第 34 章	筵席散尽，她才是我爸爸的女儿 / 246

第 35 章	你密不透风的世界 / 254
第 36 章	置之死地而后生 / 262
第 37 章	一场特殊的谈判 / 272
第 38 章	泥潭，和摘不到的星星 / 281
第 39 章	生而为人，只为活着 / 289
第 40 章	我要有能做我自己的自由 / 298

后　　记　人生，不是轨道，而是旷野 / 306

第1章

6年不见,你还好吗?

如果问上海的打工人,上海的地标是什么,那么他们脱口而出的一定不是东方明珠,也不是外滩。那是给旅游者准备的上海,尽管拥挤和过分紧张的节奏让来上海旅游的人们其实感受不到本该属于沿海城市的闲适。海风并不温柔,甚至常常给人沁入骨髓的冷意。打工人眼中的上海地标是陆家嘴无比形象的"厨房三件套"——上海环球金融中心、金茂大厦和上海中心。偶尔有薄雾,这三座建筑的顶部都会隐入云雾之中,给人高不见顶的错觉。

在这三个显著的地标脚下,错落林立着一批上海乃至全中国最顶尖的金融企业,也挤满了一批优秀的年轻人。每年毕业季,源源不断、新鲜优质的血液涌入这座城市,让上海始终保持蓬勃的生机。这生机的背后,当然是汗水和泪水,是无数间凌晨时分还亮着灯的办公室,是金光闪烁的学历,以及遍地谈笑风生后藏得极为稳妥的酸楚。

林知夏和另外6个同事一起,在上海市中心高层的一间会议室内,围着中间的大方桌坐着。会议室里灯光昏暗,6块长方形的大玻璃填满墙面,组成了桌旁巨大的落地窗。窗外,密密麻麻的雨滴和水雾笼罩了视线可及的一切楼宇,楼宇便也显得昏黄甚至于有些陈旧了。她任眼泪在眼眶里打着转,只盯着窗玻璃外侧斜斜滚落的一粒粒水滴。水滴忽快、忽慢地划过玻璃,交织又分离,拖出长长的流星般的尾巴,落下,倏忽消失,不知滚落在陆家嘴的哪个角落,像极了他们的命运。

一拨一拨地来,一拨一拨地走,风一吹就不知零落到了哪里。

入职短短两周,她已记不清这是第几次"犯事儿"。这次出丑,不只当着4个同事,更当着她6年未见的前男友。

5分钟前。

"是外部审计的老师们吗?"会议室门没关,男人在门口侧身敲了敲门。会议室里的5个人纷纷抬头看向30岁模样的男人。男人分明平淡的五官组合在一起,却有种协调与温润。他深色西装下的身形瘦削挺拔,极窄的双眼皮下,一双皓目格外有神,透着鹰一般的锐利锋芒。

"是的,我是贵司的外审负责人,有什么需要帮忙的吗?"觉得男人有些眼熟,生怕是什么重要人物,身为项目负责人的高级审计师刘佳宁一边站了起来,一边在大脑中疯狂搜索着这男人的身份。

"我是徐海宁。你们发了一份分红测试的审计需求邮件给我,什么情况?"徐海宁扫了会议室诸人一圈,眼神倏地停在了林知夏身上。女孩长长的马尾辫已经放了下来,披在肩上,发尾微卷,如同黑色的绸带；薄薄的刘海不见了，露出光洁的额头；巴掌大的小脸上，五官却是偏立体的——高挺的鼻、深邃的眼、弯月般的眉。饶是林知夏看起来相较中学时代成熟不少，徐海宁仍是一眼就认出了她来。

直至两人眼神交会了几秒，林知夏才反应过来，放大的瞳孔慢慢收缩回来。她慌乱地低下了头，一时之间心中又痛又乱，毫无章法。

"您……基金经理徐老师？"刘佳宁不可置信地道。徐海宁的形象和名字在她心里模模糊糊对上了号。没记错的话，徐海宁的照片就挂在成远基金进门后右手边的墙壁上，右边是大大的几个黑色粗体字：本年度明星基金经理简介。

难怪眼熟。

基金经理？！会议室里几人都错愕地盯着徐海宁打量。作为基金公司外部审计团队，他们打交道的多是中后台员工，平时很少直接接触到基金经理。不过公募基金[①]的基金经理是什么分量，他们这些从事金融服务业的专业人员最清楚不过，那可是金融行业鄙视链最顶端的人！

"嗯，路过，顺便问一下。"

刘佳宁锐利的目光射向坐在窗边神色异样的林知夏："是你提的吧？怎么回事？"

林知夏眼神从徐海宁身上挪到了刘佳宁身上。她僵硬地点点

[①] 公募基金：一种面向社会大众公开募集资金，投资于股票、债券等证券的金融工具。它们受到严格的监管，要求高度的信息透明度，并且投资门槛较低，适合各类投资者。

003

头,声音有些抖:"邮箱是您上次跟我说的,您好像……好像说徐老师是成远基金登记清算部的老师。"

她那天听到的明明就是"徐海宁"这3个字,还以为是个同名同姓的巧合。

两年前最后一次和徐海璎聊天,林知夏听说过徐海宁成了一名基金经理,可她没接徐海璎的话茬细问,更不知是哪家基金。

早知道就问一下了……心里说不出的懊恼。这下可好,徐海宁一定以为她是故意的。如果易地而处,她自己也很难相信这会是个失误。

"好像?"听到林知夏无力的"辩解",刘佳宁瞪她一眼,语气冰冷,"我说的是许海玲,邮箱后缀倒数第四个字母是L,不是N。"

同事们看起来若无其事地对着电脑工作,余光却连连往林知夏脸上瞥,见她脸色变红又变白。林知夏轻声道:"对不起。"

"徐老师,是我们发错邮箱了,实在不好意思。"刘佳宁将责怪的目光从林知夏身上挪开,充满歉意地看向徐海宁。

"没事。"徐海宁匆匆离开。

徐海宁走后,会议室里躁动了起来。刘佳宁舒了口气,坐下,一脸惊魂未定。

"碰到这种奇奇怪怪的邮件不是应该直接无视吗?堂堂一个基金经理,还亲自跑来问,也不知道该说这基金经理是态度严谨,还是工作量不饱和。"陈欣云笑道。

贺嘉瑞也从好戏中缓过神来:"你有点东西啊,需求提给基金经理。"他把小眼睛眯起来,在林知夏没有一丝血色的精致的脸庞上来回打量,目光隐含了几分探究,"也就你是个美女才敢这样,要是发邮件的人换成我这糙汉,这基金经理可能就要去投诉我司咯!"除了他话里十足的讽刺意味,在场所有人都读出了他的言外之意。

林知夏不想理会贺嘉瑞,但想到他比自己早入职一年,职级高自己一级,虽然瑞尔菲格并没有"官大一级压死人"的风气,但作为新人总有许多需要前辈带的地方,为了自己以后工作方便,还是不能轻易得罪前辈,只好敷衍地扯了扯嘴角,露出一抹不算自然的笑,说:"我不是故意的。"

刘佳宁倒是什么都没再说,可林知夏心里难受极了。这样的低级错误确实不该犯,更何况还是当着徐海宁的面。这样的重逢,当真是令人难堪不已。她坐在电脑桌前,侧头看着窗外,同事们噼里啪啦打字的声音比任何时候都更加响亮。林知夏心里始终乱糟糟的,怎么都难以进入工作状态,视线不知怎么竟也渐渐模糊。她端起水杯,走出了会议室。

到了茶水间,推门进去,她把杯子里的水倒在水池里,漫不经心地从台面上齐齐整整的盒子里拿了几个菊花苞扔进水杯。她正要接开水,茶水间的门再一次被推开。

"小夏,6年不见,你还好吗?"熟悉的声音从背后响起,清冷却温和。

林知夏撇过头,轻轻"嗯"了一声,不想让他看到自己湿漉漉的眼眶。

徐海宁儒雅地微笑着,从他的脸上看不出什么情绪来,只有密不透风的神情,以及漫无边际的温和。

他说:"没想到再一次见到你会是在这里,早上看到邮件,我还以为是巧合。"

所以就当着那么多同事面让她陷入难堪？况且，本来就是巧合好嘛，自作多情。

林知夏自顾自地继续接开水："我发邮件时不知道是你。"

"嗯。"徐海宁垂眸轻笑，明显不信，却也没再多说，转而问道，"你是刚工作吧？怎么没去博纳的税务线？"

瑞尔菲格会计师事务所、博纳法第斯会计师事务所和成济会计师事务所是闻名世界的三大头部会计师事务所，垄断了全球90%以上上市公司的审计业务。瑞尔菲格的审计和财务咨询业务独占鳌头，博纳法第斯的税务则是全球第一。

徐海宁之所以这样问林知夏，撇去其他原因不说，是因为以他个人的观点，在当前的政策环境下，税务人才缺口大、机会多，且博纳的税务本身就比瑞尔菲格的审计和财务咨询更有前景也更轻松，从某种意义上，其实比审计更适合女生。

"我为什么要去博纳的税务线？"

难道他知道……林知夏蓦地抬头，却从他的双目中看不出任何异常。

徐海宁回避了她的问题："我记得你高中时候信誓旦旦地说过，需要一份有意义的、能实现你理想的工作。这份工作意义在哪里？再说，你是金融组吧？"

徐海宁嘴角温润的笑意在提起"金融组"的时候，变得有些耐人寻味。

金融组诚然是事务所里最挣钱的组，就拿去年来说，瑞尔菲格的上海金融组创造了上海事务所分所一半以上的营收。林知夏所在的是金融组内细分的公募基金组，客户大多是公募基金公司，这又是金融组内数一数二的能挣钱的组。然而，挣钱归挣钱，相比其他组来说，金融组对想跳槽的员工来说十分不友好。他们所审计的金融行业内的譬如银行、公募基金、保险公司一类的金融公司，比起其他诸如高科技行业、奢侈品行业等等的上市公司，账务都相对简单和固定，很多重要科目金融公司并不涉及，财务风险也相对较小。因此，从金融组出来的人，财务能力并不能获得充分认可。

"不要觉得只有你这种看起来高大上的基金经理的工作才有意义，我的工作当然也有它的价值。"林知夏不服。

"比如？"这孩子气的话让徐海宁看着她的眼神里带上了一丝笑意，徐海宁像看一个小女孩一样看着林知夏。

"我们通过审计可以提高财务报表的真实性，增加财务报表预期使用者对报表的信赖程度，还……"

看林知夏一板一眼认真作答的样子，像是中学生在回答一道考试题，徐海宁忍不住想笑。以他的眼界与专业性，他实在说不出好听附和的话来，哪怕是哄小孩他也做不来。徐海宁打断了她："你别背诵 CPA[①] 审计教材了。是甲方付钱聘请你们去证实财务报表的真实性，你对你们工作的定位看来还不够清晰嘛。"语气不自觉带上了几分犀利。

"我们起的是经济监督的作用，如果他们财务造假，我们审计出来就可以避免投资者盲目投资。"林知夏知自己初入职场，对工作认识仍懵懂稚嫩，可徐海宁话里所隐含的轻蔑让她并不服气。

---

① CPA：注册会计师（Certified Public Accountant），是指通过注册会计师全国统一考试并取得证书的专业资格人员。

看林知夏一副妥妥的职场小白的样子，徐海宁决定还是耐心地跟她解释一下："甲方是你们提供服务的对象，不是负责监督的对象，监督是证监会或银保监会的职责；而乙方，永远是乙方。"他意味深长地说道，"别人付钱给你，你负责把财务报告做得无限接近他们想要的样子。至于具体怎么操作，还需要你未来在实践中慢慢领悟。"

"什么叫把财务报告做成他们想要的样子？财务数据不能作假！就像我们瑞尔菲格的名字'RealFigure'，真实的数字，真实是一切的根源。"在义正词严的表达后，林知夏的心里其实也因为不了解而有些心虚。

"哈哈，虚假的真实。"徐海宁眯起眼睛，从喉咙深处发出了一声笑。

"什么意思？"

"什么是真，什么又是假？看到的数字、算出来的数字就一定是真的吗？"徐海宁看着她，露出一丝玩味的笑意。

林知夏一下子被问蒙了。反反复复，这问题在她脑海中回荡。

"再做几年你就明白了。"沉默半晌，徐海宁又道。

尽管从徐海宁含笑又淡然的神情中并未感受到任何一丝的恶意与讥讽，林知夏仍是气结，她反问："那你的工作又有什么意义？帮投资人挣钱，靠着收管理费[①]挣钱？"

[①] 管理费："基金产品管理费"是基金管理人因提供基金管理服务而向基金资产收取的费用。这笔费用用于支付基金的日常运营成本，包括管理团队的工资、研究分析、交易执行、系统维护等开支。管理费通常按照基金资产净值的一定比例计算，并在基金的定期净值计算中扣除。

"谁都希望自己能生活得更好，为了钱和地位，有错吗？"

林知夏语塞。看着徐海宁平静的神情，她有些无奈又自嘲地笑了："熟悉的感觉呐。也是，你一直都是个现实主义者。"

"哦？如果你怀揣奉献精神的理想，很显然，你来错了圈子。能在这里遇见你，我还以为你从高中时的梦里醒来了。没想到，没怎么变。"中学时代，林知夏就总是说着一些在他看来不着边际的话，那时林知夏16岁，他只当她天真。可现在，他已经临近而立之年，而她也步入职场，早不应是个可以天真的孩子了。

"不是的。"林知夏不认同他的想法，却组织不好语言，不知如何反驳。见徐海宁仍是一副从容自得的样子，她从头到脚都渗出一股无力与悲哀之感。

"你也没怎么变。"她又低低地说道。

徐海宁看着她，敛去眼里惯性的锋芒，温声说道："4月前你们工作强度都很大，注意身体。"

离开茶水间的时候，林知夏憋着一肚子的气，气自己无论是6年前还是现在，总能被徐海宁春风化雨般的说辞怼得无话可说。

徐海宁，她初中最好的朋友兼同桌徐海璎的哥哥，也是她暗恋了一年又恋爱了一年多的初恋。喜欢上徐海宁的理由可爱而简单，徐海宁是她当时见过的学习最好的男生。十五六岁时的她，天真得只喜欢学习好的男生。

6年前，她的第一次恋爱也是结束在这样一个稀松平常的雨天。没有第三者，没有争吵，没有性格不合。她被相恋一年多的男友放弃的原因，仅仅是因为不够优秀。论据也极为简单，是她新鲜出炉的高二期末考试成绩。这有几分难以言说的可笑。

"教你教累了,我想要一个可以和我并肩的女生。

"仅仅是长得漂亮对我来说意义不大。我的另一半要听得懂我说的话,和我在同一个世界和频道。你看看你这次期中考试的成绩,年级139名,这样下去,别说985的大学,你连211的大学都不一定能考上。"

说分手的话时,他的语调和神情仍是如此温和,仿佛一年多的恋爱岁月不过是在解一道数学题,这道数学题在她看似与985学校无缘之际,终于有了正确的答案。

林知夏蜷在角落,听着徐海宁的话,张了张嘴,什么反驳的话都说不出来。她黯然低头,把头埋进了圈起来的手臂里,眼泪止不住地从脸上滑落,衣袖一片斑驳。她可真没出息,居然连反驳的勇气和力量都没有——明明很想大声质问,成绩就代表一切吗?可是,唔,一点底气都没有。是啊,他在P大管理学院,而自己拼命学习,高二期末考试的成绩却只是年级139名。往年,他们学校一本的人数是200人左右,以她期末的排名推算一下,确实连211大学都考不上。且他们相差5岁,她天资平平,不仅考不上P大,更追不上他5年以来积累的阅历。她怎么能是他想要的并肩前行的伴侣呢?

可,初中时看的电视剧里不是经常上演学霸喜欢上笨乎乎但可可爱爱的女孩子吗?怎么在她这里就不管用了?那时她还蠢得要死,怎么想都想不通。

那年,林知夏固然是受伤的,极其受伤的。

可她,甚至可能连徐海宁自己都没有想到,那年少年拿着成绩单时口中射出的利箭,贯穿了林知夏整整6年的岁月,在今天仍然刺痛着她。尤其是看到他作为一个意气风发、成功的基金经理，站在她面前侃侃而谈，没有居高临下的傲慢，有的只是平淡从容的时候，林知夏有一瞬间觉得泄气极了。

那口气，憋在胸中，6年不散。且她绝望地以为，无论她多么努力，那口气再也难以散开。

第 2 章

马上年审了,很缺人呐

走到会议室门口的时候,林知夏听里面正有声音在议论——

"你们说她到底是不是故意的?"陈欣云带着笑意的声音从会议室里传来。

"谁说不是呢。看到那个基金经理看她的眼神没?谁让人家有姿色有资本,借此机会接近一下这个徐海宁,要是钓到个金龟婿,岂不是赚大了。"贺嘉瑞压低了声音直笑,"不过,目前我没跟她接触过,她能力是不是不太行?"

"她入职没多久吧。上个项目她是和小乔老师一起做的,成远好像是她第二个项目。我听小乔老师说起过她,当时让她帮忙拉一把表,抓下每只产品管理费的期末余额①,700 多个产品。你猜猜

---

① 期末余额:这是指在会计期间结束时,某一账户的剩余金额。它反映了该会计期间内所有交易和调整后最终的财务状况,是编制财务报表时的重要数据,常用于资产负债表中。

她咋抓的？"

"抓串行了？"贺嘉瑞问道。串行是他们公募基金组最常见的错误。

"哈哈，你把她想厉害了哦，她一个个用肉眼对呢！小乔老师搁一边儿直接看呆了，问了一下才知道她完全不会用 Excel 函数，什么 V-lookup、Sum-ifs 这些最常用的函数，她居然一个都不会。"

贺嘉瑞先是一愣，沉默几秒，爆发出响亮的笑声："肉眼对 700 多个？'Eye-lookup'吗？哈哈哈……哎呀妈呀，我真笑得肚子疼。"

"哎呀你接着听我说，还没完呢。"陈欣云绘声绘色地接着描述道，"小乔老师那天教了她整整 3 个多小时 Excel 函数、审计流程、公司内网怎么使用等这些最最基本的常识。结果你猜怎么着？她走的时候还一脸无辜地问小乔老师，今天九点回去算加班吗？有加班费吗？小乔老师一口气没上来，差点没气死，一个劲儿跟我吐槽，现在这些小朋友可真是不得了。"

"前几天她打印盖章也很不靠谱，盖的章全是糊的，害得我自己重新盖了一遍。"陈欣云又补了一刀。

刘佳宁和与林知夏同职级的李子欢一言不发，听贺嘉瑞、陈欣云二人你来我往地聊着。

"牛人，她啥学校的啊？"

"听说是法国某名校留学回来的，能进我司嘛，学校肯定不差啊。"

"我怎么听说欧洲的学校水分都很大，本科就 3 年。你们品品……"

林知夏捂着胸口面红耳赤地僵在门口。她快要被气炸了，铺天盖地的难堪涌入她全身每一个毛孔。昨天她听陈欣云和贺嘉瑞吐槽别人，当时还在心里默默同情那个被他们吐槽的同事，今天就轮到了她自己。

"行了，有什么好说的？干活吧。小朋友不都是从一无所知过来的，你们当初又能好多少。"没想到替她说话的竟然是向来对她冷冷淡淡的刘佳宁。

刘佳宁打断了几人的议论，空气安静了下来。看着刘佳宁的背影，林知夏内心的褶皱稍稍被抚平了一些。天知道孤立无援、被群起攻之的时候，有个人能替自己说句话，是多么让她想落泪。尽管瑞尔菲格管第一年入职的同事为"小朋友"，尽管她知道自己已经不再是小朋友了，听到刘佳宁这样称呼自己，她还是感到温暖，以及莫名地安全。

在原地站了3分钟，想到堆积如山的无脑工作，林知夏终是咬牙把所有情绪吞了下去。平复好心绪后，她什么都没听到似的走了进去，神色如常。

林知夏正式上班已有两周，但她其实还没正式毕业。

1月21日，是的，她的毕业时间极其尴尬。去年11月份，林知夏参加了几轮瑞尔菲格专门针对留学生的面试，顺利拿到了录取通知书。她本以为会和其他国内秋招生一样在次年8月入职，11月底，人事竟打电话问她能不能提前入职。

"马上年审了，很缺人呐……"电话里年轻 HR 的声音也十分无奈。

"可是我还没毕业哎，真的可以吗？"

林知夏想的其实是她本科毕业论文还没写完呢。听说会计师事务所年审工作强度很大，边工作边写论文？捂住脑门，她已经开始发晕了。

那头 HR 倒是丝毫觉察不到她的尴尬，欢快地说道："没问题的！你只要入职 6 个月内顺利拿到毕业证，然后把毕业证和教育部留学认证证明发给我们就可以。"

"呃……好。"内心激烈交战了 10 秒。最终，生怕自己拒绝之后会被瑞尔菲格拉黑，继而影响到入职，林知夏咬咬牙答应了。

作为留学生——还未毕业的留学生，她拥有两次秋招的机会。可是这几年来，据林知夏自己的观察，每一年都是就业压力最大的一年。她一向有些谨小慎微，不由得想：谁又知道明年这时候找的工作会是什么样，还进不进得来瑞尔菲格。她虽是名校毕业，却毕竟不是硕博，只是本科，又因法语专业的限制，没拿到什么理想的录用通知。林知夏不愿去和很多本科同学一样从事翻译工作。学了 3 年法语后，她只想将法语作为附加技能而非职业。

林知夏很快就和瑞尔菲格签了劳动合同，瑞尔菲格给她开出的薪酬是每月 12000 元人民币，无年终奖。根据她在网上了解到的信息，10 年前，瑞尔菲格给刚入职的新员工开出的月薪就接近 10000 元人民币，那时候外资企业待遇还很好的。十年过去，薪酬只涨了 2000 元。林知夏看着合同上的薪酬数目，眉头拧成了麻花状。

好在她明白，衡量一份工作好坏的依据并不仅仅是薪酬，瑞尔菲格毕竟是全球前三的会计师事务所，培养出不少人才。林知夏还是想趁年轻，以学习知识、积累经验为主。这三家会计师事务所可都是出了名的财会界"黄埔军校"，这也是瑞尔菲格薪酬不高，却还是能吸引一批一批名校生蜂拥而至的原因。

当然，说实在的，主要也是因为她没有更好的选择。

公司的入职培训为期两周。培训期间，林知夏了解到瑞尔菲格的职业晋升体系涵盖从第一年的初级审计师（Associate Year 1，简称 A1）至合伙人（Partner）的全流程。新入职员工均需从最基础的 A1 开始做起，根据公司制度，若无特殊情况，每年可晋升一级。

根据该体系，初级审计师（Associate）分为 A1（Associate Year 1）和 A2（Associate Year 2），2 个职级；高级审计师（Senior Associate）分为 S1（Senior Associate Year 1）、S2（Senior Associate Year 2）、S3（Senior Associate Year 3），3 个职级。若无意外，员工完成 5 年晋升流程后可升至经理（Manager），经理则划分为 M1（Manager Year 1）、M2（Manager Year 2）、M3（Manager Year 3），3 个职级。后续表现优异者可晋升为高级经理（Senior Manager），最终成为合伙人（Partner）。

林知夏知道，无论是合伙人、高级经理、经理还是高级审计师，这些都不应该是目前身为菜鸟的她有资格去考虑的事情，她只要挺过这个迎面而来的年审就是英雄了。可是，看着培训老师对着 PPT 上呈指数上升的升职图标侃侃而谈，看着周围一起入职的新同事眼里的坚定神采，林知夏心里难免涌起了一股让她觉得有些羞耻的期待。

其实，也就十几年。

其实，也没那么遥不可及。

那时的她当然明白不了这十几年意味着多少风霜雨雪。她只是心里偷偷地想着，想着想着又觉得有些不好意思，晃晃脑袋，转移了思绪。

林知夏是这批入职的人里年龄偏小的，法国本科只有3年，因而她刚满22岁。当秦漫——林知夏在培训班里认识的新朋友，知道自己比林知夏大了整整4岁时，脸上显着一副深受打击的神情："天哪，你好年轻！我在国内读的书，就已经比你慢了，又在别家事务所的其他组干了快两年，本来应该升高级审计师的，但是瑞尔菲格评估了我之前的工作内容，让我从A1重新开始。"秦漫叹了口气，眼神里是以林知夏的阅历还读不懂的落寞与不甘。

秦漫长着一张偏圆的幼态的脸，五官小小的，皮肤白且细腻，清纯的长相让她看起来有种天然的稚嫩。五官偏娇艳风格的林知夏，心里其实很羡慕秦漫身上这种清纯感。事实上，两人站在一起时，林知夏才是那个更为吸睛的美人——精致的小脸，立体明艳的五官，生动的大眼，又浓又弯的睫毛，挺拔而俏丽的鼻，无须涂口红正常状态下也都呈现出粉红色的嘴唇，嫩得掐得出水来的皮肤，以及相当凹凸有致的身材。可林知夏一向不是个自信的女孩。

培训进行到一半时，众人接到分组通知。林知夏被分到公募基金组，秦漫则被分到了破产管理组。秦漫唉声叹气，好不容易交到一个好朋友，两人却不在一个组。林知夏倒觉得没什么好遗憾的。如果工作交集太多，难免产生利益冲突，且她们还是平级，一旦有了利益冲突，友谊恐怕也会灰飞烟灭。

培训期间，林知夏大多时候都忙于赶写毕业论文。好在秦漫人挺仗义，每个测评的答案都会借给她来抄一抄，她也无须多认真地听培训。

兴许是林知夏性格率直，认识不过一周，秦漫便大大咧咧什么都同林知夏讲，譬如她那曾经因为一段失败的感情而离开前公司的往事。据秦漫说，她在另一家会计师事务所就职时和项目组同事陷入恋爱。在这段恋爱关系意外曝光后，为了不影响工作，她决定来到这里重新开始。

在他们这种外资事务所，谈恋爱按道理不需要离职，林知夏在困惑之余也十分感慨秦漫为了爱情做出的牺牲。反转发生在两周培训结束后七八个新同事约的散伙酒局上。林知夏去这酒局单纯是为了和新结识的朋友聊天。她只点了杯果汁，秦漫却喝了太多太多的酒，多到拉着林知夏说起了胡话。

"我爱他，我崇拜他，那个天天待在家里的老女人知道他在职场里的魅力吗？逼我离职了又能怎么样？是我的，还是我的。"她咬着唇，迷离的眼神中有着一股狠劲。

充满酒气的寥寥几句话，让林知夏感觉五雷轰顶并僵在原地。原来秦漫这个所谓的男朋友有家室，听起来恐怕还位高权重。

这样的故事，林知夏比谁都熟悉。

可……秦漫？这两周来，林知夏对秦漫的印象是聪明、性格好、长得又清新好看。这样的女孩子为什么要去做小三？林知夏心中不是滋味。但那晚秦漫一脸固执的模样给她留下了深刻的印象，她识趣地没去多管闲事。

培训结束，12月中旬，几人去了各自的项目组。秦漫好像并不记得自己喝多时说错了话，她试探着问过林知夏，林知夏只说自己那晚头晕，酒吧又吵，实在记不清。这事儿便过去了。

第 3 章
第一次思考工作的意义

对会计师事务所来说，每年12月31日过后——也就是能够获取到1月1日到12月31日完整的财务数据后，该年度的审计工作便可以开始了。证监会规定，上市公司必须在每年的3月31日、6月30日、9月30日和12月31日向公众披露财务报告。幸运的是，林知夏所处的公募基金组，大多客户都不是上市公司，因此只需要在每年的3月31日披露年报，无须披露季报、月报。不幸的是，除了公司报告外，每只基金都需要单独披露一份报告。瑞尔菲格服务的不少基金公司都拥有百来只基金，因此，每年1月1日到3月31日期间，整个基金组忙到爆炸。

林知夏的第一个项目是富国基金，当时还没到12月31日，大家都不算太忙。人称小乔老师的高级审计师乔易安见她一脸茫然，抽出几小时耐心教了她不少工作里的常识性问题。

12月底，北京分所出了件轰动全国的大事儿，富国基金的几个项目组伙伴也热火朝天地讨论着。

林知夏听了才知道,北京分所一个客户公司爆雷①了。有意思的是,瑞尔菲格在这家爆雷公司出事前5年的审计中,都出具了无保留意见报告②,相当于是赌上信誉为客户担保。结果这个客户的财务报表涉及了巨额的财务造假,瑞尔菲格查了5年却什么也没查出来。

虽然这种情况不多见,这么多年来瑞尔菲格也就发生过两例,但这事儿着实让林知夏吃了一惊。听前辈们细细讲来,她才知道财务报表上看起来都是精确的数字,背后却有很多可以在法规边缘游走的门道。这可能就是徐海宁所说的"虚假的真实"。

真正专业的审计师当然可以看出客户这些数字背后的门道,但看出来之后是否要继续合作就是另一回事儿了。对于爆雷的这家公司,瑞尔菲格相关负责的合伙人给出的解释是他们被客户欺骗了,客户给的很多东西都缺乏真实性,所以审计团队才没看出来。这就不知道到底是那位合伙人和他的团队真的水平不够、能力不足,还是背后有某种隐秘交易,毕竟5年审计,单审计费加起来就有整整7000万元之多。虽然人们总将独立、诚信、客观、

---

① 爆雷:该词在金融领域,指的是突然出现的重大负面事件或危机,此处意指该客户涉及巨额财务造假的突发负面事件。

② 无保留意见报告:会计师事务所出具的无保留意见报告意味着审计师在对公司的财务报表进行审计后,认为这些报表公正地反映了公司的财务状况和经营成果,并且符合适用的财务报告框架和标准。无保留意见是审计意见中最正面的一种,表明审计师没有发现任何重大问题,如财务报表的不准确或不完整,这使得报表值得信赖,是对公司财务报表真实性和公允性的肯定。

公正之类的话挂在嘴边，可是在巨大的金钱利益面前，又有几个人能真正抵挡得住诱惑？

一周后，林知夏来了成远基金。因是中途加入，项目组早已把工作安排好，她没什么具体的活，便如实习生般给大家打下手。她接连做了两周打印、分类、扫描、跑腿、数据录入等各种基础性工作后，才接到了一个分红流水测试。

会计师事务所里永远充满了各种各样的控制测试和细节测试。控制测试就是检查公司的内部控制程序是否完善、可信，通常只有在控制测试通过的前提下，细节测试中用到的一些客户提供的表格和样本才能被信任。往往年审之前，他们就会利用已知的大半年的数据完成大部分控制测试，年审开始后只需要补齐年底几个月的样本，从而大大减轻年审的工作量。

分红测试原本是负责人刘佳宁分配给贺嘉瑞的细节测试，奈何成远基金体量大，200多只基金，分红流水文件大到系统导不出来，只能挨个将这些基金去客户电脑里搜索，然后手动输到自己的电脑里。贺嘉瑞跟刘佳宁打了个招呼，直接将这个测试甩给林知夏。

林知夏想也没想便傻乎乎地接了下来，顺便还给自己做了一番心理建设：这种量大无脑的工作，由实习生或A1职级的人来做再寻常不过啦！何况，比起前两周她一直在做的打印复印盖章一类的低级工作，这好歹是个测试——起码对她来说还算有点含金量嘛！

这么一想，林知夏情绪变好了不少。她本着兢兢业业的态度，仔细研究去年的测试底稿。研究了几小时后，发现其实也没那么难，她便开始认真安排推进着这项测试工作。没想忙中出错,把分红测试的相关需求提到了徐海宁的邮箱里。顿时,她又心灰意冷了起来。

晚上,林知夏拖着疲惫的身子回到家。这个点了,室友刘溪米卧室的门还大大地敞开着,她正在捣鼓着化妆桌上一大堆令人眼花缭乱的美妆产品。

林知夏和刘溪米合租在陆家嘴一套公摊完后实际面积只有50平方米的小小两室一厅内,四四方方的房型,两个卧室紧紧挨着一起。狭窄的公共空间内,迷你的客厅和厨房拥挤着,柜子布满了房子的每个角落,连冰箱的上头也是一个连接到墙顶的长长的柜子。

陆家嘴很多的小公寓都和她们租的房子一样,每一寸空间都被利用到了极致。

墙壁也薄,每天晚上,刘溪米在隔壁直播时大笑的声音、在公共空间里走路的声音、清晨豆浆机轰轰运作的声音,林知夏都能听得一清二楚。然而毕竟地段金贵,就是这样公摊后仅有50平方米的空间,一半的租金,也硬生生花掉了她超过三分之一的工资。林知夏家境不错,但毕业后,她下决心自己养活自己,不再向母亲要钱。如今的租金,已是她能承受的极限。

刘溪米是林知夏大学高一届的学姐,也是她在大学社团认识的朋友。两人都在上海工作,租房预算和需求也一拍即合,于是合租在了一起。刘溪米的外貌并不出众,但她热爱化妆、精通化妆,有一双在美颜滤镜下能够"换头"的巧手。她的梦想是创立一个属于自己的美妆品牌。不过，这个梦想并未得到她父母的认可——她的父母都是思想传统而保守的银行管理人员。

在大学时期，刘溪米是个典型的乖乖女，心思全部放在了学业上，没有去尝试过像做美妆博主这样在她父母看来不务正业、前途渺茫的事情。毕业后，她顺从了父母的意愿，进入了一家银行工作。刘溪米的父母认为，银行业是他们所熟悉的领域，长期以来，他们也在这个行业中积累了一定的资源，能够为女儿提供一条更具发展前景的职业道路。

然而，银行工作的枯燥和乏味让刘溪米倍感压抑，她决心发展副业。银行工作朝九晚五的规律作息也恰好给了她发展美妆自媒体事业的时间和空间。刘溪米心想，如果副业做得好，也许她就能有足够的资本去追寻自己的梦想，摆脱这份让她感到被束缚的工作。

有了这个想法后，刘溪米便毫不犹豫地行动起来。她每天忙碌于选购各种彩妆产品、研究化妆技巧、制作短视频和直播内容。折腾了近一年，她的粉丝数量仍未过万，但她依然保持着极高的热情，对未来充满了乐观的期待。

林知夏是个不爱化妆的姑娘，经常素面朝天地出门。她刚和刘溪米住在一起的时候——那时刘溪米已经做了几个月的美妆博主，刘溪米常常大包小包购买五颜六色的各种彩妆，坐在镜子前化妆，一化就是一个小时起步，还研究着各种不同的风格——韩妆、裸妆、烟熏妆、猫眼妆、芭比娃娃妆……每次出来都是换头的效果。林知夏简直觉得不可思议。

"这么晚了，你还在忙呀？"林知夏路过刘溪米房间门口时问了一句。

刘溪米转过头来,深夜,她的脸上还带着精致的妆容:"我今天发现了一个新的方法,试试看这样化效果好不好。来来来,你帮我看看……"

"好看好看。"林知夏没仔细看便连连夸赞。但说实话,她实在审美疲劳了。于是她随口吐槽:"你不累吗?每天这样化了又卸,真实形象又不会有实质的变化,意义何在?"

刘溪米一反常态,收敛了往日嬉笑的样子,义正词严地说道:"每个女孩子都有变成公主的权利,我的工作正是为了让她们明白,无须整容,每个普通的女孩都可以通过自己的双手,让自己焕发出美丽的光彩!你天生丽质,或许体会不到这种需求,但大多数女孩的相貌都是普普通通,她们也渴望在人群中脱颖而出、闪闪发亮,给自己和他人带来快乐和愉悦。这难道没有意义吗?"

林知夏被刘溪米严肃而认真的态度震慑得不敢多言。她还从没想过,刘溪米对自己的这份美妆事业竟然有着如此强烈的价值认同感。尽管林知夏对于美妆事业是否真如刘溪米所言那般充满价值仍然持保留态度,但刘溪米自身对工作的那份热情与执着,却让她不禁感到敬佩。

林知夏也不由得思考,自己在工作中的意义感又该如何获得?

是每天陷入无尽的打印、邮寄、盖章等琐碎杂务中,还是即便晋升为高级审计师、经理,也依然要面对层出不穷的各种测试?这样的工作日常,似乎并没有给她带来太多的满足感和成就感。

林知夏所在的基金组近年来出具的审计报告全都是无保留意见的报告,虽然基金公司——尤其是公募基金,在规范性上一直表现优异，但这也让她产生了客户只是在花钱买他们公章的感觉。尤其在那次客户爆雷事件发生后，一向黑白分明的她，开始对这份工作产生了前所未有的怀疑。

第 4 章

消耗或成长，一念之差

自从意外碰见徐海宁后，林知夏上班的热情更低了。

次日早晨，她硬着头皮再次走进了成远基金。这次进门前，她终于注意到成远基金门口贴着四位明星基金经理——刘振，齐志威，姜余，徐海宁的简介，墙壁上的照片一眼望去都是黑西装白衬衫，不凑近看，确实看不出什么区别。林知夏走近徐海宁的那块展板，上面满满都是徐海宁任职基金经理这两年来创下的漂亮业绩。

徐海宁是成远基金指数基金领域的明星基金经理，在墙上的几位基金经理中，虽排在最后，和刘振这样的资深基金经理还有一定的差距，却是最年轻的一位——他比刘振小了整整 15 岁。这个在大学时期就靠着敏锐的投资眼光，以区区 2 万元的本金在股市赚到上百万元的男生，不出意外地成了闪闪发光的投资新星。

林知夏在墙壁前驻足良久，一分钟仿佛被拉成了无尽的时光，她的心中被一种难以名状、不愿面对的自卑感所充斥。然后,她还是缓缓地、带着沉重的步伐,向会议室走去。她心知肚明,自己真正想要逃避的并非徐海宁,而是在徐海宁面前那个总是缺乏自信的自己。可她还是想逃。

会议室内,林知夏刚刚坐下,便听到了刘佳宁的询问声:"知夏,今天分红测试的底稿能给我吧?相关数据都录入完毕了吗?我们需要从客户那里获取的资料都拿到了吗?"

刘佳宁一连串的问题让林知夏感到猝不及防,她的心绪瞬间变得混乱。昨天徐海宁离开后,她才重新发送了需求邮件给许海玲。对于成远这些人的拖沓作风以及自己作为乙方的尴尬地位,刘佳宁心里应该清楚,怎么可能这么快就得到回复呢。

"我昨天把邮件发给许海玲老师了,也提了要借用电脑的事儿,她还没回复呢。如果您着急的话,我去她的工位当面问一下今天能否匀一台电脑给我。底稿我已经搭好了,只要拿到数据,很快就能给您。"林知夏信誓旦旦地承诺道。

"那你现在就去跟进一下吧。"刘佳宁接着补充道,"知夏,你加入项目组的时间不长,目前还没有承担太多任务。等分红测试告一段落,你就帮子欢分担一些函证工作吧。"

林知夏点头应下,没有异议。她知道李子欢最近被函证工作[①]折磨得疲惫不堪,看着李子欢面无表情、黑眼圈深重的疲惫模样,林知夏心中也不免生出了几分同情。

[①] 函证工作:审计过程中的一种程序,审计师通过发送书面询证函给第三方(如银行、供应商、客户等),以验证被审计单位的财务报表中的信息如账户余额、交易金额等是否准确。

听到刘佳宁的话，李子欢只是木然地抬头，情绪并没有因此有所好转。她的脸色依旧苍白，黑眼圈之上的一双眼睛也依旧黯淡无光。

离开会议室后，林知夏立刻找到了许海玲，询问有关数据的事宜。但得到的答复并不乐观——没有额外的电脑可供使用，她只能在中午休息时间借用许海玲的电脑。

她迅速回到会议室，向刘佳宁汇报了情况。刘佳宁皱起了眉头，思索片刻后说道："中午休息时间才一个多小时，这样的话，数据得录好几天吧。你问问他们下班后电脑能不能借给你用。"

林知夏已经提前问过这个问题，于是迅速回答道："我问过了，她说不行，我用电脑的时候她必须在旁边。"

刘佳宁皱眉想了想，说道："好吧，只能这样了。那你先来帮我处理一下客户提供的交易记录，看看有没有异常交易。"

"异常交易怎么看呀？我不太明白。"刘佳宁这话说得过于笼统，林知夏一头雾水。她打开了一个空白文档，打算先把刘佳宁说的都记下来。

看着她茫然的样子，刘佳宁只得详细解释："你要看短时间内是否进行过大量买入或卖出操作，或者是否频繁改变交易方向。还要关注是否存在单笔交易金额异常大、非正常交易时间交易等看起来异常的情况。你可以参考下去年的相关底稿。"

林知夏愣了一下，有些担忧地问道："每只基金都要看吗？成远有好几百只基金呢。"

贺嘉瑞适时地冷笑了一声。这冷笑声让林知夏一阵脸红，心中有些忐忑。

"我不是让你用肉眼一个个看，而是让你利用数据透视表来提取和分析数据。你可以参照去年的底稿进行操作。如果不会的话，先去找些教程学习一下，有不懂的再来问我。这些都是最基础的操作，你需要尽快掌握。"

刘佳宁说着，快速地在电脑上操作着，同时转发了几封邮件给林知夏："他们内部审计部门之前已经进行过专项审计，并且抽查了基金经理的账户流水，这些资料也已经发给我了。你完成手头的工作后，如果还有时间，就再检查一下基金经理个人账户的交易与其负责的公募基金交易之间是否存在异常关联或高度相似的交易模式。虽然公募基金规范性较强，他们自己也初步审查过，但我们还是需要进行独自的检查并留下记录。这也是体现我们审计工作严谨性的重要一环。"

刘佳宁说的这些话，林知夏听得有些懵懂。好在她打字飞快，几乎是一字不漏地在电脑上记下了刘佳宁吩咐的事情。当听到"基金经理"这四个字时，她微微一顿，心中暗自想着，风水轮流转，想不到还有她检查徐海宁的一天。但随即她便收敛了心思，专注于记录和理解刘佳宁的指导。

对着电脑上记录下来的这些字，林知夏感到头大如斗。回想她接手前一个项目时，小乔老师曾提醒过："年审期间，各种任务会像潮水般涌来，还会伴随着层出不穷的意外状况。因此，你不必强求自己完全理解每一件事；时间紧迫，你只需参照去年的底稿，依样画葫芦即可。大家都是这样做的。等你经历过几十个项目并积累了足够的经验，总有一天你会豁然开朗。"

林知夏虽然铭记着乔易安老师的教诲，也觉得他说的不无道理。但她并不打算就这样稀里糊涂地去照搬照抄。如果她只是机械地复制去年的底稿，或许最终能够通过量的积累引发质的飞跃，但也会浪费大量的时间。她实在无法忍受那种完成底稿却对自己的工作一无所知的感觉，那不就等同于在出卖自己的时间吗？为了节省眼前一点时间，结果反而消耗了更多的时间，她可不想成为这样的傻瓜。

于是，在开始工作之前，林知夏决定先花时间去研究清楚相关的背景、目的和手段。幸运的是，她的学习能力不错，也有一定的基础，很快便通过网络了解了刘佳宁刚才说的话是什么意思，并弄清楚了去年底稿里底层的审计逻辑。

其实，这项工作无非就是看看基金经理有没有做违法违规的事情，也就是检查有没有所谓的"老鼠仓"情况。大学时期，林知夏就对"老鼠仓"有所耳闻。大体量的公有资金注入市场，会拉升股票价格。如果基金经理利用已知的内幕消息，在大体量资金注入之前低位建仓，再在资金注入、股价被拉升后高位卖出，就能从中获取非法的利润。作为投资策略的制订者，基金经理无疑掌握着巨大的信息优势。

正当林知夏沉浸在相关资料的研究中时，桌上的手机突然震动了一下。她拿起一看，竟是徐海璎发来的信息："要一起吃午饭吗？"

林知夏有两年多没换手机，微信聊天框里两人上次的聊天也恰好停留在两年前。她看到徐海璎的名字，就不由想起两年多前她们最后一次见面时这位她曾经的好朋友对她说的那番话。

"我哥现在是基金经理了，他的前途一片光明，我爸妈多年的辛苦总算没有白费。

"他现在的女朋友是他 P 大的学妹——不是每个人都能考上 P 大的。"

"他女朋友的家庭幸福和睦——你不要误会,我并不是对单亲家庭有偏见,但我爸妈的思想比较传统。"

"我怎么从来都没见过你爸爸?他在哪里做什么呀?你叫林知夏,你妈妈姓夏,我还以为你爸爸是因为特别爱你妈妈才给你取的这个名字呢!"

林知夏和徐海宁分手后,便与徐海璎逐渐疏远,但在她心中,徐海璎一直是她的朋友。这些话从曾经信任的朋友嘴里说出,让林知夏心凉不已。

那之后她们明明彻底断了联系,这次徐海璎联系她又是为什么?

林知夏以"在上班、中午时间紧张"为由拒绝了徐海璎的邀约,毕竟中午只有一个半小时的休息时间。然而,快到饭点时,徐海璎又发来信息:"我知道你最近在成远做项目,我在楼下那家叫蜀香园的川菜馆等你哦,已经排了半小时队、占到座位了! A5 桌,靠窗。"

无奈之下,林知夏最终还是决定下楼去见见徐海璎。

第 5 章

基金经理的异常交易

在那家已经挤满食客的吵闹川菜馆里,林知夏透过玻璃窗,看到了一个低头看手机的短发女孩。再走近些,那熟悉的侧脸越发清晰,A5桌,果然是她。林知夏记忆中的徐海璎还是高中时那个黑黑瘦瘦、其貌不扬的小女孩,几年不见,她不仅剪了利落的短发,皮肤也保养得格外白皙有光泽,整个人焕然一新。

"快来吃,菜刚上齐。你看,我还记得你喜欢吃川菜。"看到林知夏走近,徐海璎热情地站了起来,满面笑容地打招呼,"你回国怎么也没告诉我?"

"好久不见。"林知夏费力地挤出一丝微笑。

"是啊,真的好久了,你还是那么漂亮。"徐海璎似乎没察觉到林知夏的疏离,继续说道,"我听我哥说,他们公司竟然是你们公司的客户,这真是太巧了。"

林知夏没有接她的话茬,直接问道:"你今天来找我,是有什么事情吗？"以她们如今的交情，她觉得没必要过多地寒暄和客套。

徐海璎没料到她会这么直接，愣了一下，然后笑着说："没事就不能找你吗？我最近刚谈恋爱了。你呢，感情生活顺利吗？"

"是吗？恭喜。我单身。"她神色平静，没有表现出过多的情绪。

徐海璎低头吃着菜，犹豫片刻后，小心翼翼地开口："知夏，你看你跟我哥这次在一个公司重逢，这缘分多难得呀！如果你心里还有他，可以趁这个机会重新开始。我知道你当初被分手，心里肯定不平衡。但我了解我哥，他其实一直放不下你。"说着，徐海璎伸出手臂，轻轻握住了对面林知夏的手，紧紧盯着她的眼睛，似乎在寻找某种答案。

林知夏不自在地挣脱了徐海璎的手，淡淡地说："你哥哥不是有女朋友吗？"

徐海璎愣了一下，随即轻描淡写地说："早分了。"对于徐海宁的那位 P 大女友，她显然不愿多谈。

"分了？"林知夏心里难以抑制地微微一动。

看见林知夏的反应，徐海璎以为找到了突破口，继续道："知夏，我听说你和我哥哥分开后，这 6 年都没谈恋爱。如果不是因为心里还有他，你为什么一直单身呢？你总不可能没人追吧。"

林知夏微微一笑，说："这6年我考过了ACCA[①]，考过了FRM[②]，几个月前又刚考完法考。我没时间谈恋爱。"

这番话让徐海璎震惊不已，她对这些证书有所了解，知道它们的难度和含金量。光ACCA便有十几个科目，是个浩大的工程。她记得林知夏大学本科学的是法语，并不是财经专业。一边在法国攻读法语，一边备考这些考试，如果这不是吹牛的话……徐海璎心里油然而生一股敬意。

然而，片刻的安静后，徐海璎又开口道："你越来越优秀，我真的很佩服。但你有没有想过，考这些证书是为了什么？归根结底不就是为了找一份好工作吗？说实际点，这还不如嫁给一个业内有资源的人来得更直接。"她的神情里透着十七八岁时没有的世故和成熟。

林知夏惊讶地睁大眼睛，没想到徐海璎会说出这样的话，她吃惊地问道："资源？"

"对啊，现在很多人不都是这么想的？哦，对了，差点忘了……"徐海璎自嘲地轻笑一声，眼中掠过一抹复杂的情绪，"你爸爸是博纳的合伙人，你也用不着依赖另一半的资源。"

[①] ACCA：英国特许公认会计师公会（The Association of Chartered Certified Accountants），是一个在全球会计领域具有重要影响力的专业机构。它以广泛的国际会员基础和迅速增长的学员规模而闻名，是世界上发展速度最快的专业会计组织之一。ACCA的专业资格在全球范围内受到认可，包括欧盟的法律以及多个国家的公司法规都承认其会员资格。

[②] FRM：金融风险管理师（Financial Risk Manager），是金融风险管理领域内享有盛誉的国际资格认证。

林知夏惊讶地问："你怎么知道？"毕竟她从来绝口不提这个对她来说可有可无的父亲。

"去年我回高中看望老师的时候，咱们班主任陈聪老师提到的。你爸爸当年给陈老师送过银行卡和名片，那银行卡陈老师虽没收，但印象深刻呀。"

林知夏有些恍惚，她一直以为父亲对自己不闻不问，没想到他竟然偷偷去找过自己的高中老师。

"我是不是很可笑？高中的时候还总觉得你只有单亲妈妈带、家境不好，想不到我才是那个工薪阶层的普通人。你这份工作，也是你爸给你托关系找的吧？"徐海璎语气中带着一种笃定。

林知夏偏过头去，没有回应。她心里明白，徐海璎态度的转变多半是因为得知了她父亲的身份。对于徐海璎的"资源论"，林知夏虽然不认同，但也懒得去争辩。

"你以后难道要一直单身吗？"见林知夏不说话，徐海璎不死心地问道。

"别瞎撮合了，你哥也看不上我呀。"林知夏轻笑一声，避开了这个话题，"你现在在哪里工作？"

徐海璎只好顺着林知夏的问题答道："我本科毕业也去了公募基金。"

"是成远基金吗？"公募基金很难进，徐海璎本科是普通一本更是难上加难。林知夏猜测，徐海宁为妹妹的工作找了关系。

"我在裕山基金的财务岗，我们公司也在这栋大楼里。今年就业形势严峻，公司本来不打算进行校园招聘，好在我毕业前后，裕山的财务助理恰好离职。但即使我哥动用了关系，如果不是这个空缺,我也得不到这个机会。这种地方,每个职位都是一个萝卜一个坑,毕竟在公募基金中后台的工作既稳定又舒适、流动性也很低。"徐海璎神态里流露出一种习以为常的闲散。

"财务岗?我印象中你大学的专业并不是这个吧?"林知夏疑惑地问道。

徐海璎耸了耸肩,说:"我虽然没什么财务能力,不过工作嘛,不都是熟能生巧的事。"

林知夏有些诧异地看着徐海璎,徐海璎仅比她早入职场几个月,谈吐却像是工作多年的人。久别重逢,徐海璎虽然在形象和气质上都有了不小的提升,却也似乎多了几分年轻人不应有的世故和老成。

两人随意聊了一些话题,林知夏总是巧妙地将谈话引向与徐海宁无关的方向。看了看时间,发现已经一个小时过去了,林知夏起身道别,匆匆上楼。

看着林知夏的背影消失在楼梯转角,徐海璎脸上的笑容也随之慢慢消失。

回到办公室后,林知夏立刻全身心地投入到了工作中。上午她已经清晰地了解了任务目标和需要检查的事项,接下来便是执行落实。她迅速浏览了几个关于数据透视表的教学视频,并动手实践,很快就列出了需要检查的几种可疑情况。接着,她着手整理数据,决心要把手上的工作做到最好、做到完美,以此来改变刘佳宁对她之前粗心大意的看法。

在处理数据的过程中,林知夏秉持着研究性学习的态度,边学边用，她的Excel技能得到了显著提升。其实，在上个项目里，她已经学会很多了，一窍不通也只是去项目组第一周的状态，没想到一直被人误解。她未来也只好努力表现，以修正别人对她的第一印象。

林知夏在Excel表格中详细列出了异常交易行为的可能情况，如高频交易、大额或屡次申报并撤销、异常时间交易、异常地点交易等，并对数据进行筛选排查。

两天过去了，她虽然看得头晕眼花，却未能发现任何问题。林知夏一无所获，心里难免有些沮丧。但想到刘佳宁也曾提到公募基金规范性强，一般不会有大问题，她又觉得这也是情理之中。或许刘佳宁原本只是想让她有个检查的底稿留痕，并没有真的指望她能查出什么。林知夏将自己检查的方法和过程清晰地记录在Excel表格中，发给了刘佳宁。

刘佳宁看到林知夏发来的工作底稿后颇感意外："做得不错嘛，效率也挺高。"

第一次得到认可，林知夏心中有些窃喜，表面上却故作镇定。她回想起刘佳宁之前的吩咐——在完成主要任务后，若有空闲，再查看一下是否有基金经理账户交易和公募基金交易存在关联的情况。于是，她打开了刘佳宁转发给她的有关资料。

带着一丝好奇，林知夏本想以权谋私地看一下徐海宁等基金经理的收入情况，没想到账户中工资和余额这类敏感信息都被刻意模糊处理过，她能看到的只有工资以外的交易流水。这倒让她无从八卦了。

她开始深入研究这些交易流水，发现这些看似简单的任务实际上操作起来相当繁琐。交易流水数量庞大，基金经理提供的个人账户交易明细更是杂乱无章。每个基金经理名下都有多个银行账户，不同银行提供的交易流水格式各不相同。最让她头疼的是，有些基金经理提供的竟是纸质复印件的扫描版，几十页密密麻麻的流水记录，字小到几乎难以辨认，记录的金额琐碎到便利店一块五的消费。

刘佳宁之前只是让她有空的话看看，林知夏心里也明白，这并不是她分内的工作。她偷瞥了一眼刘佳宁，好几次想开口说"能不能不做"，但每次话到嘴边又咽了回去。毕竟刘佳宁刚才还表扬了她。哎，罢了，还是老老实实把这项工作完成吧。

林知夏把纸质的流水一一打印出来，决定忽略那些小额交易，而将大额交易逐一录入到 Excel 表格中进行统计。随后，她开始逐一比对基金经理的交易流水与他们管理的基金的交易情况。这项工作折腾了她整整一天，直到晚上12点半，项目组的其他人都已经走了，只剩下她和刘佳宁两人。

盯着面前整理出的两个表格，林知夏揉了揉酸涩的眼睛，简直不敢相信她竟然真的有了发现！在基金经理刘振的账户里，有十几笔10万~50万元不等的支出，这些支出都发生在刘振负责的基金大额买入股票前两三周左右。这些支出分散在几张银行卡上，加起来共300多万元。对于刘振来说，这个金额虽然不算特别大，但在敏感时间陆续转出，确实让人心中生疑。

然而，林知夏心里也有些打鼓。刘振可是成远基金资历最深厚的基金经理，业绩也一直不错。再说，成远的内部审计肯定比她这个新人专业多了，难道他们都没发现吗？一定是她搞错了，这钱另有他用也说不定。

尽管心存疑虑,林知夏还是把这十几笔支出以及基金的交易流水截图发给了刘佳宁。她本以为刘佳宁会说她想得太多,没想到刘佳宁看到信息后立刻起身走到她身边,在林知夏的电脑上反复确认了几遍数据来源,而且瞳孔慢慢放大。

刘佳宁异样的态度让林知夏嗅到了一些不同寻常的气息。但她很快冷静下来,有条不紊地说出了自己的疑问:"刘振老师所有账户都在这里了,一共就这14笔可疑支出,金额加起来是300多万元。如果这真的是"老鼠仓",那么,哪怕按照20%的高收益,这300万元的本金一年也只有60万元收益。刘振老师的级别,薪水至少也有几百万元了吧,他有必要为了这点钱去冒这么大的风险吗?"

刘佳宁却是摇了摇头,神色凝重地说道:"这14笔个人账户的支出都是在他的基金产品买入前两周左右进行的,资本市场没有那么多的巧合,这事得了解清楚。"

林知夏对刘佳宁一丝不苟的工作风格早已有所了解,听她这样说也不意外。

"这几天辛苦你了,"刘佳宁说道,"已经快一点了,今天先下班吧。明天我来问问老板。"

"好!"虽然一天的超负荷工作让林知夏疲惫不堪、脸上油光满面,鼻尖还隐隐鼓起了一个包,但她的心情还不错。

林知夏合上笔记本电脑,见刘佳宁还没有要离开的意思,惊讶地问道:"刘老师,您还不打算回去吗?"

"你先走吧,我反正回去也是工作,在这里效率还高一点。"

刘佳宁抬头看了她一眼,淡淡地说道,平日冷淡疏离的神色在深夜里反而显得有些温柔。

"现在已经很晚了,您也要注意身体啊。"林知夏关切地说。

"不用担心我,我加班到三四点都是常态。"刘佳宁轻描淡写地回答。

三四点是常态?

林知夏看到刘佳宁脸上那种习以为常的麻木的表情,意识到刘佳宁并非在开玩笑。她顿时汗毛竖立,心中对刘佳宁又多了几分敬意。

第6章

很淡很淡的爱与恨

林知夏穿上外套,将电脑留在了办公室,出门,准备下楼。凌晨整层楼异常安静。

在电梯口正等着电梯,一只手突然从后面拉住了她。林知夏险些叫出声来。她惊悸地回过头,映入眼帘的竟然是一袭黑色大衣的徐海宁。

"你吓死我了!"她抚着胸口,惊魂未定。

徐海宁的脸色略显阴沉:"徐海璎中午找你吃饭了?"

"嗯,是你的意思吗?"林知夏盯着他的眼睛。

"找个地方谈谈吧。"徐海宁瞥了一眼手表,"要不要一起去吃点夜宵?"

"我最近在减肥。而且现在已经一点,我也确实需要休息了。"林知夏委婉地拒绝了他的邀请。她突然意识到,徐海宁深夜仍在办公室,似乎是在等待她下班。

"减肥？"徐海宁故作疑惑地上下打量着她纤细的身材，语气中带着一丝戏谑。见她沉默不语，他改口道，"算了，我们出去走走吧。"

命令式的口气，一如从前。

电梯到达一楼，徐海宁自然而然地走向右边的出口。林知夏的脚似乎被某种力量牵引，不由自主地跟了上去。一边走，她一边在心里骂着自己没出息。

两人一前一后地走着，林知夏始终保持着一米多远的距离。几分钟后，徐海宁突然停下脚步转过身来。林知夏兀自闷头走着，险些没刹住脚撞进他的怀里。

她后退几步。她还没站稳，便听见徐海宁轻柔而又清晰的声音从头顶传来："小夏，我后悔了。"

天色逐渐沉下来，暮色笼罩在天地间。在残存的光影下，徐海宁那张从七八年前初见就始终沉稳、不露声色的脸庞上罕见地闪过一丝慌乱的情绪。然而这情绪转瞬即逝，眨眼间他的脸色又恢复了之前的冷峻。

"你后悔？后悔什么？"林知夏怀疑自己听错了。

"6年前我就后悔和你分开了。"他望着她张皇失措、美丽中带着几分憔悴的脸，声音低沉地重复了一遍，"我总以为还有很多时间弥补这个错误，没想到一次错过，竟是6年。"

林知夏后退两步，怔怔地凝视着他。刺骨冷风吹过，周围的树叶沙沙作响，树上残存不多的枯叶被一片一片卷离了枝头，晃晃悠悠飘下，飘过徐海宁的发梢，飘过林知夏的肩头，飘过两人之间横亘了6年的鸿沟，无声息地落在了地面。徐海宁脸上所覆盖的树叶船的阴影,也在微风拂动中,忽明忽暗。明暗交替背后,林知夏难以辨清徐海宁眼里的情绪。

这样的场景,这样的话语曾经无数次出现在林知夏的梦里。

想象中她应是头也不回地离去——是他6年前抛下她的,他的心在这6年中还装进过另一个女孩子。可林知夏像是被定住了一般,看着徐海宁深邃望不到尽头的双眼,一步也不能挪动。青春时于她而言刻骨铭心的爱恋与遗憾,徐海宁如今身为基金经理的意气风发,都疯狂拉扯着她深夜里本就残存不多的理智。

"你高考结束后我找过你,但你早已把我的联系方式全都拉黑了。"徐海宁的声音有些沙哑,"后来我才知道你去了法国。"

又是漫长的沉默,只有风吹树梢的声音。

"你忘记分手时你说过的话了吗?"半晌后,林知夏轻声问道。

"那时候我也不成熟,以为衡量两个人是否适配、是否能顺利走下去的只有成绩。"徐海宁解释着,长长的睫毛盖住了他眼里极力克制的悲伤,"后来我才发现自己错了。"

林知夏转过头去,不再看他的脸,她害怕自己会因为此刻逐渐笼罩在徐海宁周身的悲伤而心软。那一定是她的错觉吧?毕竟他一直都是一个极其理性的人。

理性……林知夏突然想起徐海璎中午说的话。倏忽之间,她神色狐疑地看向他:"难道你是在知道我父亲是谁后才觉得我比你那位P大前任女友更有价值吗?"她直截了当地问道。

徐海宁眼中闪过一丝愠色,冷声问:"徐海璎跟你说的?"

前女友还是林知夏的家境?林知夏不知道他指的是哪方面。她脸上浮现出一缕讽刺的笑意,自顾自地接着说:"我爸是博纳的合伙人没错,但你也知道我爸妈早已经离婚,我和他几乎没有联系。他早就对我不闻不问了。而且他还有一儿一女要照顾呢!他的家产和资源哪里轮得到我去想啊!"

"我的确知道你爸爸的身份,可我以后的成就未必会逊色于他。况且,我和你父亲也不在一个行业,用不着他提携。"徐海宁的话里透露着一种不容置疑的骄傲,每个字都咬得极为清晰,"你这样想我,不但是在轻视我的人格,更贬低了你自己。我喜欢你,和其他任何人都没有关系。"

林知夏陷入了沉默,以她对徐海宁的了解,徐海宁并不屑于说谎,否则也不会在6年前以那样直白而真实的理由同她分手。他说,还喜欢着自己……6年了!林知夏的心突然变得乱七八糟,心脏被徐海宁的话一下又一下轻轻撞击着。

"再给我一次机会。"徐海宁走近两步,握住了她的肩膀,神情中带着一丝狼狈。林知夏还从没见过徐海宁这副模样。

她心里突然又气又委屈,不想再装成毫不在乎了,真的太累了!仿佛只有在被爱的时候,人才拥有释放情绪与任性的权利。那些在心里积压了6年的痛苦,在这一刻如洪水般爆发。泪水在她的眼眶中汇聚、打转,最终沿着脸颊滑落。

林知夏大声质问道:"凭什么?凭什么你可以说走就走、想回来就回来?凭什么你可以和别人谈恋爱?凭什么你离我而去,你妹妹还要再来羞辱我?"

她的哭声淹没了徐海宁的怀里,徐海宁抱紧了她。

"对不起,对不起,都是我的错。我不会再让你受委屈了……"

林知夏微微颤抖着,尽管她的身体依旧紧绷,垂在身侧的手最终还是缓缓地、带着犹豫地抬起，轻轻抓住了徐海宁腰间两侧的衣服。

徐海宁开车送林知夏回到了她的住处。路上，两人有一搭没一搭地聊着一些闲话，没有刻意回避什么，也没有刻意捡拾什么，没有7年前刚恋爱时的热烈，却多了一份从容与安然。徐海宁将林知夏送到了小区楼下。从他的车上下来，林知夏没有拥抱他，6年间凝结的冰霜没有那么容易融化。林知夏下车后，只是向徐海宁轻轻挥了挥手，便转身步入了大楼。徐海宁目送着她的背影消失在楼梯口，才缓缓启动车辆离开。

回到家里，林知夏躺在床上，辗转反侧，难以入眠。重新投入徐海宁的怀里，她内心矛盾交加，一方面看不起自己，一方面又觉得这是遵从内心的选择。

可是想到走失的6年，想到他的那位前女友，林知夏心里又是一阵阵疼痛。她揉了揉脑袋，竭力将这些思绪从脑海中驱除。

林知夏揉了揉脑袋，努力让自己不去想这些。随着年龄的增长，好像许多事情都不那么绝对了，爱与恨也都淡淡的，不再那么强烈。发生的已经发生，时间总会治愈一切；重要的是未来，重要的是无论出于理性还是感性，她心底其实还倾慕着徐海宁。年轻时爱上的人太耀眼，后来的6年，再没遇见一个能让她倾心欣赏的人。

心中的隔阂，就让岁月慢慢平复吧。成年人的世界，哪有那么多的事事如意。

凌晨2点多，林知夏才沉沉睡去。次日早上，她头昏脑涨，直到10点多才到达成远的会议室。会议室内众人都已到齐，桌边还坐着一个林知夏没见过的女人。

女人皮肤白皙，长相清秀，30多岁的模样。她盯着电脑，双手正在键盘上狂舞。林知夏进来之后，她抬头，目光在林知夏脸上停了几秒，又低下头接着工作。

"林知夏，你那边分红测试进展如何了？"贺嘉瑞把前几日刘佳宁问过的话又重复了一遍，语气里透着几分不满。这测试执行人虽是林知夏，责任人却是他。

林知夏没有抬头，边整理电脑里的文件边说："昨天才把数据整理好，我会尽快完成的。"

"你该不会是有情绪了吧？"贺嘉瑞皱着眉，双臂交叉在胸前，目光轻蔑。

林知夏忙碌的手顿住，她有些困惑地看向贺嘉瑞，不知道他是什么意思。

"不是我说你，我去年在你这个位置的时候，做的测试是你的几倍。你现在这边就一个分红测试，做了多久了？还有情绪了吗？"贺嘉瑞接着以讽刺的口吻说道。

林知夏努力管理着自己险些失控的表情，她找许海玲的那天贺嘉瑞并没有请假，测试拖延了几天的原因他应该心知肚明。明明是客户方面的问题，他却在这个时候对她发难，这不是故意找茬吗？

"今天下班前我会完成的。"林知夏压下心中的不满，尽量平静地回答，不想与贺嘉瑞发生争执。

贺嘉瑞冷冷地哼了一声。周围的同事们都装作没有听见，继续埋头于自己的工作。那位30多岁的女士在听完贺嘉瑞讽刺的话语后不时地打量着林知夏，眼神中流露出一丝不悦。林知夏正感到莫名其妙，紧接着，刘佳宁的声音让她眼前一黑。

"娜总，我有点事情要跟您说几句，您方便跟我到隔壁的空会议室聊聊吗？"

娜总？这位女士竟然是他们项目的负责经理、高级经理刘娜？

那贺嘉瑞刚才的话……林知夏心惊于贺嘉瑞的居心，又不知哪里得罪了他。难道因为她较晚加入项目、没分配到太多工作，贺嘉瑞才对她产生了成见？林知夏想不到其他合理的解释。

刘佳宁抱着电脑，和刘娜去了隔壁的空会议室。林知夏猜到了刘佳宁在和刘娜说什么——很可能与刘振的事情有关。不过她没心情去深究，她的心正因为被贺嘉瑞当面赤裸裸"插了一刀"而有些消沉。

足足一个小时后，刘佳宁才回到了会议室。这次，她把林知夏一起叫去了隔壁。

刘娜看着林知夏笑眯眯地说："知夏，能留意到基金经理刘振的事情，你真够细心的，辛苦啦！后面这件事就由你负责跟进吧。麻烦你去联系一下他们投资总祁彦，说一下我们审计发现的这个情况，后续再把这14笔资金的走向和刘振确认清楚。"

"应该的。我直接和祁总联系吗？会不会级别不够？"林知夏小心地开口问道。

"没关系的，客户也不知道你刚入职。你这几天认真看过相关资料，熟悉度高，由你对接再合适不过了！"刘娜语气体贴，继续说道，"另外，如果有任何情况，你直接联系我，不用问佳宁了。

佳宁今年带了四个项目，也忙。"

"好，那我等下去给祁总写邮件说一下。"

"嗯嗯，辛苦你啦！"

刘娜与之前截然不同的亲切和友善，让林知夏几乎怀疑自己是不是产生了错觉。这让她感到既惊讶又荣幸，毕竟对方是公司的高级经理。

一直沉默不语的刘佳宁，投向林知夏的目光中似乎隐藏着一些她未曾察觉的忧虑。就在林知夏即将离开的时候，刘佳宁突然当着她的面，向刘娜提出了一个问题："娜总，如果刘振真的存在问题，我们是否需要向监管部门报告？"

刘娜意味深长地说道："佳宁，我了解你手头的工作很多，这件事你就不用再操心了。"

刘佳宁简单地应了一声"好"，虽然脸上的表情有些复杂，却并未继续追问。

回到会议室后，林知夏心里仍为刘娜这位高级经理对自己的和善态度感到欣喜。她将有关刘振的情况整理成一封邮件，并附上了截图，直接发给了祁彦。半小时后，她的手机开始震动。林知夏接起电话，那头是个男人的声音。

"瑞尔菲格的林老师吗？"

"是的，您是？"

"我是祁彦，您刚才发了一封邮件给我。"

"您好您好……"第一次和甲方管理层通话的林知夏紧张得忘记了自己在打电话，身体不由自主地站得笔直。她也是今天发邮件的时候，才在成远基金的通讯录里找到了他们投资部领导的名字祁彦——成远基金毋庸置疑的高级管理层。

"您提出的这个情况我和上面沟通了,这几天我们内部会对刘振老师进行一次专项检查。如果刘振真的有问题,我们会自行上报监管。也麻烦您和刘娜总同步一下信息,给我们一周时间来进行这项检查。"

"好的,我会尽快与刘娜总沟通,有任何情况再与您联系。"林知夏回答道。

"嗯,感谢。"

"您客气了。"

林知夏把祁彦的话转述给刘娜。刘娜明显松了口气:"要是他们能自己上报监管,那当然是最好。等等看吧。"

刘娜心思百转千回,可林知夏显然没领悟到其中盘根错节的利害关系,在祁彦承诺了去自检自查、上报监管后,这事立刻就被她置之脑后。再加上重新捡拾起的感情,虽然她和徐海宁因为工作都分外繁忙,很难有约会的时间,可毕竟在一个公司,偶尔碰见时,林知夏还是不由得分神,脑海中也常常想起徐海宁。所以在工作上,林知夏便难免有些心不在焉了起来。

第 7 章

战战兢兢，如履薄冰

每天早晨到公司上班后，林知夏第一件事就是查看邮箱。

照例打开邮箱，除了一大堆尚未点击的各种公司群发邮件外，邮箱里较为显眼的是一封胡豆豆发来的、转发自成远基金工作人员邮件，内容为："成远基金宏远 2 号集合资产管理计划将于本周四募资结束，于本周五成立，该验资[①]事项时间紧急，请尽快安排验资人员。"

成远基金的副经理胡豆豆英文名 Jack，虽然大家当面都称他为胡总或老板，但这份尊重是看在其年龄的分上；私下里，大家直接唤他可爱的小名——豆豆。瑞尔菲格的经理大多是 30 岁左右，胡豆豆却是 42 岁，男，上海人，已婚已育。本科一毕业他就加入

[①] 验资：注册会计师依法接受委托，对被审验单位注册资本的实收情况或注册资本及实收资本的变更情况进行审验，并出具验资报告。此处指对成远基金资产管理业务非公开募集资金进行审验。

了瑞尔菲格，但是十几年时光哗啦啦过去，升正经理必备的CPA证书他却考不出来，所以始终尴尬地卡在副经理的职级升不上去。

据说有位和他一起入职的同事，如今都已经按部就班升到了合伙人。鉴于这种情况，在瑞尔菲格这种只看实力的外资事务所，项目组的几位同事尽管对他表面尊重，私下提及时却难免阴阳怪气。不过，林知夏在办公室碰到过他几次，他自己看起来倒是乐呵呵的，没有半分不得志的样子，心态极好。

正当林知夏发蒙为什么这个叫胡豆豆的经理把这封邮件转发给她时，刘佳宁给了她答案："知夏，豆豆让你帮忙去做一个专户[①]验资。"

"专户？验资？"林知夏没听明白。

"嗯，我们项目的两个经理工作重点不同，娜总是高级经理，又是项目负责经理，负责把控项目。胡豆豆是副经理，管验资一类的杂活，也给娜总打打下手。对了，他是不是把验资的材料都发给你了？"

"他转了我一封邮件。"林知夏如实答道。

凑过来看了看，刘佳宁有些诧异："报告日[②]是周五，T+1啊，

[①] 专户：这里指"专户基金"，也称为基金专户或基金管理公司特定客户资产管理业务，是指取得资产管理业务资格的基金管理公司向合格投资者非公开募集资金，或接受合格投资者财产委托并担任资产管理人，由托管机构担任托管人，依照法律法规和资产管理合同的约定，为资产委托人的利益，运用委托财产进行投资的活动。

[②] 报告日："验资报告日"是指注册会计师对外公布审验结果的截止日期，也是他们对被审验单位注册资本实收或变更情况发表审验意见的基准日期。

那有点着急哦。不过专户验资比较简单。"刘佳宁转发了一个验资教程给林知夏,"你自己先研究下,他一会儿会给你打电话交代的。"林知夏脑袋嗡嗡直响。

不一会儿,果然有个陌生的上海号码打了过来,林知夏猜到了是胡豆豆。她抱起电脑,拿起手机,走到隔壁的会议室接通了电话。

"林知夏吗?我胡豆豆,收到我发给你验资的邮件了吗?没问题吧?"

"收到了胡总,没问题。不过我刚入职不久,还没做过验资,可能需要一点时间学习。"

"咦,你是 12 月那批入职的呀,难怪只给你分了一个分红。"胡豆豆若有所思。

林知夏一愣,这事儿怎么连胡豆豆都知道了,一定是贺嘉瑞那个大嘴巴!她明明还做了无数打印复印盖章的杂活,因为没价值所以直接被一笔略过,显得她每天闲到发慌吗?更别说这几天她还都在帮刘佳宁干活。同事们每天都会把忙碌挂在嘴边,大抵是因为她什么都没说,也从来没有抱怨过,一切都默默承受了,所以看起来才像是什么都没有做吧。想到自己兢兢业业,总是除了项目负责人刘佳宁以外最后一个离开办公室的,林知夏心中涌起了难以言说的委屈。

"电脑在手边吗?"胡豆豆又问。

"在,您说。"

胡豆豆把 4 个验资包和几份文件发给她,随口问道:"你知道啥是验资吗?"

"之前其实不太清楚，刚才看了一遍教程，大概明白一点了。"林知夏脸上爬起微红，她虽然通过备考ACCA学到不少会计知识，但毕竟从未实战过，对很多知识的理解仅限于表皮。

胡豆豆也没纠结她口中的"大概明白一点"到底是明白了多少，索性直接全盘解释一遍："公募基金或者专户基金成立的时候，一般都有一个初始募集金额。比如甲和乙一人投500万元成立了1000万元的专户基金，甲乙都需要把钱打给基金公司，然后基金公司会在托管行专门开个户，把这笔钱放进去。这笔钱进募集户的那天，就是基金的成立日，也是我们的验资日。作为第三方独立机构，我们的职责就是核实这笔资金的真实性。核实手段呢，就是发函[①]。喏，这张是验资的询证函[②]。"胡豆豆一边发了个盖好章的函证截图给她，一边接着讲道，"函证上的数必须是你自己通过原始投资的数据算出来的。时间有限，我们通常会预先安排一位同事拿着函证去银行面函，面函的同事你需要提前找相关部门安排好。客户最晚要在打钱的当天下午两点上报证监会，所以他们通常会要求我们中午12点之前把验资报告给他们。我语速比较

[①] 发函："验资发函"是验资过程中的一个重要环节，主要指注册会计师在执行验资业务时，向出资者或银行等第三方发出询证函，以验证出资者是否按照法律法规以及协议、合同、章程的要求如期、足额缴纳注册资本的过程。

[②] 询证函：在公司设立或增资过程中，为了验证公司股东是否按照规定实际缴纳了注册资本，会计师事务所向银行发出的一种询证函件。银行收到询证函后，会查询、核对相关信息，在确认信息后，向会计师事务所提供回函，确认被审计单位的出资情况。

快，有疑问的话随时告诉我。"

"跟上了，谢谢老板。"其实步骤和注意事项教程里也都有，比起这些，胡豆豆身为一个经理，在年审百忙之中这么耐心地给她"讲课"，让她感到更为难得。

周五上午 10 点，负责验资跑函[①]的实习生接到了客户划款通知，但他在银行排队等待终于轮到在柜台前准备进行函证时，却突然发现自己忘记携带身份证。银行立刻拒绝了他的函证请求。

林知夏接到实习生的电话时吓了一跳。

"我不是跟你说过要带身份证和介绍信……"对于这种本可以避免的低级错误，林知夏气极。

"真的很抱歉，我早上出门太急，忘记带了。"实习生在电话那头连连道歉。

林知夏回想起来，虽然周三在邮件中确实写明了需要携带身份证，但在昨晚和今晨，她并没有再次提醒实习生。从这个角度来看，她自己也有疏忽。她打开手机，看到胡豆豆最近发来的信息依旧是"务必在 11 点之前拿到银行盖章确认好的函证"，心情变得沉重。

实习生软磨硬泡好一会儿，银行还是死活不同意。林知夏只好让实习生立刻打车回家取身份证，只是这样一来，来来回回要

---

① 验资跑函：在验资过程中，注册会计师为了获取出资情况的证据，向出资者或出资者的银行发出询证函，以验证出资者是否按照法律法规以及协议、合同、章程的要求如期、足额缴纳注册资本的过程。这一过程是验资程序中的关键步骤，其目的在于确保出资的真实性、合法性和完整性。

耽误一个半小时。只有拿到函证,他们才能把报告给客户。客户下午2点前必须要把验资报告报给证监会,所以无论是客户还是胡豆豆都很着急。

想了几分钟,林知夏还是决定把这个情况告诉胡豆豆。她走到了胡豆豆的办公桌前,深吸一口气,视死如归地说道:"老板,实习生早上去函证时没拿身份证,他现在回去取了,不堵车的话,11点半前能拿到盖好章的函证。"

"啊?身份证没拿?!和银行沟通过了吗?身份证照片可以吗?"胡豆豆瞪着她,抛出一连串问题。

"我反复沟通过,银行必须要看到身份证原件才能给我们的询证函盖章。"林知夏试探地问道,"如果客户着急的话,您能把报告先发给他们吗?"

"你是在开玩笑吗!"胡豆豆语气不善,"我们验资就是为了确定他们真的划款了,而银行盖章的回函是他们划款的唯一证据!你明白吗?"

这不就是甩锅吗?没有银行盖好公章的函证,锅就在自己头上;有了银行盖章的函证,锅就去了银行头上。她没觉得这是个多么严重的事情,原以为胡豆豆会爽快地同意先把报告给客户,没想到胡豆豆如此小题大做。

"可是……"林知夏还是想争取一下胡豆豆的配合。

"可是什么?没有确认好金额就给他们出了报告,虽然可能性不大,可一旦客户真的没有给银行划款,报告上签字的这两个倒霉蛋——我和温总都得进去不说,公司也会名声扫地。"

"进哪儿去?"林知夏愣愣地抬头。

"你说进哪儿去？"胡豆豆看着她懵懂的模样，气极反笑，语气里已全然没了之前的温和和诙谐，而是严肃中带着几分鄙夷。

"老板，很抱歉，我……"

"我们本质上是服务行业。战战兢兢，如履薄冰，这八个字你只要从业一天就应该牢牢记在心里，更应该记牢最基本的从业原则。迟给客户报告一小时，就是被客户骂一顿；可贸然给客户出具无根据的报告，才是真正的大忌。"

林知夏恍然大悟，指甲狠狠抠着手掌心，羞愧、后悔……各种情绪交织，她被胡豆豆这些铿锵有力的话教训得抬不起头来。

胡豆豆还在教训林知夏不知轻重。林知夏听着，眼睛愈发红得跟兔子一样，竭力压抑着泪水。

"我都没哭，你有什么好哭的？"胡豆豆有点无奈。

林知夏擦了把泪，咬着嘴唇，不敢哭出声来，眼泪却是落得更猛烈了，一串一串从脸颊上滚落。

胡豆豆叹了口气，不再说她。

当着她的面，胡豆豆开着免提打电话给客户道歉。听到成远基金一个普通的、收入远不如胡豆豆的运营部老师，在电话里都能把胡豆豆骂得狗血喷头，林知夏第一次切身体会到了乙方地位之低下。她羞愧地站在一边，看着替她挨骂的胡豆豆，不敢再说一个字。

客户给的最后期限是中午 12 点。

打完电话，胡豆豆苦笑："很多基金公司验资都是中午 12 点前给报告就行，成远的运营老师这么大的火气，我还没被客户这么喷过嘞！"

林知夏心里更觉得折磨了,脚趾抠地,恨不得原地消失。

"行了,你去盯着点实习生吧。争取中午 11 点半前拿到函证,拿到之后拍个照给我,然后再把报告发给客户。这次不要出问题了。"胡豆豆不欲多说,挥挥手让她赶紧走。

好在中午 12 点前,验资顺利完成了,林知夏把报告发给了客户。她想了想,又发给胡豆豆一连串表示歉意的话。

胡豆豆没回复。

第 8 章

我想要的不是钱,是尊重

公司的惯例,周五晚上不加班。林知夏早和母亲夏忆说好,晚上回家住。

林知夏的家在繁华的市区,小区外是车水马龙的繁华江景,小区内有高达 70% 的绿化,住在顶楼更是格外安静。这房子是林知夏父亲林斌和母亲夏忆离婚时,母亲分到的房产。

家里灰蒙蒙的。

夏忆有轻微洁癖,保洁阿姨每隔一天都会来清理。但家里仍是灰蒙蒙的。

是因为深灰色的地板吧,像笼罩着一层怎么都擦不干净的灰尘。林知夏其实不爱回家。偌大的复式大平层,在她看来还不如她和刘溪米一起租住在公司边上的那个 50 平方米拥挤却热气腾腾的小公寓。

"小夏,吃过晚饭了吗?你上班之后都没回过家,已经一个多月了。刘阿姨家的小赵每周都会回家，你回家也很方便……"夏忆看到她走进家门，先是一喜，快速迎上来，随后看着林知夏的脸色，缓缓说道。

"在外面吃了。我很忙。"林知夏低头换鞋，装作没听到夏忆的后半截话。

"平时工作辛苦，没空好好吃饭，回家妈可以给你做点好吃的补一补身体。"

"嗯。"

"工作有没有遇到困难呀？跟领导同事关系处得怎么样？"

见她沉默，夏忆缓缓说："不行就去博纳找你爸爸，如果有他庇护，你……"

"别说了！不用你管！"林知夏蓦地尖声打断。

夏忆明显愣了一下，尽管她立刻说："好好好，我不说了。"林知夏也从她侧过去的背影知道，她受伤了。

这一瞬间，林知夏突然恨极了自己——恨自己是个在工作上受了气，面对领导小心翼翼，只能对妈妈发泄的混蛋。妈妈在爸爸那里受到的伤害还不够吗？她怎么能，怎么能？

"对不起。"她咬着唇，隐忍着情绪。

"没事，你工作太累了。"

"我只是觉得，你能不能多为自己考虑！"林知夏看着母亲，红了眼眶，"他那样对你，你还要我去求他？"

"只要你好，妈妈就好。"夏忆背过身去，眼眶泛红。

林知夏沉默地上楼，她的房间在二层。她心中郁结得几乎喘不上气来。走时凌乱的卧室已经被收拾得干干净净，东西整整齐齐地摆放着；床上铺着粉色的被子，被子上放着一身睡衣。她的房间——无论她嘱咐多少次——母亲从来不让阿姨收拾，都是自己亲自来整理。想到这里，她的胸口又开始隐隐作痛。

她恨母亲的柔弱，更恨母亲的坚强。

"小夏。"脚步声越来越近。

"怎么了？"林知夏倚在床边，看向门口的母亲。

"林伊然去博纳上班的事情，你知道吗？"夏忆声音有些小心翼翼。她进门，把手里仍蒸腾着热气的玻璃杯放在了书桌上。

林知夏一愣："不知道，不过也不意外吧。"

林伊然是她同父异母的妹妹，是父亲再婚妻子乔嫣在她父母没离婚的时候就生下的孩子。

"妈妈的意思是，你还是要和你爸爸多联系。你……你明白吗？乔嫣和林伊然这对母女和你爸生活了11年，恐怕早就灌了不少耳边风，再加上林赢，你爸爸本来就重男轻女，难保他不会把钱都留给林赢和林伊然。"

11年前，正是因为乔嫣肚子里有了林赢这个男孩，重男轻女的林斌才正式和夏忆离婚，把乔嫣和乔嫣所生的两个孩子一起迎进了家里。

林斌在提出离婚前早已经转移了大半财产。可夏忆和他做了那么多年夫妻，且夏忆出身底层，能走到林斌身边且稳坐这么多年，除了拥有美貌之外，也不是吃素的。她早就有所察觉和准备。她挽留丈夫无果后，拿着收集好的证据起诉了林斌，并最终成功分得价值共计5000万元左右的财产，那是当时林斌全部财产的一大半。

利益面前，一切都能分崩离析。那场财产争夺战后，林斌和夏忆彻底成了仇人。林斌恨夏忆卷走他白手起家数十年辛辛苦苦挣来的钱，也连带着疏远了林知夏。

提到乔嫣，夏忆脸上闪过痛楚："如果你去博纳上班，可以少受委屈，少走弯路。再说，你爸爸现在是博纳税务组的高级合伙人，收入可想而知。只要你拿捏好你爸爸，这辈子有花不完的钱，你毕竟是他的亲生骨肉。"

"我想要的不是钱。难道我们真的是钱不够吗？"林知夏有点激动了起来，"我想有一天成长到可以和他平等地对话，而不是受人庇护。这些年，没有被尊重的不只是你。"

夏忆抬头惊诧地看着林知夏，眼眶不觉有些湿润，叹口气道："妈妈也知道，你想证明自己……可现在这个时代想靠自己出人头地太难太难。再说，年审动辄半夜一两点，税务却轻松很多。你是个女孩子，妈妈不想让你太辛苦。"

"我不想消耗。瑞尔菲格这片更干净的土地，对我的成长或许更好。"

"你难道要在瑞尔菲格一直待下去吗？你坚持得下去吗？"

"怎么坚持不下去？你怎么知道我不会成为一个不逊色于他的合伙人？"这话说出来，林知夏自己也吓了一跳。幸亏这是自己的母亲，换成其他人听到，恐怕都会忍不住嘲笑她。

夏忆神情惊愕地看着林知夏——面前字里行间透出勃勃野心的女儿。她心里既觉得满意，又有些担忧——林知夏从小没有父亲陪伴，高中时那段无疾而终的恋爱更是让她丧失了本就不多的自信。这种自卑和固执，会阻碍她的幸福吗？

"妈妈知道你心里有一股气,你想证明自己。这都怪爸爸妈妈没给你一个健康的家庭环境。但是妈妈的所求只是你能平安、快乐。"

"你别再说你所求只是我能平安快乐了,明明就不是。是你从小告诉我,我爸爸有个外室女叫林伊然,是你让我什么都不能比林伊然差——学习要比她好,大学要比她好,找的对象更要比她好!我心里的那股气从哪里来的,你不至于装成不知道吧?"林知夏神情有些悲哀。

夏忆沉默了,在房间里站了几分钟,不知该说什么,母女之间仿佛隔着一堵透明却坚硬的墙壁。她把林知夏书桌前的椅子推进去了些,转身走了。

林知夏躺在床上,闭上眼,心里满满当当的沉痛和悲哀。像她这样的单亲家庭,母女关系本来不应该是亲密无间、比普通的家庭更加容易相互依赖的吗?可是不知怎么的,哪怕她知道母亲很爱她,哪怕她明明也很爱母亲,两个人之间的距离却始终无法拉近。

"嗡——"成远基金的群聊里,刘佳宁发了一条信息。

"明天下午要加班,大家午饭后来公司哦。"

周六加班并不意外。可林知夏心还是不由一沉,无可奈何地跟着队伍回复了一个"收到"。

第 9 章

200 多份函证

低沉地轰鸣着的雷声此起彼伏,伴随而来的是细碎的雨声。林知夏从雷声中醒来。往常这样的雷雨天并不足以惊醒她,但最近她睡得都不太安稳。看了一眼手机,9 点半。迅速洗漱、下楼。夏忆已经准备好了早餐。

下午 1 点半,林知夏准时抵达公司,找到了项目组预定的会议室。推开门,里面只有刘佳宁一人,脸色凝重。

"知夏,我有两件事情要跟你说。"刘佳宁声音严肃。

林知夏点了点头,心中涌起一种不祥的预感。

"首先,李子欢离职了。作为项目组唯一的 A1 职级的人,后续成远的函证工作将由你来负责。"

林知夏震惊地问道:"为什么?!"李子欢不过比她早入职几个月,怎么一遇到些许困难就选择放弃?想到李子欢留下的大量函证工作,林知夏感觉仿佛有一块沉重的巨石压在胸口,令她几乎窒息。

"在瑞尔菲格，离职是一种常态。"刘佳宁似乎对此已经见怪不怪，开始有条不紊地安排后面的事情，"李子欢还没开始打函证电话，需要你从头开始联系发函对象、做函证、发函，并进行后续跟进。我在表里大概看了一下，有100多份托管行函证[①]和70多份定存函证[②]。"

林知夏知道函证麻烦，却没想到竟然有200多份。难怪李子欢要辞职。林知夏也委实是被这庞大的函证数量吓到了，她瘫坐在椅子上直愣愣发呆，看着刘佳宁的嘴一张一合，大抵就是说李子欢的工作要全部交接给她。然而其实也并没有什么好交接的，因为，别看李子欢平时一副愁眉苦脸半死不活的样子，其实目前还什么都没做呢。

看来李子欢的离职早有预谋啊！林知夏心中叫苦不迭。

刘佳宁知道李子欢基本什么都没做的时候，自己也吓了一大跳。因此，看到林知夏灰败苍白的脸色，刘佳宁心里很有些歉疚。她心知肚明林知夏是个倒霉鬼，却又不知道该如何安慰她。林知夏是项目组里目前唯一的 A1 职级的员工，这工作只能丢给她。

思忖几秒，刘佳宁挤出一句："你现在经历的这一切，别说是我，所有的合伙人也都经历过。"这意思就是，知道你很惨啦，但

[①] 托管行函证：会计师事务所在获取被审计单位授权后，向托管银行发出的，用以查询、核对被审计单位托管资产的书面询证。

[②] 定存函证：全称为"定期存款函证"，是会计师事务所在执行审计业务时，针对被审计单位的定期存款账户，向相关银行发出的询证函，用以验证定期存款的存在性和状况。

是大家都很惨，都是这么惨过来的啦！

林知夏苦笑地点点头，心里并没能好受一点。别说合伙人了，以她现在的处境，想升到高级审计师恐怕都不容易。这么遥远的"大饼"她实在吃不到。她心里焦虑倒不是因为她懒，刚入职的小朋友在瑞尔菲格的命运就是被像驴子一样使唤的，每个人都是如此。只是，一份函证她已经搞砸了；如今有200多份函证，不能出错，还需要全都收回，这不容易。

她怕极了再次出错。

林知夏还没从李子欢离职的事情里缓过神来，刘佳宁又抛出了一个炸弹："第二件事情，成远基金的刘振昨晚毫无征兆提出了离职，理由是工作强度高、身体不适，想休息。"

饶是再没经验，林知夏也看出这摆明了的猫腻。

"这么说，刘振真的有问题？"她喃喃道。

"嗯，你后面……"

看着刘佳宁试探的、欲言又止的神色，林知夏心里直打鼓。她想起刘娜曾当着刘佳宁的面让她就此事无须再向刘佳宁汇报，直接向自己汇报。刘佳宁会不会是怪她越级表现了？她心里暗自琢磨着，小心谨慎地开口："刘老师，在处理这类事上我也没经验，您有什么指导意见，您直接跟我说。"

"我也没什么指导意见，"刘佳宁神色古怪，"但……客户毕竟是客户，轻易还是不要得罪为好。"

林知夏应声道："您放心，我会尊重客户。"

刘佳宁点点头，不再说什么，低头对着电脑又开始工作。

林知夏倒没有太担心刘振这事儿，有一位经验丰富的高级经理在前面带着,她只要事事听话、按领导要求执行就行,她现在心里沉甸甸装着的是那200多份函证。

"您刚说要先打函证电话,是什么电话?"林知夏说回了函证。

看她一窍不通的模样,刘佳宁一下子不知道该从哪里说起,只好揉了揉太阳穴。

沉默,还是沉默,空气里弥漫着令人尴尬的氛围。

"您找个教程给我吧。"林知夏主动说道。

"嗯,好。你自己先研究一下发函的逻辑和流程,不懂了再问我。今天下午最好把要函证的金额全都抓出来,周一再开始打函证电话。"

"好的,有哪些要注意的时间节点吗?"

刘佳宁又给她简单讲了一下,两周内需要和客户把银行联系方式确认齐全并打完电话,边打电话边做函证,三周后需要把所有函证都做好、打印好、盖好章并且发出。

林知夏老老实实记下了这几个时间要求。她没做过这活儿,也没概念,只能说:"我会尽力完成。"

刘佳宁点头。别的不说,这几周接触下来,她对有关林知夏能力差的流言已经有了自己的判断,起码对于林知夏勤勤恳恳甚至任劳任怨的工作态度,她还是极其认可的。函证这活本身不难,需要的是细心和踏实肯干,她相信林知夏能做好。

下午两三点的时候,贺嘉瑞和李子欢陆续到了。林知夏勤勤恳恳整理着她的200多份函证的联系方式和金额、利率等需确认的信息,以便周一银行上班之后可以立即开始打电话和银行确认这些信息。

又忙了两个多小时，林知夏疲惫地拿着杯子步入茶水间。头晕目眩的她坐在了茶水间的椅子上，小口地喝着水，眼神渐渐飘向远方。

茶水间位于60楼的高处，透过明亮的窗户，远处的车辆和行人在她眼前仿佛成了一幅精致的微缩画卷。车辆穿梭如织，行人步履匆匆，如同一粒粒各色的颗粒，缓慢挪动着。每个人都在这个庞大的都市舞台上扮演着自己的角色。林知夏静静地凝望着这一切，感受着生命的喧嚣与静谧。

她清晰地意识到，自己的存在也如这微缩画卷中的一粒尘埃，渺小而又微不足道。

生命本身就如同尘埃一般，她遭遇到的这些痛苦就更是别提有多微茫了。

林知夏深吸一口气，告诉自己，现在能感受到的所有痛苦，都只是被放大后的感受，不值一提。她不能再放大痛苦，不能再内耗，专心做事，什么都能挨过去。

第 10 章

何必如此勤勉尽责？

正发着呆,一只手搭在了她的肩膀上。

"好久不见。你今天也来公司加班了？"

林知夏扭头一看,是秦漫。

"你怎么在这里？你们组不是在楼下吗？"林知夏好奇地问道。瑞尔菲格会计师事务所占据了这座办公大楼中整整 7 层,各个部门分布在 55 至 61 这 7 层中。她所在的第 60 层是基金组、银行组和保险组的办公区域.而据她所知,破产管理组应该位于 59 层。

"我们那层楼的洗手间排了好长的队,我就干脆上楼来用你们的洗手间啦！这不,经过茶水间就看到你了。"秦漫笑嘻嘻地说道,"你晚饭有约吗？我约了我们项目的一个高级审计师一起吃,要跟他请教点问题,你也一起来吧。"

林知夏连连摆手拒绝："我手头的工作太多了,哪有空出去吃饭呀。"

"再忙也得吃饭呀，况且周六晚上又不用加班。我们就是在楼下简单吃点儿，不远的，来吧来吧！"

盛情难却，林知夏最终还是接受了邀请。

临近下班时间，林知夏已经将函证里需要填写的数字全部整理完毕，并让刘佳宁过目。林知夏坐在刘佳宁身旁，目睹她修长的手指在键盘上飞速地舞动，速度快到几乎看不清具体操作，只见一串串数字和公式在电子表格里迅速呈现。林知夏没想到自己刚才花两个多小时取出来的数据，竟然在短短几分钟内便复现在了刘佳宁的电脑上。她屏息凝视，心中崇拜不已，这不就是她理想中的专业人士的样子吗？

"现在没什么问题了，一共需要发 204 份函证哈，这个函证的量在我们组也是很大的。今天你也没什么事，早点下班回去，周一开始要辛苦你打电话了。"刘佳宁神色淡淡地把修改了几处问题后正确的版本发给林知夏。

林知夏看了看时间，正好 6 点半，秦漫 5 分钟前发信息说她已在餐厅里找好了座位。幸而餐厅就在楼下，林知夏收拾好东西，六七分钟后便赶到了。桌边除了秦漫外，还有两个高高瘦瘦的男同事。林知夏有些疑惑，不是只有一位吗？

坐在秦漫身边的那人 30 岁左右的模样，穿着棕色的毛衣，笑容可掬，看面相就知性格不错。

另一位更是让林知夏眼前一亮。男生气质极佳，单眼皮的眼睛生得很漂亮，鼻梁高挺，皮肤白皙，头发微卷，黑白穿搭更是简洁清爽，有点韩国男生的味道。只是神情略显高冷，不太好相处的样子。

"抱歉迟到啦，才交完一个工作。"林知夏不好意思地笑了笑。

"秦漫，你没说你这个朋友是个大美女呀！"穿棕色毛衣的男同事夸张的赞美声响了起来。林知夏脸色微微变红。

林知夏穿着一件宝蓝色的短款羽绒服，搭配着笔挺的黑色铅笔裤。这身装扮让她的肤色显得更加清新透亮，双腿看起来修长且笔直。和往常一样，她今天依然没有化妆。正是这份素颜的纯净，让高宇泽更加感叹，她是一个真正的美人。

秦漫眼神里有了几分异样的情绪，她觉得林知夏固然漂亮，自己却没有逊色多少，高宇泽这样夸林知夏，让她心里难免有些不舒服。不过，她还是笑盈盈地说道："那当然啦，要给你一个惊喜嘛！知夏，这是高宇泽高老师，我项目的高级审计师。这是宋筠安老师，高老师另一个项目的同事，也是我们破产组的成员。"

宋筠安朝林知夏颔首、微微一笑，算是打了个招呼。

宋筠安？宋筠安？林知夏目光一凝，惊讶到不能自已。

第一次听到宋筠安这个名字，是她回国的第二天，3年不见的林斌难得带着家人和她吃饭时。席间，她那同父异母的妹妹林伊然不经意间提起了这个名字。宋筠安是林斌介绍给林伊然的相亲对象。

据说林斌带着林伊然和宋筠安父子一起吃过一顿饭，并让他们互相加了微信，把宋筠安作为结婚对象推荐给了林伊然。能入林斌的眼，宋筠安的家境必是没得挑。难得的是，被林斌惯得养尊处优、眼光向来极高的林伊然在见了宋筠安之后也十分满意。早听说林伊然这位"准男友"也在瑞尔菲格，没想到世界这么小，也不知两人在那场"相亲"后有没有在一起。林知夏好奇的目光再次落在了宋筠安身上。

菜陆续上来。秦漫和高宇泽聊得热火朝天。林知夏主动和宋筠安搭起了话："宋老师，咱们公司破产管理组的队伍是不是很庞大呀？"

宋筠安答道："也就几十人，不大。"

林知夏追问："现在经济环境差，生意难做，破产的公司应该越来越多了吧？我还想着这块儿需求应该很大呢。"这样和宋筠安搭话，一方面，她是真的好奇破产管理组的事情；另一方面，她也好奇林斌和林伊然看上的人是什么样。

"嗯。但小项目赚不到什么钱，大项目又更倾向于找律师事务所承接，所以我们也不太容易。"宋筠安简单解释了下。

高宇泽听到两人在聊破产管理组，也加入了讨论："我们组新成立没几年，和你们几百人的基金组比不了。"

"那你们破产管理组是不是很有意思呀？"林知夏盯着宋筠安的眼睛，又发问道。

"你指的有意思是？"宋筠安很纳闷——破产的企业何来有意思可言？

"就是体验丰富——不是说我要看人家笑话。"林知夏解释。

宋筠安了然，道："那当然。会见到形形色色的人情冷暖、故事或事故。可怜的人、坏人、心眼多的人、睁着眼说瞎话的人……"

看林知夏毫不掩饰的羡慕神情，高宇泽笑着吐槽道："你别羡慕，我们很累的哦。我们组唯一的高级合伙人英总定的规矩，要想在组里升经理，不但要有CPA证书，还要考过法考。工作那么忙，谁考得过来啊！"

"法考对审计有帮助吗？"林知夏不解。她低调地没有提及自己入职前已经通过了法考的事情。

"我们组天天和法院、律师打交道，没点法律知识还真不行。你们金融组可能的确用不到。我听说金融组挺轻松，是真的吗？"高宇泽有点羡慕地问道。

"单调，但不轻松。我下周开始有200多份函证要发。"林知夏苦笑。

"200多份函证！"高宇泽声音猛地提高。

"宝儿，你要发200多份函证啊！"秦漫不敢相信地望着林知夏。

"有什么不对吗？"林知夏奇怪地看着几人。

"我们一个项目也就几份，你一个项目200多份，佩服，佩服！"秦漫看向林知夏的眼神里充满同情。

"一个项目就几份函证……"林知夏瞳孔地震，她快羡慕哭了。

"就你一个人发？"

"不然呢？"

高宇泽直咂舌："之前没跟基金组的同事打过交道，真不清楚你们这么忙。"

"是啊，我们每个基金产品都要发函、出报告，有时候一个基金公司有几百只基金，我们工作量就上去了。重复性比较高，所以我说单调嘛。"

几人纷纷同情地看着她。

"但你们金融组挣的钱最多啦！"高宇泽试图安慰。

"挣的钱又到不了我的口袋里……"林知夏嘀咕。几人笑。

晚饭过后，林知夏加了高宇泽和宋筠安的微信。正巧看见刘娜几分钟前发来的信息,询问林知夏是否还在公司。于是,3人一同返回公司。林知夏在出了电梯到达60层后,迅速回复了刘娜:"我在。"

在瑞尔菲格能够拥有独立办公室的只有高级经理和合伙人,其中高级经理的办公室相对更为简约狭小。林知夏推测刘娜找她必然与昨晚刘振的突然辞职有关,于是迅速前往刘娜的办公室。

果不其然,刘娜一见到她便问道:"你知道刘振辞职的事情了吗?"

林知夏轻轻点头,表示知晓。

刘娜眉头紧蹙,继续说道:"这进一步证实了我们的怀疑。客户似乎想要避免上报监管,而让刘振主动离职,从而撇清与他的关系。"

林知夏震惊之余脱口而出:"成远难道打算为了保全公司声誉,掩盖这桩丑闻吗?"虽然涉及的金额与那些重大的内幕交易相比并不算巨大,但基金经理挪用公众资金、收取高额管理费用,并且利用信息不对称为自己谋取私利,这种行为在本质上是极其恶劣的。

刘娜凝视着林知夏,神情复杂。她稍作犹豫后说:"作为外部审计,我们有责任将客户的违规行为上报给相关监管机构。"

林知夏点头表示理解,她知道作为成远的乙方项目经理,刘娜做出这个决定并不容易。她问道:"那我接下来需要做什么?"

刘娜递给她一张早已打印好的纸,吩咐道:"这是监管机构的邮箱,你把之前发给成远的祁总的那些材料整理一下,修改措辞后,今天就发出去吧。"

林知夏回到工位后，立即按照刘娜说的将资料整理好，发给了监管机构。

周一早晨，林知夏开始忙碌地拨打客户之前提供给李子欢的托管行联系电话，期望能顺利地推进函证工作。然而，出乎她的意料，许多电话竟然是空号。刘佳宁甩给了林知夏5个字：自己想办法。快到2月份了，刘佳宁愈发忙到起飞，没心力管函证电话这种芝麻小事，她需要的只是结果。

20多通电话下来，有效电话寥寥无几．林知夏要疯了。这样下去，函证能收回一半都是奇迹，她还不如直接引咎辞职。思量再三，她决定给客户打个电话，就这些银行电话的准确性问题再做一次确认。

"老师您好，我是瑞尔菲格负责成远函证的审计，您这边收集来的托管行联系电话很多都有问题，能不能麻烦您重新帮我确认一下证券的托管行联系方式？"

电话那边传来一个焦躁的女声："我很忙，无法一个个核实！"

"那能不能麻烦您再跟管理各个基金的老师们确认一下托管行联系方式有没有更新。现在拿到的电话信息准确度太低，函证工作很难推进。"

"我请问是你们聘请我们，还是我们聘请你们？我自己还有一大堆工作很难推进呢！"女人的声音蓦然间提高。随即，电话被挂断了。

没有获得任何有价值的信息，反而自找没趣地挨了一顿骂。林知夏突然想起了徐海宁，她纠结着是否应该向他求助。但很快又自嘲地拍了拍自己的脑袋，暗骂自己糊涂。虽然徐海宁出面可能会帮助解决这个问题，但这样做的风险太大，一不小心就会引起流言蜚语，他们之间的关系也可能因此曝光。更何况，她本就不应该将工作和徐海宁的私人关系混为一谈。

林知夏正发愁，手机上跳出了一条信息，原来是高宇泽在微信上找她。

"函证发得怎么样啦？"

这人，哪壶不开提哪壶。

"别提了，人快没了。客户给的联系方式都是错的。"

"这堆函证很重要吗？"

"什么意思？"林知夏没太懂，函证难道不是审计中最重要的环节吗？

"我的意思是，函证收不回来其实也不足为奇，特别是遇到这种不配合的客户时。这不能怪你。实在收不回就实行替代程序[①]呗，对于你们这种基金来说，替代程序无非就是向客户索要一下对账单之类的，很简单的。依我看，随便发一发就好了。"高宇泽听起来就像是个老油条。

"什么叫随便发一发！这怎么行！"林知夏心里翻了个白眼，不想理会高宇泽的胡言乱语。

"那给你提一个小小的建议吧，申请一两个实习生来帮你。另

---

① 替代程序："函证替代程序"是指在无法实施函证或函证结果无法获取充分、适当的审计证据时，注册会计师采取的其他审计程序，用以获取相关、可靠的审计证据，例如获取托管行对账单核对、检查期后结算情况、抽查有关往来款项的原始凭证等。

外,银行的名字只要没错,你可以去地图找或者打114查号码试试,联系到银行的工作人员后,再让他们内部帮你查号码。"

"实习生?真的可以吗?"林知夏眼前一亮。

"相信我,200多份函证,你的要求很合理。瑞尔菲格就是这样,你不摆困难、不提需求,就要活该被当超人使唤。"

"不会被骂吧?"林知夏有些提心吊胆。

"不会的。你要是挨骂了,我就请你吃饭安慰你!不过,如果真给你分配了一个实习生,你可得请我吃饭哦。"高宇泽在微信上的玩笑似乎略微超出了普通同事间的界限。林知夏一怔,心里隐隐有些不安。她琢磨了一下,回复了一个简单的"好,谢谢"。

按照高宇泽的建议,在临近下班时,林知夏坐到了刘佳宁身旁,打开记录函证的电子表格,向她展示了一天的电话联系成果,并谨慎地说道:"刘老师,您看,客户提供的联系方式很多都不正确,所以联系银行的进度很慢。今天真正打通的只有19个。照这个速度下去,两周都打不完电话,更别说做函证和发出了。"

"所以?"刘佳宁抬头看向她,示意她直说。

"能不能申请两个实习生来协助一下?这样就可以尽早做好函证并及时发出,我担心这样下去会延误进度。我个人加班没问题,但银行不加班,每天有效工作时间只有早上八九点到傍晚五点多。"林知夏解释道。

刘佳宁审视了一下林知夏电脑上显示的进度,点了点头:"我去跟老板说一下吧,现在年审到处都缺人,两个实习生可能有些困难,但一个应该可以安排。"

这么简单?林知夏连连道谢,松了口气。

刘佳宁办事效率向来高，实习生刘宇第二天就到了成远。刘宇性格开朗，总是面带笑容，是复旦大三就读的学生，利用寒假时间来实习。看着这位名校高材生一遍遍重复同样的电话话术，林知夏觉得有些大材小用。随即她又想到了自己，不禁摇头苦笑。

或许，这就是职场的现实，基层工作大多是重复性的琐事，无论是谁，都有一段漫长的黑暗和底层时期要忍受。

第 11 章

无脑听领导话的下场

在刘宇的帮助下,林知夏的工作效率显著提升。面对堆积如山的 200 多份函证,她调整好心态,不再像刚开始那样手忙脚乱,反而以之作为锤炼自己严谨性和条理性的磨石。周日,她也能抽出空来和徐海宁去享受难得的约会时光。

无论是工作还是生活,不知不觉都变得顺利起来,一切似乎都在向着更好的方向发展。虽然每天仍然要加班到 12 点之后,林知夏的心情却越来越好。

一周后,大部分函证电话已经处理到位。对于那些尚未打通或查询无果的少数电话,林知夏特意在周末进行了整理,并通过邮件先行告知客户。她准备了一份详细的清单,打算周一早晨到成远后,面对面与客户沟通,毕竟伸手不打笑脸人嘛。

周一清晨,林知夏如常背着包,步履匆匆地踏入了成远基金的大门。今天的气氛与往常截然不同。成远的前台一反常态,面色紧绷。顶着前台阴沉得如同乌云压顶的目光，林知夏一头雾水地走进了会议室。只见刘佳宁和贺嘉瑞正在低声讨论着什么。

见林知夏进来，贺嘉瑞嘴角勾起一抹讥讽的笑容，冷嘲道："哟！见义勇为的女英雄来了。"

林知夏不解地看向贺嘉瑞。贺嘉瑞刚要开口，却被刘佳宁一个眼神制止了，他冷哼一声，低头工作。林知夏心中困惑更甚。她将包放在椅子上，决定去洗手间洗把脸清醒一下，回来再向刘佳宁询问事情的原委。然而，在洗手间的隔间里，她听到外面走进来的两个女性正低声讨论着——

"你听说了吗？刘振老师的事情是瑞尔菲格那边一个叫林知夏的小姑娘举报的，就是那个长得很漂亮的姑娘。我之前还在电梯口见过她呢。难怪刘振老师会突然离职。唉，刘振老师人那么好，怎么出了这事儿？真是想不到。"一个声音低声叹道。

"真的吗？举报客户这么大的事，她怎么敢？"另一个声音惊讶地问。

"有什么不敢的？她直接给监管机构发了举报邮件，连她自己老板都没告诉。我早上听说他们那个姓刘的女经理打电话给老大解释来着，说自己毫不知情，这姑娘也没走瑞尔菲格内部正规报监管的渠道，就是个人举报，属于个人行为。听起来瑞尔菲格也是被这小姑娘给坑了。"第一个声音冷哼一声。

"这女生什么来头啊？咱们可是瑞尔菲格的大客户啊，她竟然敢直接举报？她以后是不想在瑞尔菲格混了吗？"第二个声音感叹道。

"谁知道呢！也许她有自己的打算吧。不过这样一来，刘振老师的事情恐怕是板上钉钉了。今天一大早监管的人就来公司了，也不知道公司会受到什么影响。"第一个声音忧心忡忡地说。

"哎，希望不要波及我们吧，咱们公司后面和瑞尔菲格的合作是不是也要黄了……"两人的声音渐渐远去。

从隔间走出来时，林知夏脸色已经苍白如纸。

她扶着墙壁缓缓走回会议室。短短两分钟的过程中，她脑海中不断回放着这段时间以来的种种事情。

回到会议室，林知夏冲到了刘佳宁面前。

"刘老师，您知道的，我一直是按照娜总的吩咐……"

在刘佳宁沉默带着些许同情的神情里，林知夏的心越来越凉。

她拿出手机，给刘娜打电话，刘娜没接。她又给刘娜发了一个短信，大意就是："这不是你让我发监管的吗？"

十几分钟后，刘娜回了她一个信息："我说的是这类事情一般要汇报，没有说让你立刻汇报。你没有征询我的意见，更没有把邮件发给我看，而是直接发给了监管，这是绝对不允许的。我们公司即便上报监管也有一套流程，你应该按照公司的规章制度，把材料上交给我，由我和客户协商好后，再将整理好的材料交给公司内部相关部门。你遵守流程了吗？你直接草率地发出去，擅自举报了客户！"

看到刘娜的短信，林知夏几乎要气笑了，除了愤怒和委屈之外，深深的无力感压倒了一切。

她终于明白了刘娜的用意。作为报告的签字人，客户的事情万一在未来曝光，刘娜一定会受到牵连。刘娜衡量后决定采取行动，然而直接得罪客户显然不是明智之举。而且，对刘娜个人来说，这种损害客户利益的告密行径虽然有理，却必定会让其他客户对她心生芥蒂和防备。因此，刘娜选择让林知夏成为这个靶子，既保护了自己，又维护了公司的利益。

难怪刘娜一直对她态度和气，难怪刘佳宁态度古怪地让她不要擅自得罪客户，又难怪刘娜从未通过邮件、短信等任何留痕的方式和她沟通这件事情。想必刘娜从知道这事情的第一天起，就给她早早挖好了坑。林知夏越想越觉得心惊胆战，这么久以来，她竟然被刘娜玩弄于股掌之间。

林知夏无法再去面对客户，剩下几个需要确认的函证电话，她让实习生刘宇替她去问了客户并逐个打完。

到了周五下午，监管部门及警方公布了对刘振的调查结果及处罚。下班后，林知夏在种种异样的眼神中，背着包离开了成远。晚上按公司惯例不加班，徐海宁请她在一家离公司有半小时距离的西班牙餐厅吃饭。为了避嫌，徐海宁先把车开到了公司附近一个停车场内。林知夏走到了停车场。上车后，她神色怏怏。

徐海宁早几天便知道了这事儿，监管部门公布处罚后，这事情更是如同野火般迅速蔓延开。但也是最近两天，他才听说举报者叫林知夏，这当真令他震惊不已。林知夏一上车，他便接连问道："这事情你怎么没跟我说过？真是你举报的？"

林知夏讲了没几句，徐海宁便明白林知夏是被刘娜算计了，且算计得毫无痕迹。林知夏已经很伤心了，他也不好再说她傻。刚踏入社会的小姑娘，社会经验浅也是正常的，又碰上了刘娜这老谋深算、底线不高的人，他只能安慰。

"我可能会被开除。"林知夏低声说道。

徐海宁抿了抿唇，沉声道："我会托人和你的老板知会一声，这事不怪你。"

"不必了。我的老板就是刘娜，这事就是她一手策划的，还有什么好说的。项目合伙人温总也不可能去动刘娜，刘娜比我价值高。如果一定要有人承担责任，只能是我，谁去说都没用。而且本来瑞尔菲格正在竞标成远基金公司审计的项目，听说因为这事儿，项目也已经黄了。"林知夏心里极为灰意冷，脑子却比之前清楚了不少。

"长进了嘛，想得倒清楚。"徐海宁低头一笑，"罢了，也不是多大的事儿。事已至此，你想过换一家公司吗？留学生的应届身份可以持续到八九月，严格意义上，你现在还没有失去应届生的身份，重新找一份工作还来得及。"

林知夏知道徐海宁说得不错，可她不甘心，实在不甘心。

徐海宁继续说道："我帮你留意一下工作机会吧。虽然我推荐的公司可能比不上瑞尔菲格，但工作应该比审计轻松不少。"

"不用。"林知夏想也没想地回绝了。

徐海宁侧过头深深看了她一眼："我还记得你高中的时候，很依赖我。"

林知夏垂眸，没接徐海宁的话茬，长长的睫毛盖住了她眼眸里的神色。依赖别人的下场不言而喻。再想想她的父亲，这世上有谁是能真正靠得住？她心里没来由地感到一阵苦涩和无奈，却又很快逼自己转移了注意力。

第 12 章

人性面前，内幕永远无法杜绝

到餐厅后，林知夏仍没什么胃口，徐海宁便少点几个菜。两人继续聊着刘振的事。

"这次的事情，对你们公司影响是不是很不好？"林知夏小口喝着汤，问道，"而且，刘振老师为人和和气气的，口碑向来很好，收入也不菲。我至今也想不通他为什么要为了 300 万元——哦不，为了几十万元的收益，把自己搭进去。"

"不是 300 万元，是 3000 万元。"徐海宁纠正，"你没仔细看监管调查的结果？"

林知夏睁大眼睛，监管的通告才出来不久，她的确没来得及仔细看。她问："什么意思？我一笔笔核对过他的交易流水，就是 300 万元啊，怎么可能会是 3000 万元？"

"刘老师买的可不是他负责的公募基金投资的股票，他托朋友找了家私募基金,和券商签订了场外期权[1]协议,买的都是场外期权,每次交易都有10倍以上的杠杆。"徐海宁淡淡地说道。

"场外期权?"林知夏费力地在大脑中搜索着相关知识。

徐海宁解释道:"就比如说,一只正股涨了50%,他至少可以获利500%。他有内幕信息,他选中的股票股价被拉升是必然的,因此,他也会有极其丰厚的获利。你倒适合做这份工作。刘振毕竟是资历深厚的基金经理,操作很谨慎,如果不是因为你看得实在太仔细,这很难被发现。"

林知夏听徐海宁讲述着刘振的这番操作逻辑,人都听傻了。她张了张嘴,却发现自己竟然无言以对,只能默默地消化着这些令她难以置信的话。

"3000万元的盈利还只算了去年呢,4年前刘振就开始这样操作了,总共获利的金额足足有1.1亿元之多。"徐海宁翻出一篇报道,发给了林知夏,"你看这篇文章,分析得很透彻。"

"刘振获利的这1个多亿,最后究竟是谁买单的?"林知夏语气沉重地问道。

"当然是投资者买单。你问到点上了,这就是'老鼠仓'的恶

---

[1] 场外期权:一种在非集中性交易场所进行的非标准化金融期权合约交易,是一种可以根据投资者需求定制的、在场外市场交易的金融衍生品。它允许投资者根据特定需求定制期权产品,用于满足套期保值、套利、对冲或投机等个性化需求。与交易所内交易的标准化期权不同,场外期权的合约条款如行使价和到期日等,都可由交易双方根据需求自由商定。这种灵活性使得场外期权在交易量和交易额上占据明显优势,但同时也带来了相对较高的信用风险和流动性风险。

劣之处。投资者支付管理费，把钱交给基金经理管理，可基金经理却用他们的钱给自己谋利，最后买单的还是普通投资者。所以公司声誉和品牌这次严重受创，投资者质疑、不信任也是正常。好在成远在业界的地位和投资规模摆在这里，风头过去人们忘记就好了。社会一直都是如此，风吹哪边散哪边。"徐海宁轻声一笑，似乎已是见怪不怪。

风吹哪边散哪边……

知道徐海宁是在变相地安慰自己，可听到这话的林知夏心却不由得变得更沉。不管多大的事情，社会舆论哗然几天，不疼不痒便又过去了。林知夏端起水杯，只觉得胸口闷闷的。她喝了一口，又问徐海宁："你也是一个基金经理，这种情况在你们基金经理里是不是普遍？"

"在人性面前，内幕，永远无法杜绝。"徐海宁淡淡一笑，看林知夏灰败的脸色，又补充了一句，"不过这几年，监管的力度提升了很多，这种情况也在慢慢减少。"

"你不会也干过这种事儿吧？"林知夏怀疑道。

徐海宁神色微恼："我怎么会做这种自毁前程的事情！"

"那就好。钱够花就行，这种缺德事儿可千万别干。"林知夏忧心忡忡地说。

徐海宁见林知夏还在担心、教育着他，哑然失笑："你先顾好自己吧。"

手机铃声响起，林知夏拿起手机，一看，本就不好看的脸色霎时间变得更差。犹豫了一下，她还是接起电话。她尚未开口，话筒那边便传来一连串质问的声音。

"你怎么去瑞尔菲格上班了？为什么跑到这个圈子里胡闹？你是成心想让爸爸难做吗？"

圈内的消息流传的速度果然惊人，这才多久，林斌竟也听说了。林知夏本就委屈，此刻更是被他接连的问句问得气不打一处来，出言讥讽："难做？十几年不闻不问，还有比你更好做的父亲吗？"

电话那边，林斌的声音放低了一些："爸爸不是给你安排了电视台的工作吗？轻松、光鲜亮丽，不好吗？"

"我去哪里工作跟你有什么关系？我不需要你的安排。"

林斌冷声责怪道："你去瑞尔菲格也就罢了，还做审计。你知道审计有多苦？现在又捅出一个这么大的娄子，圈里都传遍了！还好这几家事务所没人知道你是我女儿；否则，影响声誉不说，可能还会影响到我的客户！"

这才是林斌着急忙慌的真正原因，不是担心女儿的职业发展，而是担心自己的客户流失。林知夏直接挂断了电话。在她看来，多说一个字都不再有必要。好在，面对林斌，她早已经习惯了这种失望，如今也早已经没了什么痛觉。

"和你爸爸吵架了？"徐海宁问。

"他生怕别人知道我是她女儿，牵连到他。"林知夏没好气地说道，"不提他。"

徐海宁一怔，一时间不知该说什么好。

"我们现在谈恋爱，算不算是违反了审计的独立性啊？不会要承担什么责任吧？"林知夏转移了话题。

会计师事务所对员工有着一系列关于独立性的严苛要求，虽然林知夏并不能清楚记得每一条具体的规则，但用脑子想一想也觉得，审计单位和被审计单位的员工谈恋爱好像涉嫌独立性违规。

"不会。只有董监管理高层谈恋爱才违反独立性，你这种小员工，不打紧。"

"你不会找我之前都做好这些功课了吧？"林知夏眨着大眼睛问他。

"当然了。"徐海宁垂眸一笑。

"好吧，不过也无所谓了。我还能不能待下去、能待多久，都不知道呢。"林知夏叹了口气。

晚上回到家，林知夏打开手机，看到了网上对于成远基金及刘振的一片骂声。爆出场外期权"老鼠仓"，也意味着成远基金内部管理机制存在问题，这也不怪基民纷纷叫嚷着要把资金赎出。正如徐海宁所说，这次"老鼠仓"事件恐怕给成远带来了不少潜在的损失和客户流失，对于这个全国前列、口碑向来不错的公募基金的声誉也造成了重创。

林知夏才不管三七二十一，这事儿又不怪她，她行得端坐得正，不该折磨自己。于是，她闷头呼呼大睡了一觉。周六，林知夏去瑞尔菲格总部加班，更是没事儿人一样接着做函证。

"知夏，你后面3周应该要去长兴基金的项目，对吗？"瑞尔菲格总部会议室里，刘佳宁询问林知夏。

林知夏点了点头，回答道："嗯，我看年审的安排上是这样写的——先是去成远一周，然后接下来3周都是长兴的项目。"

刘佳宁略一沉思，然后缓缓开口："知夏，长兴那边的情况有点变化。他们最近招到了两个实习生，所以暂时不缺人手了，你这边就不需要过去了。从下周一开始,你可能需要暂时 idle[①] 一下。成远的函证任务比较重,你在 idle 期间就负责跟进这些函证吧。如果哪个项目需要验资或者盘点人手,你再顶上去。"

"idle 是什么意思?"林知夏太阳穴跳了两下,心中涌起一丝不安。

"就是暂时没有项目,暂时闲下来。"刘佳宁解释道。

一旁的贺嘉瑞却阴阳怪气地插嘴:"年审期间竟然能 idle,这也太爽了吧?真是让人羡慕啊……"

林知夏只觉脸颊一阵灼热,仿佛被人狠狠扇了一记耳光。在这人手紧缺的年审时期,她竟然被实习生替代、成了无项目可做的闲置人员。好形象的建立需要长时间的积累和努力,但毁掉它,却往往只需要一两次的失误。尽管林知夏努力宽慰自己,但心情仍旧不可避免地低落起来。她走到茶水间倒水,想要透透气,平复一下心情。

刘佳宁拿着水杯紧随其后走了出来,轻声问道:"知夏,你没事吧?其实成远那边本来是想安排你去的,但老板考虑到现在很多客户都认识你,担心客户见到你心里会有疙瘩,所以觉得你还是留在公司比较好。"

林知夏心中明白,刘佳宁这样说只是为了给她留一点颜面。她也不想深究其中缘由,毕竟刘佳宁之前也曾隐晦地提醒过她不要得罪客户。这次的事情,她怪不得刘佳宁。

"没事,是我自己能力不足。"林知夏微笑着说道。她用平静

[①] idle:会计师事务所行业黑话,意指没有项目的闲置状态。

的表情掩盖住了内心的波涛汹涌。

刘佳宁看了她一眼,温言道:"你其实很优秀的。"

虽然知道这只是刘佳宁的客气话,但林知夏心中还是涌起了一股暖流:"谢谢。"

"你大学学的什么专业呀?"刘佳宁侧过头来看了林知夏一眼,好奇地问道。

"我学的法语。"林知夏淡淡地回答。

"法语?那你是怎么想到来做审计的?"刘佳宁颇感意外。

林知夏轻轻一笑,简略答道:"瑞尔菲格招人不挑专业嘛,我刚好有机会,就进来了。"

真正的原因,恐怕是迷茫。她一直有着证明自己的强烈愿望,这可能不只和童年经历有关,也是她从野心勃勃的父亲身上遗传到的基因。可是,她花了整个大学的时间寻找自己真正想要什么,仍没寻到答案。

父亲在她的成长中缺位,母亲年轻时是个话剧演员,对她的职业更提不出任何建设性的意见。她当初喜欢法语,可真正学了法语后,却又觉得自己并不想从事法语相关的职业。迷茫中,她只好考证,考完ACCA,考法考。

林斌毕竟是博纳的合伙人,博纳、瑞尔菲格、成济这3家事务所的信息她多少关注、了解过一些,知道这3家的审计岗位只挑学校、不挑专业,又能学到很多。再加上之这3家公司人员流动性极大,等她未来想清楚自己到底要做什么的时候,会更容易跳槽做二次选择。误打误撞,她面试通过后,便进了这里。

刘佳宁慢悠悠地洗好了杯子,看似随意地问道:"知夏,你想过吗，会不会有可能是因为你本来并不适合这份工作？"

林知夏唇边刚刚凝集不久的笑容僵住，即便她是个傻子，也能听懂刘佳宁这话是委婉的劝退。也不知这是老板的意思，还是刘佳宁自己的意思。被劝退，在瑞尔菲格这种相对缺人、流动性极大的公司，说是耻辱也不为过。

她想大声告诉刘佳宁，她勤奋、不怕吃苦、学习能力强，虽然不是相关专业毕业，可在考证过程中她也有了不错的会计和法律基础。她明明很优秀，只不过是因为在这种公司内部项目之间频繁人员流动的地方，这短短一两个月，她还没有机会展示出来而已，运气又不够好。可她话到了嘴边，却成了："很抱歉，我也尽力了。"

唉，自己都觉得自己听起来幼稚极了。林知夏沮丧不已。

即便刘佳宁不这样暗示她，从这段时间以来同事们对她的态度里，她也早意识到了，要是未来她想在基金组顺利发展，简直难比登天。害公司丢客户的帽子会一直扣在她的头上，这罪过也将始终伴随着她未来的职业生涯。

她有她的骄傲，也不愿再做什么多余的解释了。

周日下午，林知夏又接到一通让她心情更为烦乱的电话。

"林知夏吗？我是医药组的经理齐悦，也是林州医药的项目负责经理。我们项目组现在人手实在紧张，我看到你目前是 idle 的状态，所以就想请你明天来帮我们做个盘点。还有个实习生叫刘宇吧，我已经和老胡沟通过了，他说刘宇在来成远之前已经参与过好几次盘点了，你带上他一起来。"

齐悦的一串话让林知夏听得有些发蒙。盘点？医药组？她怎么也没想到医药组会找到她。

"我之前没有做过盘点。"林知夏说出这句话时，心中带着几分推诿的意味。

"不用担心，我已经把教程发给你了。药企仓库的盘点有一些特殊关注点，你明天盘点前可以先看一下教程，了解一下。"

林知夏没想到齐悦会如此直接且不留余地。她心里憋闷了一分钟，最终只能无奈地说："好的，我会准备的。"

"嗯，那就辛苦你了。"齐悦说完，便挂断了电话。

林知夏不情愿地打开了电脑，果然，一封包含教程的邮件已经静静地躺在她的邮箱里。她叹了口气，开始认真地阅读起教程来。

第 13 章

药材盘点里的猫腻

"我还是第一次见到这么多人参,一箱箱堆着,简直跟不要钱似的!这又是什么?我看看这箱子上面的标签。这堆是藏红花,这是灵芝、天麻、鹿茸,还有冬虫夏草。"实习生刘宇在林州生物医药公司的某药材仓库里来来回回踱步,发出不值钱的叫声。

"别这么夸张,你这副没见过世面的样子很丢人。"林知夏跟在刘宇身后,半开玩笑地低声说道,"他们财务老师在门口盯着咱俩呢。"

仓库门口,一个手拿钥匙的管理员和带他们来的林州医药财务部的麦克站在那里,两人的眼睛紧紧盯着林知夏和刘宇,似乎恨不得跟在他们身后一起在仓库里来回走动盘查。但出于体面,他们只能站在门口观望。

"我错了,林老师!"刘宇嘿嘿一笑。他虽然一口一个林老师,显然并不怕没半点架子的林知夏。他停在仓库最左侧的人参区域旁,一边清点一边吐槽道:"不瞒你说,来瑞尔菲格才发现实习生真就跟个补补丁的人似的,到处缝缝补补。这个月我已经做了六个盘点了,以后可以改名'接盘侠'!"

"接盘侠?"林知夏被逗乐了,"盘完还得跟齐经理汇报,你能不能别这么搞笑,认真点数。"

刘宇的嘴却停不下来:"你说他们为啥一直盯着咱俩看,眼睛都舍不得眨一下?难道是怕咱俩偷点啥名贵药材带走吗?"

"怎么不怕,你看你这一脸贼眉鼠眼的样子。"林知夏嘴上说笑,余光却瞟了眼门口,心中突然生出几分疑惑和警觉。

"你从最右边开始,我从最左边。"林知夏戳了下刘宇的肩,又指了指右侧——那边堆放的是成箱的鹿茸。

刘宇以为林知夏是真的嫌他吵,便识趣地住了嘴,拿着清单走到了右侧,不再吱声。麦克和仓库管理员的眼神也跟着刘宇的移动而移动了过去。

林知夏则迅速抽出架子最下面的箱子,小心翼翼地扳开一条缝。她惊讶地发现,最上面的几根人参上,竟有参差错落、一块块又绿又白的霉斑。她顿时心惊肉跳,怎么什么"好事儿"都能被她发现?她都不知道该有成就感还是该觉得自己倒霉了。她不动声色地拿出手机,假装看手机,迅速地拍了几张照片。

"哎,小姑娘,你干啥?"麦克注意到林知夏这边扒拉箱子的动静,急忙走过来察看。林知夏迅速收起手机,好在麦克并没有看到她拍的照片。

"这些药材都很贵重,不能随便拆。"麦克严肃地说道。

"盘点嘛,需要确认一下的。"林知夏镇定自若地回应,"我不会把箱子拆开，就从这个缝隙大概看一眼。"

"我们领导已经和你们经理沟通过，只把第一层的箱子拆开给你们检查，剩下的不拆。你这样会给我们仓库管理人员增加工作量。难道你们去盘点白酒，也要挨个打开闻一下，确定不是白开水而是酒吗？"麦克不满地将那个被林知夏抽出来的箱子塞了回去。

"好吧。"林知夏妥协道。

盘完货出仓库时，林知夏看似不经意地问那位相貌憨厚的管理员："这些药材你们后期会处理吧？"

"当然了，这些药材后期……"管理员话说到一半，被麦克扯了扯袖子，便神色不自然地闭上了嘴。

"有的我们会加工进中药包，有的我们也会单独包装售卖。"麦克简单解释了一下处理方式。

林知夏若无其事地点点头。

从林州医药的大门出来，刘宇打车回家。林知夏则掏出手机，拨通了齐悦的电话。

"老板，我是林知夏，今天去盘点的时候发现了一些小问题。"

"嗯，什么问题？"齐悦的声音听起来有些忙碌。

"他们告诉我，跟您约定好只清点最上面一排货物，这是真的吗？"林知夏疑惑地问道。在她看来，盘点工作应该全面细致，怎么能够只盘点部分货物呢？

齐悦解释道："哦，这个啊，是因为他们的箱子都是密封的，为了减轻工作量，他们领导跟我们申请只抽查最上面一层。"

林知夏听后并不满意这个解释。她继续说道："可是我看到下面几排的箱子里，有些人参看起来发霉了。我在想，他们是不是故意不想让我们检查其他的箱子？里面会不会藏着什么猫腻？"

齐悦在电话那头轻笑了一声："你想多了。他们作为专业的医药公司，肯定有自己的质量把控体系。偶尔有一两种药材出现问题也是正常的，这并不代表整个仓库的货物都有问题。"

林知夏坚持道："可是作为医药公司，药材的质量直接关系到购药者的健康。如果我们不谨慎一些，万一出现了问题怎么办？我现在还在林州医药门口，如果您能沟通一下，我还可以进去再检查一次。"

齐悦的语气变得有些不耐烦："我理解你的担忧。但是，我们不能要求客户的每种药材都是顶尖品质。而且，这只是仓库的存货，等后期加工的时候，他们应该会进行筛选和清理的。我今天真的很忙，没时间处理这些小事。"

可是把烂的清理掉，他们盘点的数额便有失准确啊。她是没做过盘点，又不是没学过会计。林知夏还想争辩两句，但齐悦已经挂断了电话。

林知夏独自站在林州医药的门口，手机紧握在手中，心中充满了无力感。她知道，即使她再坚持，齐悦也不会改变主意。

她抬头看身后大楼，楼顶四个深红色的大字——"林州医药"在阳光下显得格外刺眼。这家集中药采购、中药研发、制药、药品销售、医药物流为一体的大型医药公司，有着60多年的辉煌历史，但此刻在林知夏眼中，却似乎笼罩着一层阴影。

不过，想到齐悦所说这么大的医药公司，存货数不胜数，或许真是她太过敏感了。那些发霉的药材，他们应该会处理掉的，对盘点的总数也不会产生什么影响。

林知夏在心中反复权衡，上一次的教训让她犹豫不已。最终，她还是决定离开，不再多管闲事。反正她也不是那份无保留意见报告的签字人，做好自己的本职工作就好。

她打了一辆车，因为不熟悉这里的地理位置，便定位在了林州医药的东北门。在问过门口的门卫后，她得知东北门是林州医药的后门。于是，她绕着公司往后门走去。

她即将走到后门时，隐隐听到有哭声传来。她越走近，哭声越清晰。只见后门处站着一个正在哭泣的老太太，头发花白，身着深色的棉袄，棉裤鼓起来，看起来格外臃肿。还有两个保安和一个穿棕色大衣的年轻女人站在一旁。老太太的衣服上有被捏成的窄窄一条，显然是被拉拽过的痕迹。

"我老伴儿现在还在医院，你们的心怎么就这么黑！"老太太的身体颤抖着，声音带着哭腔。

年轻女士在老太太耳边低声说了几句，老太太的哭声逐渐减弱。几分钟后，在年轻女士的目送下，老太太一步一拐地离开了。

林知夏跟在老太太身后不远处，注意到她仍然在默默地抹泪。待林州医药的人完全离开后，林知夏快步走到老太太身边，拦住了她的去路："奶奶，我看到您刚才在林州医药的门口很伤心，能不能告诉我您遇到了什么困难？我看看能不能帮您想想办法。"

老太太抬头看了她一眼，浑浊的眼里布满了红血丝和泪："我已经同意了，你们还想怎么样？"说罢，她微微加快步伐。

"奶奶，我不是林州医药的人，我是审计他们的人。您告诉我您遇到什么困难了，我看能不能帮到您，好不好？"林知夏俯下身子温声地说道。她企图让老太太卸下防备。

林知夏脸上的真诚似乎打动了老奶奶。老奶奶犹豫了一下，哽咽着开口："前阵子我老伴儿住进了医院，医生说他是黄曲霉毒素中毒，肝脏严重受损，需要换肝。"说到这里，老太太的泪水又流了下来，"我们仔细回想了一下，最近几个月吃的东西和之前没什么不一样，菜也都是新鲜的。唯一不一样的就是，我老伴儿曾在林州医药旗下的诊所配中药喝。我怀疑，就是他们的中药不干净。

"刚才那个姑娘说，如果我再这样闹下去，一分看病的钱都不会给我们，我老伴儿就只能等死了。但如果我现在离开，以后不再来闹事，他们可以给我老伴儿付换肝的手术费。"老太太颤抖的声音里充满无奈和绝望。

听完老太太的讲述，林知夏突然愣住了。她喃喃自语道："您是说，您在林州医药旗下的中药房配的中药可能带有黄曲霉，也就是说……可能是发霉的……"

想到之前看到的那纸箱里发霉的人参，林知夏心惊肉跳。难道那些发霉的药材没有扔掉，而是加工成药材了吗？甚至可能不止人参有问题？她不敢再往下想。

"奶奶，您配的中药还有剩下的吗？"林知夏急切地问道。

"还剩了几包没熬。"老太太回答道。

"能不能给我一包，我去化验一下？"林知夏请求道。

老太太从口袋里掏出一张皱巴巴的纸，递给林知夏说："我老伴儿进医院之后，医生问了情况，让我把中药拿到医院，他们已经帮我们化验了。如果不是证据确凿，我也不会来这里。"

林知夏接过那张化验报告，上面显示被测试的中药中黄曲霉素含量高达 58ug/kg。她迅速在手机上搜索了一下，发现这个数值已经严重超标。

"您孩子呢？您怎么一个人来？"

"我儿子命苦，8年前车祸走了。"老太太声音哽咽，眼眶中又凝结出一滴滴的泪。黑黢黢的手背抬起，再次擦了擦浑浊的眼。"要是老伴儿再走了，我可怎么活啊。"她声音有气无力的，却重重地敲击着林知夏的心脏。

"奶奶，不要紧，我会尽力帮您。"林知夏握着老太太的手，心中不忍。

老太太拍了拍她的手背，无奈地摇了摇头："他们是个大公司，你一个小女娃，没办法的。再说，他们也答应给我老伴儿治病的钱了，有钱治病比什么都要紧。奶奶看得出你是个好女娃，谢谢你。"

林知夏强忍住心中的酸涩，拿出手机拍下了那张化验报告。她从包里翻出笔，把自己的手机号和名字写在化验单的背面，然后递给了老太太。

"奶奶，这是我的手机号码和名字。我能不能也留一下您的手机号？您有任何困难，都可以随时联系我。"林知夏说道。

老太太犹豫了一下，还是写下了自己的号码。她有点不放心地叮嘱林知夏："我答应了他们，他们只要给我老伴儿治好病就不追究了。小姑娘，你拍了这单子，可不要给别人看，万一他们……"

林知夏打断了老太太的话，宽慰道："奶奶，您可别被他们忽悠了。这事儿如果上法庭，他们更得给爷爷治病。总之不管什么情况，您都不用担心医疗费的问题。"

可手握这样强有力的证据，她又能做些什么？找齐悦？和林州医药有利益关系的齐悦值得信任吗？报警？再一次害瑞尔菲格丢客户吗？

林知夏突然很想给身为合伙人的父亲林斌打一个电话，他一定知道该怎么做。可是，想到林斌此刻可能正和妻子儿女和和睦睦地在一起，她握着手机的手，便怎样都抬不起来了。

林知夏站在楼下来来往往的人流中，犹豫再三后，拨通了徐海宁的电话。

徐海宁听完她焦急的讲述后陷入了沉默。片刻后，徐海宁嘱咐道："小夏，现在情况不明，你先不要轻举妄动。"

林知夏愣了一下，有些不解地问道："你的意思是让我装作什么都不知道吗？"

徐海宁解释道："我知道你碰巧看到了几个发霉的人参。但是你想过没有，老太太拿去化验的药一定就是真的吗？我们怎么能确定这不是一个陷阱，或者是他们为了讹诈林州医药而故意设下的局？"

林知夏立刻反驳道："不可能！我看得出来，她绝对不是那样的人！"

徐海宁叹了口气，说道："知夏，我知道你很善良，也很同情老太太的遭遇。但是我们要冷静地思考并分析各种可能，不要感情用事。"

"好。那如果这件事情是真的，我应该怎么办？"林知夏忍着心头的怒火问道。

徐海宁顿了一下，说："往坏了想，如果这件事情是真的，那绝对是一个大雷，我们更不能把自己牵扯进去。明白吗？"

"算了，我不跟你说了。"林知夏冷冷地说道。话不投机半句多。尽管明白徐海宁是出于好意替她着想，林知夏却没来由感到一阵失落，失去了沟通的欲望。

第 14 章

风吹哪边散哪边

大量的函证工作和刘佳宁疯狂的催促,让林知夏也不得不暂时将人参的事搁置一旁,全身心投入到工作中。整整一周过去,林知夏和刘宇终于打完电话,做好所有函证的电子版并打印了出来。她和刘宇一起带着函证去了成远基金。在寄出函证前,他们还需要给这 200 多份函证挨个盖上成远基金的公章。

林知夏又踏进了那间陌生又熟悉的会议室,会议室除了之前几个熟悉的同事外,还有一个陌生的面孔,可能是某位项目组新成员。男生坐在贺嘉瑞身边,两人正讨论着底稿的问题。

看到林知夏走进会议室,刘佳宁朝她微笑示意。而贺嘉瑞则瞥了她一眼,眼神中带着些许不屑。

"你来这儿干啥?怎么不去找客户?"贺嘉瑞突然开口,语气中带着几分挑衅。

林知夏头也不抬地回答道:"刘宇去找过了,他们在开会,让我在这边等等。"

"你应该很闲吧？"贺嘉瑞笑嘻嘻地点了点她，语气中充满了讽刺。

林知夏心中的怒火渐渐升腾，但她努力保持冷静、没有发作，只不冷不热地说道："也挺忙的，毕竟200多份函证。"

"也只有函证嘛，命好呀！"

贺嘉瑞讽刺完她，回头又和旁边那位林知夏之前没见过的男同事继续说说笑笑。

"也不知道那些害公司丢项目的人，是怎么有脸留下来的。"

那男同事看了林知夏一眼，脸上流露出一丝尴尬的微笑。

本来因为自己的举报影响了公司，林知夏对同事们还有些愧疚。但贺嘉瑞这样羞辱和攻击她，反倒激起了她心里的逆反情绪。她起身径直走到贺嘉瑞面前，冷声问道："你什么意思？"既然他不要体面，她又何须再忍。

会议室里的气氛瞬间变得紧张起来，安静得只能听见此起彼伏的微微急促的呼吸声。

习惯了林知夏的逆来顺受和低眉顺眼，当她这样站到自己面前质问，贺嘉瑞吃了一惊。

"我没跟你说话啊。"贺嘉瑞调整了一下姿势，跷着二郎腿，戏谑地看着她。

林知夏的怒火已经达到了顶点，她声音冷冽地说道："用不着这样阴阳怪气，有什么话不妨直说。"

贺嘉瑞微微一笑，无赖道："你想多了，我说我自己呢——要是害公司丢项目，我可就没脸留下来了。"

他的话音刚落，实习生刘宇突然开口替林知夏说话："林老师不是故意的，本来就是客户有错在先，她做的也没错。"刘宇没打算在瑞尔菲格留下，只是混一份实习经历，自然也不怕得罪贺嘉瑞。林知夏心里有些感动。

贺嘉瑞的脸色微微一变，看着刘宇，声音拖得长长的："是吗——"

"别说这事儿本就是刘娜让我报给监管部门的，即便她让我隐瞒，我也要报监管，错了吗？"林知夏冷笑，"如果你认为我做错了，那我是不是可以理解为你会包庇客户，无论他们做了什么？"

"包庇客户？客户付了我们2000万元一年来做基金审计，这就是你回馈他们的大礼？你搞清楚自己的位置没？搞清楚自己该做什么不该做什么没？"贺嘉瑞站起来，声音拔高。

高大的身躯在灯光下拉出长长的阴影，这阴影笼罩在林知夏身上。她却神情异常冷静，"啪"的一声，纤细的手有力地拍在桌子上，眼神利刃般扫了一圈会议室，停在了贺嘉瑞身上。一阵压迫感袭来，贺嘉瑞心不自觉漏跳了两拍。意识到自己被这样一个新人震住后，他脸上有些挂不住，随即更加挺直了腰杆。

"所以说，于你而言，即便客户违法，做假账，干任何勾当，我们都应该隐而不报，就因为他们是客户，付了我们一年2000万元？你不会不知道有多少事务所因为这样的事情，一夜之间身败名裂吧！我就不评判你的价值观了，到底什么选择更加符合公司的利益，你真的不懂，还要我一个新人来教你吗？！"

她气场极强。磅礴的气势和犀利的问题让整个会议室里鸦雀无声。贺嘉瑞张了张嘴，却不知道该怎么反驳。所有人都震惊地看着林知夏——这个脸上向来挂着温柔笑意的漂漂亮亮的小姑娘。

电话铃声响起,打破了会议室的寂静。林知夏瞥了一眼手机屏幕,发现是之前留下联系方式的那位老太太打来的电话。她平复了一下心情,然后走出会议室,接起了电话。

"喂,奶奶。"林知夏声调温柔关切。

"我老伴儿走了,我……"电话那边,老太太泣不成声。

林知夏强忍心中的震惊与悲痛,努力保持着冷静:"您别急,您在哪里?我马上过来。"

林知夏挂断电话后,迅速回到会议室,拿起背包,对刘佳宁说道:"函证我都打印好了,只需要盖个章,然后按照我底稿里记录的邮寄地址发出。我有点急事,需要先走了。"

"哎,知夏!"刘佳宁话没说完,便只能看见林知夏匆匆离去的背影了。

"就这?这就走了?"贺嘉瑞看着林知夏扬长而去的背影,气得快要吐血,"简直目中无人!以前那副乖巧的样子果然都是装出来的。"

林知夏赶到医院时,只见老太太正伏在老爷爷的床头,颤抖着肩膀低声哭泣。她的背影看起来软绵绵的,仿佛被抽干了所有力气。林知夏不忍地侧过头去。这样的场景,令她无比揪心,鼻子也酸得厉害。

这时,一个穿着黑色西装、气质极佳的中年女人走了过来。她拉了拉林知夏的袖子,示意她走出病房。

"你是林知夏吗?"

"是的,您是?"林知夏有点鄙夷地打量着这个女人,怀疑对方是林州医药派来给封口费的人。

"我是律师简雪，朋友托我来协助这位老太太起诉林州医药。老太太说你是审计，你手里有仓库发霉人参的照片，是真的吗？"

律师？起诉林州医药？原来是友军。林知夏随即点了点头："我有的。不过是谁托您来帮这位奶奶？爷爷又怎么会突然去世？"

简雪轻叹一口气："是肝衰竭引起的并发症，没抢救过来。至于我的朋友，她的信息我不方便透露。她前几天知道老太太的事情后，就资助了老太太一些钱，给他们换了更好的医院。没想到，事情还是发展成这样。"

林知夏的心沉了下来。她喃喃自语："肝衰竭……还是因为林州医药的中药啊。"

简雪点了点头："连续喝了两周他们带霉菌的中药，肝脏没有损伤才奇怪。"她看着林知夏，"老太太也说了，现在最大的心愿就是向林州医药讨回公道。所以我来问问你照片的事情，这对我们会有很大的帮助。当然，林州医药毕竟是你的甲方客户，如果实在不方便，我们也理解。"

"照片我有，可以给你们。"说着，她打开手机，找出照片，毫不犹豫地递到了简雪面前。

说出这话时，林知夏心中也悄然做出了决定：她要离开瑞尔菲格。工作没了可以再找，这并不是什么大不了的事。随着时间的推移，她发现让自己继续留在这个公司的理由越来越少。更何况，这次的事情，是非对错在她心中早已明了。这一刻，她告诉自己，她要坚定地跟随自己的价值观，不为任何外在因素所动摇。

"谢谢你，我会保护好你的隐私，不会被你的公司知晓，也不会让外界知道这照片是由你提供的。"简雪收到林知夏发来的照片原图后,再三承诺道。

"这无所谓。"林知夏淡淡地说道。她的目光再次投向了病房里那位伏在床边流泪的老太太。

一纸诉状,林州医药迅速被抛到了风口浪尖。

自医院与简雪分别后,林知夏没有再见过她。但林知夏通过社交媒体了解到,简雪作为老太太的代理律师,在法庭上拿着证据大杀四方,将林州医药的律师团打得溃不成军。法院开始介入调查。这起闹出人命、危及广大群众生命健康的案件引起了公愤,社会各界一片哗然。购药者聚集在林州医药的公司门口要求赔偿,投资人也纷纷要求撤资。林州医药上市的事宜被迫彻底停止,公司的领导层焦头烂额地处理着发霉人参事件所带来的一切负面影响。

林知夏在新闻上看着这一切,又想起老太太那张干枯的脸、那双浑浊而无助的眼睛。

她一点都不痛快。

不知为何,她想起了徐海宁说过的那句话。

风头过去,等人们忘记就好了。社会一直都是如此,风吹哪边散哪边。

第15章

做水，而非玻璃

早晨的上海，空气微润。阳光透过轻薄的云层、朦胧的雾气，散射下来，铺满了瑞尔菲格中国总部大楼正面所有的窗户，让这栋装修风格偏冷淡、极有质感的大楼，有了生气与暖意。林知夏都能想象到，像往常一样她端着水杯站在高楼窗边，光束暖暖糊在脸上时的感觉。她会闭上双眼，迎着光轻轻呼吸，从阳光里感受难得的温暖与放松。

这两个月以来，她也数次在这栋楼来来往往，进进出出，可其实从没有真正注视过这栋大楼的精致与恢宏。

和往常一样，林知夏背着样式简单的双肩背包。不同的是，今天，她的包里放着一封准备好的辞职信。

她平静地在电脑上点好离职，又将辞呈打印好，签好字，交到了公司人力资源处。如今，她只剩一周的离职交接期，尽管按照规定仍需每日签到报到，但她知道，一周之后，她可能再也不会踏入这座大楼。

在林知夏要离开公司的倒数第二天，企业微信里突然跳出一条陌生信息。发信人是陈茂宇，一个她从未接触过的经理。

"你在公司吗？"信息简洁而直接。

林知夏微微皱眉，心想，这又是验资或者盘点的任务吧，自己都已经进入离职交接期了，怎么还有这些工作？她头有点疼，几乎想装作没看见。但想了想，还是决定回复："我在。"

"你现在方便来 59 楼 B51 找我一下吗？有点事情需要当面跟你说。"陈茂宇的信息再次弹出。

林知夏叹了口气，乘电梯到了 59 楼，找到陈茂宇的工位。工位上是个 30 岁出头的年轻男子。见林知夏走来，他上下打量了她一番，眼中满是探究。

"林知夏？"陈茂宇确认道。

"是的。"林知夏点点头。

"我们组的合伙人想见你，跟我来一下吧。"陈茂宇站起身，朝右手边的方向走去。

林知夏一头雾水，心中涌起一股莫名的紧张。什么组？什么合伙人？难道是林州医药的事情被合伙人知道了吗？她紧紧跟上陈茂宇的步伐，心中忐忑不安。

走到一间办公室门口，林知夏抬头看去，只见玻璃门上写着"5907"，下面则是方方正正的黑色字体"LinyingZhang, 张琳英"。

陈茂宇轻轻敲了敲门，没人回应。他又敲了敲，手劲儿稍微重了些。

"请进。"办公室里传来一个温和的女声。

陈茂宇推开门，坐在办公室里的是个扎着低马尾的中年女人。女人穿着一身简洁的白色休闲装，神情颇为严肃。和瑞尔菲格大多数妆容精致的女人不同，她的脸上没有任何妆容修饰，纹路清晰可见，显得朴素而真实。如果在公司外遇到，林知夏大概只会以为这是个普通的、略带气质的中年妇女，而不会想到她是顶级事务所的合伙人。林知夏吃了一大惊。

"英总，这是林知夏。"陈茂宇介绍道。

"嗯，你先出去吧。"张琳英点了点头。

"好的。"陈茂宇点头弯腰，退出了办公室。

林知夏的眼神从张琳英身上，挪到了她桌上放着的相框上，相框上积着薄薄的灰尘，显然是搁在这里很久了。相框里装着的并非照片，而是一幅画，画中是一片海。林知夏注意到画的右下角写着苍劲有力的几个字——

"做水，而非玻璃。"

盯着这行字，林知夏在瑞尔菲格这两个多月以来内心堆积的郁结突然被疏散了许多，她有些自以为是地认为解读到了这句话背后的意思。

"这幅画好看吗？"见林知夏盯着那幅画出神，张琳英双手撑在桌上，微笑着问道。

"这行字……"林知夏回过神来，指着画中的字说道。

"怎么了？"

既然已经提交了辞呈，林知夏便不再有所顾忌，胆子也大了起来。她直言不讳地说："这行字是不是您写在这里提醒自己的？在职场里要像水一样，能够适应各种变化、包容万物；而不应该像玻璃那样脆弱，一经敲打就破碎了。"

"你倒是挺有趣。"张琳英垂眸一笑，没有正面回答林知夏的问题，而是语气随意地问道，"你对破产清算、破产重整这类项目有兴趣吗？"

"我吗？有啊……当然有啊……"林知夏答得结结巴巴。这不正是秦漫、宋筠安他们做的项目吗？

张琳英面色温和地继续说道："我是破产管理组的高级合伙人，听说你在金融组遇到一些麻烦，提出了离职。我的团队现在正好缺人，对人的要求也比较高。一方面，我们不像基金组那样只面对基金公司这一类客户，我们面对的客户来自各行各业的各种公司。所以，只懂一类行业的财务对我们来说是不够的。在我们组，要有比较强的学习能力，大家可以说是在项目中不断学习和成长的。另一方面，我们的项目都需要和法院、律师打交道，所以我招人的时候会更希望候选人有一定的法律基础或法律背景。今天叫你来是想问问，你愿意加入我的团队吗？"

听完张琳英的这番话，林知夏早已目瞪口呆。她站在原地，心脏怦怦直跳。她死死地盯着张琳英，一个字都说不出来。她怎么都不敢相信，向来运气都不怎么样的自己，竟能碰到这样的好事儿。

"已经有下家了？"见她没有回应，张琳英抬了抬眉，猜测她是找好了工作才提的离职。

"没有！我愿意！我愿意！"林知夏连忙说道，生怕张琳英反悔。她眼睛睁得大大的、不敢相信地看着张琳英，"我能知道为什么吗？"

"你这个级别拿到司法考试证书的人公司里并不多,我有名单。"张琳英轻描淡写地说道。

林知夏心中一阵庆幸,原来是因为法考啊。然而,她并不相信同在一家公司,张琳英会对她的背景一无所知,想必也早已知道她在基金组的那些事情。林知夏决定坦诚相待,试探一下张琳英的态度。

"可是我害公司丢了成远基金的公司审计项目,还……"她思量了一下,鼓起勇气继续说道,"在林州医药盘点时,我拍到了人参发霉的照片,还把照片给了受害人的律师。"说完,她低下头,不敢看张琳英的脸色。

她心里明白,与其给自己埋下一个随时可能爆炸的隐患,不如主动坦白,看看张琳英是否还愿意接纳她这个"惹事精"。否则,即使加入了这个新团队,未来的路也可能会充满坎坷。毕竟,任何一个知道她这个把柄的人,都可能轻轻松松"置她于死地"。

倘若张琳英这次真的能给她一个重新开始的机会,她绝对会吸取这两个多月以来的教训,不再重蹈覆辙。

"林州医药这事儿,你觉得自己做错了吗?"

林知夏惊异地抬头,没想到张琳英会这样问她。张琳英的反应,实在太出乎她的意料。

"不,我没有做错!"林知夏扬起脸坚定地说道,"但是我也经常自我怀疑,因为我给公司惹了麻烦,甚至带来了损失。我很不安……"

张琳英看到林知夏脸庞上那稚气的犹豫与无辜时,嘴角和眼角泛起涟漪般的纹路,轻轻"嗯"了一声。

看着张琳英温和的笑容，林知夏眼眶倏忽变红。这么久以来，公司里其实也有和她关系不错的同事告诉她没关系。可没关系的前提本身就是犯了错。张琳英是第一个真正觉得她没做错的人。这种被理解的、战线一致的感觉，让林知夏不由得热泪盈眶。"谢谢您，真的谢谢。"林知夏的声音有些哽咽，"我这几天一直在想，是不是我不适合这份工作？是不是我真的没有价值？"

张琳英微笑着摇摇头，说道："你还没有找到自己的位置和价值点。你年纪轻轻，非法律专业也非会计专业，却已经有了ACCA证书和法考证书。这说明你有很强的学习能力和学习意愿。恰好，我们破产管理组比较特别，其他组可能只要求会计能力，但我们经常需要和法院、律师打交道，这既要求组内人有会计能力，又要求一定的法律能力。所以，我的团队的需求和你的能力恰好匹配得上。"

听张琳英几次提及自己的法考，林知夏心中感到无比庆幸。还好当初闲暇之时考了法考，没想到这个证书竟然在关键时刻救了她一命。

"谢谢您。"她再次说，内心是说不出的感激。

"那么，欢迎。"张琳英脸上浮现出一丝温和的笑意。

走出张琳英的办公室时，林知夏内心充满了强烈的不真实感。正当她恍恍惚惚之际，一个熟悉的声音打断了她的思绪。

"嘿，你怎么在59楼？"高宇泽带着一丝惊讶拍了拍她的肩膀。林知夏回过神来，转头一看，只见高宇泽正站在她面前，脸上带着一丝好奇。

"我刚从英总办公室出来。"林知夏简洁地回答道。

"英总是我们组的老大,我一年都见不到她几次,她找你做什么?"高宇泽更加好奇了。他昨天刚从外地出差回来,听说林知夏申请离职了,本来还想找机会问问她。

"我要加入破产管理组了。"林知夏笑嘻嘻地说道。喜悦之情溢于言表。

"天哪!这真是太好了!"高宇泽惊喜地叫道,"你欠我的饭是不是也可以补上了?快给我讲讲这几周到底发生了什么故事。"他咧开嘴,露出洁白的牙齿,为林知夏由衷地感到高兴。

"当然可以。我也有很多问题想请教呢。不过,如果我单独请你吃饭的话,我男朋友可能会吃醋。要不再叫两个同事一起?"林知夏莞尔一笑,故作不经意地说道。

高宇泽的脸色微微一僵,但很快便强颜欢笑道:"哎呀,你有男朋友了呀!那……那我晚上再叫两个同事一起吧。"

"好呀!"林知夏欣然应下。

她并非无知无觉的傻子,高宇泽从第一次见面时就对她产生的好感她心知肚明。可之前不在一个组也就罢了,这以后在一个组里,抬头不见低头见的,这种念头还是早点打消为妙,也避免了高宇泽后面说些不该说的、做些不该做的。成年人之间的体面总是要维护妥帖,千万不能让人下不来台才是。

下午,林知夏手忙脚乱地在经理陈茂宇的帮助下撤销了她的离职申请,又递交了转部门申请。晚饭她本想叫上秦漫一起,一问才知秦漫在杭州出差,遂作罢。

林知夏选择了一家位于公司附近商场里的氛围轻松的韩餐店,

高宇泽喊了两位和他较为熟悉的同事——赵书澜和宋筠安。

赵书澜是破产管理组的一个 A2 职级的员工，性格大大咧咧，笑声爽朗，非常擅长活跃气氛。才走到餐厅门口，她就拉着林知夏的胳膊叫道："这是那家排队超久的网红餐厅吧？我上次下午 5 点来都没取到号，你是怎么订到的？"

"就在公司旁边嘛，我下午 4 点的时候抽空下来取了个号。"林知夏微笑着解释。

"哇，太有心了！"赵书澜一脸惊喜地表示，"我一直想吃这家餐厅，这次真是沾了你的光了。"

"那你今天可要多点几个菜。"林知夏笑眯眯地说道。

宋筠安在一旁观察着林知夏，对这个看似娇气的女孩在人情世故上的敏锐和周到感到有些诧异。

几人很快在餐厅落座。赵书澜翻着菜单，开玩笑地说："既然有机会，我可得好好点菜。听高宇泽说你法考都过了，在破产管理组过了法考的人每个月的工资可比同职级员工多 800 元呢！"

"真的？！"虽然 800 元并不多，但对于林知夏来说也是意外的收获，她不由得有些开心。

餐厅的服务员引几人进去。高宇泽边走边回头同林知夏解释："但和 CPA 的钱不是叠加的。"

"CPA 的钱又是什么钱？"林知夏不解。

"在我们公司，如果持有 CPA 证书的话，每个月可以多拿大概 5000 元。"高宇泽看着林知夏迷茫的眼神，确认她之前并不知情后，有些无奈地笑道，"你真的没提前了解一下公司的福利制度吗？"

林知夏不禁有些后悔大学里花了大量时间备考 ACCA。她现在的工资付完房租后几乎所剩无几，如果能够拿下CPA证书，不仅意味着她职业技能的提升和职业基础的稳固，还能为她带来更高的生活质量和一些积蓄。她即刻下定决心，要在3年内拿到中国注册会计师资格证书。

"我刚上班那会儿还在忙毕业论文的事情，培训都没怎么听。"

"秦漫之前提起过。"高宇泽点点头，表示理解。

赵书澜吐了吐舌头，带着一丝试探的语气问道："你在基金组的这几个月，过得也不容易吧？"

"都过去了。"林知夏轻描淡写地说道，"诶，给我讲讲破产管理组吧。"她开始询问起新工作团队。

"我哪里能讲清楚，我也才工作一年，让宋老师说。宋老师刚升到S1职级，不久前才参加了一堆培训，知识还热乎着呢。"赵书澜笑嘻嘻地把球踢给了宋筠安。

宋筠安也没推诿，给林知夏简单介绍道："虽然瑞尔菲格是排名世界前三的会计师事务所，但破产管理组目前还处于初步发展阶段。破产首先是一个法律程序，很少有会计师事务所专门涉足这个领域。再有，我们团队四五年前才成立，目前在市高级人民法院的企业破产案件管理人名册中仅被列为二级管理人。这意味着我们接触的大部分项目都来自规模较小的公司，资金相对紧张。"

林知夏听后有些困惑："二级管理人是什么意思？"

宋筠安解释道："以上市公司的项目为例，这类大型项目通常不会交给二三级管理人去做。一级管理人虽然获得了参与上市公司破产项目的准入门槛，但真正的大型项目更多还是由律师事务所来负责。"

林知夏明白了："所以，一级管理人也未必能参与到上市公司项目中，而二三级管理人则完全没有机会？"

"嗯。"宋筠安点头，"你可以研究一下我国的企业破产法。"

林知夏怔怔点头。高宇泽扑哧一笑，拍了拍宋筠安的肩："宋老师太严肃啦！别吓到人家，人家才刚加入。破产案例中有不少有趣的故事。"高宇泽放下筷子，似乎回想起了什么有趣的事情，笑呵呵道，"两年前有一个著名的餐饮连锁企业因为扩张过快、资金链断裂，最后不得不申请破产。那个案子挺有意思的，我们团队花了不少心思去梳理公司的财务状况，最后成功找到了几个潜在的投资人。"

"那后来呢？"林知夏好奇地追问。

"后来啊，其中一个投资人看中了这家公司的品牌价值和市场潜力，决定注资并接手经营。你猜怎么着？这家公司经过重组后，不仅起死回生，而且现在发展得比以前还要红火。"高宇泽笑道。

"哇，这么神奇！"

"不然我干吗在这里？毕竟很多项目还是很有意思的。"高宇泽笑嘻嘻地说道。

赵书澜不以为然地撇了撇嘴，"哼，你说得倒轻松，那过程可是相当艰难。依我看，有机会还是赶紧跳槽算了！"

"宋老师呢？宋老师为什么选择在这里发展？"林知夏好奇道。

宋筠安缓缓开口："我嘛，相比起有意思来说，更重要的是意义感。当找到投资人并救活一家公司，老员工握着你的手说他对这家公司有多深的感情，说他有多么感激你时；当你为破产中的普通债权人争取到最大的利益时,工作中的辛苦和微薄的薪水都不再重要。"宋筠安自嘲地一笑,"可能也是我天真。但这份意义感,才是我留在这里的理由。"

宋筠安的神情分外轻松从容。林知夏听完这番话,心中却蓦地涌起难言的敬意与感动。

第 16 章

工作和生活浑然一体

再一次听到林州医药的消息,是两年多以后。当时林知夏已升了一个职级,成了瑞尔菲格破产管理组的高级审计师。

两年多来,滚雪球一般高高筑起的债台,终于到了无力偿还的一天。一个以药材起家的企业,在药材上却闹出了如此丑闻,在绝大多数人看来,能撑两年多已是一个奇迹。资金链的断裂终于压垮了这个出事前雄心勃勃的准备上市、前景看起来一片光明的民营医药公司,并将其推入绝境。

西药盛行的环境下,这样一个中药起家的医药公司,本来承载了多少人的期待。而今林知夏在餐厅里,看着手机里蹦出来的头条新闻——"债权人起诉还债,林州医药岌岌可危",只觉得非常唏嘘。

徐海宁坐在林知夏对面,切了一小块牛排放在了林知夏面前的盘子里,问她:"在看什么?"

"刚出来的新闻，林州医药被债权人起诉了。"林知夏把手机放在了一边。

徐海宁握着刀叉的手顿了一下："林州医药正在紧急出售他们以前投资的固定资产，大概是资金紧张，想最后一搏。"

"我还以为只要林州医药把发霉的药撤掉，对受害者都进行赔偿，那场风波很快就过去了。"林知夏有些惆怅。

"怎么，后悔了？"徐海宁挑了挑眉。

"那倒没有。如果当时不揭穿这事情，还不知会有多少受害者呢。买药的都是病人，再吃这些有问题的药，后果难以想象。"

"也是。"徐海宁随口附和。

感觉到了徐海宁态度里的漫不经心，林知夏嘟囔道："敷衍。"

徐海宁叹口气，道："要我说，即便你不出头，这事也迟早瞒不住。经历了刘振的事情，你应该明白枪打出头鸟的道理吧？何况这事情对你没有好处。"

"没好处？你难道只做对自己有好处的事情吗？"林知夏脱口问道。徐海宁的冷静和算计有时让她感到害怕。

"我这种没背景的小人物在社会里生存不容易，每一步都要三思而后行，"徐海宁苦笑，"你是个有底气的女生，你不会明白我的感受。"

"你这是歪理！"林知夏叫道，"这是价值观的问题！"

徐海宁不想和她争论，转移了话题："如果这个业务落到瑞尔菲格，对你们组来说倒是件大好事。"

"什么业务？"林知夏一时之间脑筋没拐过弯来。

"林州医药破产的业务。你别忘了，林州医药是个差点成功上市的大企业，是瑞尔菲格作为二级管理人能接的最好的公司之一。如果能顺利拿下这个项目，你们破产管理组的地位会水涨船高。"

林知夏皱眉，她觉得徐海宁想得实在太多："你也说了人家在变卖资产放手一搏，那未必不能起死回生呀。即便真的宣告破产，那么多事务所虎视眈眈，想抢到这项目也很难。"

林知夏话说到一半，就收到陈茂宇发来的信息，让她下午去公司。

破产管理组的项目和她之前在的基金组不同，项目少、周期长。这两年多，林知夏只参与过4个破产管理项目，而陈茂宇是其中3个项目的项目经理。因此，她的年度绩效评分等种种都拿捏在陈茂宇手中，说陈茂宇是她的顶头上司也不为过。好在陈茂宇抓大放小的领导风格给了林知夏不少发挥和成长的空间，在陈茂宇手下干活，她感觉还不错。

"陈总有事找我，我下午可能得去公司。"林知夏放下手机，无奈地看着徐海宁。

"下午的电影票我都买好了。"徐海宁果然不开心了。

"真的很抱歉。电影票能退吗？我们可以换个时间……"林知夏心虚地说道。

"你告诉他，今天是周六。"徐海宁提醒道。

"你又不是不知道，我们公司没有周六周日的概念，只有有项目没项目的概念嘛。"林知夏也很无奈，刚入职那会儿周末加班她心里还有点不平衡，现在真是一点感觉都没有了，工作和生活浑然一体。

"小夏，我上次见你是3个多月前。"徐海宁克制着不悦的情绪。

林知夏的上一个项目是常州安泰药业的破产清算项目，因此过去3个多月她一直在常州出差。

"可是我也没有办法啊。难道你要我告诉陈总，我下午要和男朋友去看电影吗？"林知夏握住了他的手，她觉得抱歉极了，可是她不想推脱工作，只好对着徐海宁撒娇，"你可不可以也理解我一下？"

"你计算过自己的时薪吗？"

林知夏的手蓦地抽回，瞪大眼睛看着徐海宁："我的时薪？你什么意思……"

"小夏，我想跟你商量一件事。"

林知夏眼睛直勾勾地盯着徐海宁："你想让我辞职，对吗？"

徐海宁流露出想让她辞职或者换一份朝九晚五的工作的想法已不是第一次。

"你不觉得你的工作很影响我们的生活吗？"徐海宁反问。

"可是我已经在努力平衡了，我也很难啊。只要不出差，我都会尽可能花时间和你在一起。"林知夏有些委屈。

"是的，偶尔赏赐我一顿饭。"徐海宁忍不住出言讽刺。林知夏成天不是在出差就是在出差的路上；哪怕没项目，她也成天忙于备考CPA。他继续说道："我们这两年多见面的天数加起来也不到两个月，有这样谈恋爱的吗？"徐海宁向来情绪稳定，可好不容易和林知夏在一起待一天，她又因为工作的事情要放自己鸽子，语气不由得重了些。

"那你想怎么样？你想要我辞职，看人脸色、仰人鼻息地活着吗？你想要我召之即来挥之即去？你想要我失去工作、失去生存能力，然后再来像很多年前那样告诉我，我不是那个能和你并肩前行的人吗？还是你早就看不起我这份时薪低的工作，也不是现在就这样觉得？！"一时间"新仇旧恨"通通涌上心头，林知夏有些气急败坏，一句又一句机关枪一样质问道。

"八九年前的事情，永远过不去了吗？"徐海宁看着她，眼里泛着痛苦。

"过不去的究竟是什么？过不去的是你这些年来对我从始至终的轻蔑！"林知夏红了眼睛。

徐海宁深吸一口气："3个多月才见这么一次，我不想吵架。"

"我想吵架？"林知夏心脏剧烈跳动着，她也说不清是生气还是伤心，"你想要我陪你就好好说，为什么问我时薪、逼我辞职？为了让我明白我的时间很廉价，你的工作比我的工作更有价值吗？在一起这么久，你为什么还是不会尊重我、尊重我的工作？"

空气死一般寂静，周围的服务员也识趣地站得老远。

"是我不对。"徐海宁的声音低了下来，"我就是想，好不容易才见一次。"他叹了口气，神情无奈而悲伤。

林知夏手里抓着的几张纸巾散落在桌子上。她心里刺痛，意识到自己或许有些反应过激了。片刻后，她态度也软了下来，轻声说道："我先问问陈总是什么事情，能不能周一再去公司处理。"

徐海宁一怔，摸了摸林知夏的头。

林知夏拿起手机，回了陈茂宇一个信息。没想到陈茂宇的电话即刻过来了。

林知夏试探地问："老板，下午有急事吗？我原本有一些安排……"

没想到陈茂宇干脆利落地说:"也不急这两天,你有事的话就周一来吧。上个项目刚结束,本来应该按惯例让你休两周假。但是实在没办法,最近 H 县有个房地产破产清算的项目要你来带,下周日你带几个小朋友就先出发去 H 县,过段时间我再过去。电子资料我都发你了,还有一些纸质档案你周一来看看。"陈茂宇连着说了一大段,没给林知夏任何插嘴的机会。

"H 县的房地产项目?我来带?"事情来得突然,林知夏有点儿糊涂。

"嗯,我和英总讨论决定的。你来组里做的第一个项目就是房地产清算项目,现在也是 S1 职级的人了,我们组人手本身不足,相信你能带好。有问题随时问我就好。"

听到"英总"这两个字,林知夏有些晃神。

到破产管理组后,她和张琳英见面的次数屈指可数,为数不多的几次工作交集也不过是张琳英审批一些她提交的盖章申请、工作底稿或其他工作有需要合伙人经办的事项。不过以张琳英的职级,林知夏这个级别的人平时接触不到也很正常。

"嗯,我前阵子去 H 县出差就是为了把这个项目落实下来。虽然法院还没正式宣布我们是管理人,但是已经和各方谈妥,工作也可以开始了。"

陈茂宇此前出差去谈的项目原来就是睿辉地产。林知夏不仅没听过睿辉地产这个房地产商,她连 H 县都没有听说过,真有点不知道该笑还是该哭。带项目之后会比之前更繁忙。她抬头看了眼徐海宁,不知等下如何和他开口——下周,自己又要去出差,而且这次作为项目负责人恐怕要完整地跟完这个项目,半年恐怕都是快的。

可是这也是机会,虽然破产管理组人手短缺,但项目也不多,不是每个S1职级的人都能有项目带。她心里隐隐有些按捺不住的期待和兴奋。

"你怎么不说话了?没问题吧?"陈茂宇没等到她的回应,催问道。

林知夏看了眼对面的徐海宁,似乎也下定了决心,说:"没问题,我会好好准备。"

林知夏结束通话后,小心翼翼地看着徐海宁:"我……我下周末又要出差,陈总让我负责睿辉地产破产清算的项目。"

"负责?"徐海宁放下手里的餐具,他一口饭都吃不下了。看着林知夏眼角眉梢想要尽力压抑却压抑不住的喜色,徐海宁的烦闷又转为深深的无奈。他想要她快乐、独立、有追求,可是当她真的独立时,他心里又有些不是滋味。

吃完饭后,两人在附近的草坪边散步。林知夏给他分享着上个项目里碰到的奇葩的人、有趣的事。徐海宁却没心思听。

"喂!"林知夏把手在徐海宁面前晃了晃,"你到底有没有在认真听我说话?"

徐海宁顺势拉过她的小手,搂住她的腰身,在她耳边低声说道:"跟我去见见我父母吧,他们一直想见你。"

林知夏瞳孔蓦然放大。

徐海宁工作第一年时年收入已逾百万,如今算上不菲的奖金,每年到手有近300万元。3年前,他在公司附近贷款买了一套90多平方米的房子,又把退休的父母接到了上海,租住在离他房子不到20分钟车程的地方。

"小夏,我在想,我们的关系是不是可以更进一步。"徐海宁字斟句酌,说得委婉。

林知夏明白他的意思。徐海宁比她大5岁,算起来今年已29岁了。他们平时都忙于工作,结婚的事情的确也该有所规划了。但是尽管徐海宁年纪轻轻就成就斐然,毫无疑问是个优质结婚对象,林知夏内心却还是有些不明所以的不安。

看到徐海宁期待的眼神,林知夏怎么都说不出拒绝的话。

哎,罢了,见见吧!她仰头,视死如归地问:"什么时候?"

徐海宁惊喜地看着她。他当然看出了林知夏眼底的犹疑,本以为会被拒绝,没想到她竟答应了。他试探地问:"要不,明天?"

"那我只跟他们吃一顿饭哦。"林知夏强调。

"好。"

"你爸妈要是欺负我,你要保护好我哦。"

"不会欺负你。"徐海宁反驳。

"你就说好不好?"林知夏拽着他的衣袖摇晃,娇气地催问。

"好。"

"还有还有,我给你爸妈得带礼物吧,这个你要给我报销哦。"

"好。"

徐海宁眼底漾出深深的笑意。

"那快走啊,去给你爸妈选选礼物!"林知夏拽着徐海宁,哼着只有她自己能听懂的小调,一起往商场走去。

第17章

成年人的世界没有童话

后座上堆放着两个精致的购物袋，里面装的是林知夏为徐海宁父母精心挑选的礼物——一条昂贵的丝巾和一瓶上好的酒。徐海宁的母亲邱婉毓曾在一所餐馆打工，对于她的具体工作，徐海宁并未细说，林知夏也识趣地没有追问。徐海宁的父亲徐浩仁之前一直在他们老家的一家超市当保安。自从徐海宁工作稳定后，每年他都会按时给父母一笔生活费，他父母也从此退休在家。

车子缓缓驶入小区。这是一个典型的上海老式小区，楼房不高，没有电梯。徐海宁领着林知夏走楼梯来到二楼，楼道间已经飘来了饭菜的诱人香气。

徐海宁敲了敲门，门立刻应声而开。迎面而来的是浓郁的饭菜香和邱婉毓热情的笑容。

"来了呀，我这还在做饭呢。"邱婉毓站在门边，碎花围裙后是黑色的绒布裙，头发盘起来，用精致的银色发饰点缀，看起来是用心拾掇过的。然而仔细看脸，和她妈妈夏忆的养尊处优、保养得当不同，徐海宁母亲脸上写满了岁月的沧桑，黝黑的皮肤布满细细的纹路，眼睛因皱纹而显得有些眯缝。她笑得合不拢嘴，直勾勾地盯着林知夏看。

林知夏被看得有些不自在。好在她也并不是没见过世面的女孩，她得体地与邱婉毓寒暄："阿姨好，早就应该来拜访您了，只是怕打扰您和叔叔，所以一直拖到现在。"

"哪里会打扰！快请进。"邱婉毓热情地招呼着，并从鞋柜里拿出两双拖鞋，"鞋子都给你们准备好了。老徐，你儿子来了！"她朝屋内喊道。

林知夏换上拖鞋，抬头便看到一名身材高大瘦削的中年男子从屋内走出。徐海宁的五官和男人极为相似，只是男人的皮肤看起来更加黝黑粗糙。跟在男人身后的，是许久未见的徐海璎。

林知夏有些意外，但还是礼貌地打招呼："叔叔好。海璎，好久不见。"

"嫂子好！"徐海璎欢快地回应，语气亲昵。

林知夏被她这声"嫂子"叫得起了一层鸡皮疙瘩。和徐海宁重新开始交往后，她与徐海璎的接触并不多。说实在的，她也没有多大的心量去轻易忘记徐海璎说过的那些伤人的话。

"你今天怎么也在？"徐海宁眉头微皱，问徐海璎道。显然他事先也并不知情。

"我不能来吗？"徐海璎撒娇地拉着徐海宁的衣服，"我只是想和你还有嫂子一起吃顿饭而已。"

"是我告诉海璎的。"邱婉毓见状连忙打圆场，"你们年轻人都在家,家里也热闹些。"

林知夏望着同样满面笑容的母女两人,手心不由得沁出薄薄的冷汗,笑容略显牵强。

徐海宁牵着林知夏走到厨房的方桌旁。桌上摆满了丰盛的菜肴:玉米鸡翅煲、油焖大虾、红烧鲤鱼、山药炒木耳、青椒火腿炒蛋、白灼菜心、冬瓜排骨汤……诱人的香气交织在一起。

"这些都是阿姨做的吗?看起来就好吃。"林知夏由衷地赞叹道。她注意到徐浩仁和徐海璎都刚从里屋走出来,身上并没有油烟味。这么多菜竟然都是邱婉毓一个人完成的。她不禁好奇地问:"阿姨,您一个人做这么多菜辛苦了吧?"

"不辛苦不辛苦,还差一道菜没炒完呢。你们先去沙发上坐会儿,休息休息,我这边很快就好了。"邱婉毓微笑着说。

"阿姨,您如果需要帮忙的话……"林知夏话还没说完,就被徐海宁拉到客厅沙发上坐下。

"听我妈的,我们先坐会儿。"徐海宁说,"你第一次来家里,怎么能让你动手呢。"

林知夏只好拘谨地跟着徐海宁在沙发上坐了下来,徐浩仁和徐海璎也坐在了沙发另一边。徐浩仁显然是不善言辞的人,徐海璎跷着二郎腿,一如既往地健谈。

"哥,你和嫂子什么时候结婚呀?"徐海璎突然问道。

"徐海璎!"徐海宁突然厉声斥道,"你已经不是小孩子了,说话要注意分寸。"

徐海璎撇了撇嘴,明显有些不开心,但她不再说话。

几分钟后,邱婉毓端着最后一道菜走到餐桌前,解下围裙,露出里面干净整洁的衣服。她脸上笑意满满,眼中全是对儿子徐海宁的骄傲和爱意。

林知夏坐在餐桌边,低头默默吃饭。

"小夏啊,你妈妈是做什么工作的呀?"邱婉毓一边给林知夏夹菜,一边笑眯眯地问道。

林知夏抬起头,微微一笑:"谢谢阿姨。我妈妈没有工作,目前在家。"

徐海宁的爸爸徐浩仁接口说:"在家好,在家好,可以照顾好家庭……"

林知夏喝了口汤,并不想提起妈妈的生活。她试图转移话题:"阿姨,这汤味道真好。"

"好喝就多喝点儿,锅里还有呢。"徐浩仁笑眯眯说道:"你阿姨呀,做得一手好菜,这可是一个女人最大的优点。"

林知夏心中一紧。她察觉到了徐浩仁话中的深意,低头吃饭,不再言语。

邱婉毓若有所思地看着林知夏,似乎并没有放过她的打算:"这样啊,那你妈妈的生活应该很惬意吧?"

林知夏听出了邱婉毓话中的试探口气,她放下汤匙,索性直接告诉她:"阿姨,我妈妈以前是个话剧演员,嫁给我爸爸后就没再工作了。他们离婚后,我和妈妈生活在一起,和爸爸就没有来往了。我也不需要我妈妈照顾,以后我会尽力养好她。我只希望她开开心心地生活。"

徐浩仁哈哈一笑:"你别开玩笑啦,你一个刚毕业的小姑娘,能挣几个钱养活妈妈呀。再说……"

林知夏低头喝汤,藏起她逐渐僵硬的神情。

"爸!"徐海宁敏锐地注意到了林知夏的情绪变化,打断了父母的话,神色恼火。

"吃菜,吃菜……"见徐海宁生气,邱婉毓打了个哈哈,不再多说。

慢悠悠地把碗里的汤喝完,林知夏调整好心态,抬头看向徐浩仁:"叔叔,阿姨,你们想了解我们家的情况,那我跟您们讲讲吧。我爸是个会计师事务所的税务合伙人,在我小学时,他和我妈离了婚。离婚时我妈妈分的存款,够送我出国读书,也够她自己养老。他们离婚后,虽然我爸挣钱不少,但也再没给我和我妈任何经济支持。我爸呀,农村出身,重男轻女。不知道徐海宁有没有跟您说过,我还有两个同父异母的弟弟和妹妹,我爸的心思都在那两个孩子身上,这十几年都没见过我几次,以后也不会给我什么支持。"

林知夏父母离婚的时候,她母亲的确拿到了500万元的存款。不过,她母亲还分到了两处房产。一处就是她母亲如今住的房子,还有一处价值3000多万元的黄金地段的大型商铺用来收租,每年都有上百万元的不菲租金。该商铺在林知夏满18岁时转入了她的名下,并不在夏忆本人名下。这也是当初林斌和夏忆离婚时签订的协议。但这些,她不打算让徐海宁母亲知道。

徐海宁父母脸上的笑容逐渐僵硬,神情变了又变。

徐海宁手抚着林知夏的手背:"吃饭,不说这些。"

林知夏点点头,笑容依旧。

徐海璎在一旁观察着两人的互动,眼中闪过一丝玩味。她笑嘻嘻地说道:"嫂子在瑞尔菲格工作,前途一片光明呢,你们就别担心了。"

徐浩仁闻言点了点头:"是啊,赚钱是男人的事情。女孩子嘛,还是要多留点时间照顾家庭和孩子。"他说着看向了徐海宁,"要不是你妈小时候天天用心带你们兄妹俩,你哥能考上P大并找到年薪百万的好工作吗?"

徐海璎敷衍地应和道:"是是是,你儿子最了不起了!"

徐浩仁得意地笑了笑,看向徐海璎:"所以你以后也要擦亮眼睛,找个像你哥这样的男人啊,做好贤内助。女人最大的投资就是老公和孩子。"

邱婉毓在一边唯唯诺诺地笑。

林知夏专心吃饭,不中听的话她权当没听到。她一边吃,一边心里暗暗猜测,徐海宁母亲以前在餐馆的工作恐怕是厨师,尽管这顿饭她吃得食不知味,但客观评价的话,桌上每一道菜的确都很美味。

临走时,徐海宁父母很明显已经没有了刚开始迎接她时那样的热情。

坐上徐海宁的车,林知夏长舒一口气,阴阳怪气地说道:"你妹妹的秉性原来是遗传的嘛。"

"我爸妈都没什么文化。"徐海宁摸了摸她的头,知道父母没有边界感的话让她有些不舒服,安抚道,"你一个高知女性,别跟他们一般见识。没办法,他们都是我的家人。"

"是的,他们是你的家人,我是外人。我已经看出来你一直在帮着你家人了,你爸妈问我那些没有边界感的问题,你不拦着;

我说我爸以后不会给我留一毛钱,你要拦着我。徐海宁,你安的什么心啊?果然是一家人!"林知夏冷嘲热讽。

徐海宁脸色骤变,盯着她,眼神讳莫如深,半晌后才缓缓说道:"我不是那个意思,我爸妈也不是。你别多心,他们只是好奇。"

"好奇?好奇我跟我妈到底分了我爸多少钱?还有,你爸口口声声女人应该在家相夫教子,你一声不吭,我也真是……"林知夏嗤笑一声,讽刺道,"看来我不只跟你妹妹不对付,跟你全家都格格不入。"

徐海宁被她这话也说得有了几分恼怒:"这你都要计较?他们毕竟是那个时代的人,你就不能不跟他们计较?我妈为了招待你,一大早就去菜市场买菜,几个小时辛辛苦苦做了一桌子菜给你,即便她言辞上有什么冒犯到你的地方,请你能不能也体谅一下。"

"你还说呢,你也知道你妈妈一个人做一大桌子菜辛苦啊?你看看你爸爸、你妹妹,帮过一分钟忙吗?这就是在你家当媳妇的地位?是不是以后谁嫁给你,也得像你妈这样当牛做马?反正你爸爸说了嘛,女人就该相夫教子、成就丈夫和孩子。你爸也没见做出个啥成就都这种观念,你这样有出息的儿子还了得?"林知夏嗤笑道。

"好,你终于说出你的心里话了,你瞧不起我爸妈。因为他们是工薪阶层,所以他们做什么都是错的。我不能选择我的家庭,我也尽力挣脱出家庭的局限了,能不能也请你收起你满脸的优越感?"徐海宁眼神里渗出冷意。

想到徐海宁妈妈辛辛苦苦做了一大桌菜,又想到徐海宁明明欢天喜地带她来见父母,林知夏一时之间有些语塞。

她靠着车椅靠背，头往窗外偏去，轻声道："我知道你妈妈辛苦，他们把你养得这么好也很不容易。可是我总觉得你父母和你妹妹都在衡量，你的家人都是如此，这让我也不由得会去怀疑你和我谈恋爱也是衡量的结果。是吗？"

这话，在一起那天，林知夏问过。

整整两年，她又忍不住质问。

徐海宁本就心头有气，被她再这样一问，更是气笑了。

"你敢说你选择我，就没有衡量吗？如果我不是成远的基金经理，只是成远一个月入一万多的职员，你还会选择我吗？"徐海宁神色冷冷，看向林知夏的眼神里再没有丝毫温情，"在恋爱里，有些真相，实在无须说得太过明白。"

看似平静如水、相敬如宾的关系下隐含的汹涌波涛，终于翻滚了出来。

林知夏神色骤然僵硬。她紧紧抓着手机，手指关节泛白，心中疼痛无比——或许是潜意识里的一些想法被徐海宁挖出来，摊在阳光下。她心里又开始了矛盾、痛苦、自我怀疑。

徐海宁沉默良久，讽刺地看着她，继续说道："成年人的世界没有童话，生活也并不像你喜欢的那些爱情电影一样天真唯美。这年代，人与人之间的关系衡量本来就是常态。你以后哪怕再遇见别人，对你的衡量只会比我更多。"

徐海宁说得没错，任何人之间都不可能没有衡量。可是，林知夏看着眼前这个男人，这个她十五六岁时就爱上的男人，她突然疑惑了。自己当初到底爱上他什么？他们真的是一类人吗？是她太理想化、太天真，还是他太现实？这样的丈夫，真的是她想要的吗？

她又想到了徐海宁妈妈，想到他妈妈在厨房忙碌，而他爸爸和他们兄妹俩都不闻不问的样子。林知夏内心突然充斥着一种绝望与厌恶。徐海宁已经不止一次让她辞职，他家庭的那种观念和模式，早已在他身上根深蒂固。

未来的生活……不！这不是她想要的生活！

"现在分开对我们来说是最好的结果。"长痛不如短痛，林知夏解开安全带，开门，头也不回地走下车。

徐海宁沉默地坐在驾驶位上，没有拦她。看着林知夏的背影越来越远，他的手重重地砸在了方向盘上，痛苦地阖上了双眼。

第18章

聪明人不会将自己置于窘境

奇怪,这次分手并没有像16岁那年撕心裂肺地难过。

或许是因为她毕竟不是16岁了,或许是因为这次分手是她提出的,又或许是因为繁忙的工作消解了失恋带来的痛苦。

林知夏坐在宽敞明亮的办公室内,打开了电脑,浏览着陈茂宇发来的项目组人员安排邮件。对于瑞尔菲格的每个项目负责人来说,打开项目组成员名单都与开盲盒无异。所以每个人这时都既忐忑又期待,深怕抽到能力不济的团队成员,从而影响整个项目的进度。

然而林知夏看到这份名单时,无疑是欣喜的。名单里除了她自己,还有S3职级的宋筠安、A2职级的陈梓晴和A1职级的于潇。于潇是她在上一个项目中结识的踏实认真的女孩。至于陈梓晴,尽管未曾合作过,但林知夏也没有听说过关于她的负面评价。

最让她感到意外的是名单里居然出现了宋筠安的名字。虽然他们这两年间只有偶尔短暂的交集，但她在破产管理组里经常听闻他的大名，他的能力在组里备受认可。再者，宋筠安比他高两个职级，现已到 S3 职级了，早已经有过多次带项目的经验，半年多后不出意外能顺利升至经理。而她，现在只是成为高级审计师的第一年，还从未带过项目。

他们之间职级和能力的悬殊，都让林知夏疑惑不已：到底是什么原因使得陈茂宇没有选择能力更强、经验更丰富的宋筠安作为项目负责人，而是选择了资历更浅的她？

林知夏心里困惑，便直接拿着这份名单找到陈茂宇，并询问原因。

陈茂宇沉吟片刻后，解释道："宋筠安的能力确实很强，但这个项目比较特殊……"

"特殊在哪里？"林知夏好奇地追问。

"除了专业能力以外，这个项目还需要处理与债权人、债务人、法院等各种关系，情商和沟通能力更重要。宋筠安能力强，可他性格比较直率。"陈茂宇的目光中闪过一瞬间的幽深。

性格直率？陈茂宇这是在委婉地说宋筠安情商低吗？

"我的情商和沟通能力也一般。"林知夏心虚地一笑。她对陈茂宇这番话有些不以为然，打心眼里觉得陈茂宇是在敷衍自己。陈茂宇向来是个滑溜得泥鳅一样的人，说话也是见人下菜，并不老实。

他们组的每个项目都需要处理和债权人、债务人及法院的关系，又不只是这一个项目需要在这几方之间周旋。她虽然没有和宋筠安在项目里合作过，可是宋筠安都带了那么多项目了，用脚指头想想也知道他的沟通能力不可能会有问题。

"哎呀，你的专业能力也很优秀，该考的证一样都没落下不是？而且你情商很不错啦，又是个形象优秀的小姑娘。我相信你应付得来。专业上的问题你心里没底的话可以多和宋筠安讨论，和客户的关系你要切记切记处理得当。我现在还在忙其他项目，你们去H县后，每周向我汇报一次进度就可以。"

林知夏没要到想要的真正的答案，但还是受宠若惊地点了点头。既然老板这样安排了，那应该自有道理，她好好珍惜这次带项目的机会就是了。

破产管理组成立六七年，说长不长，说短也不短，各类项目已过了开荒阶段，都有比较完善的可以供项目组参考的流程、底稿。林知夏抱着电脑，坐在陈茂宇旁边，快马加鞭地参考其他项目给几位成员分配好了工作，比较难的几项任务都分给了宋筠安和她自己。

分配好工作后，林知夏把邮件发给了陈茂宇。陈茂宇只是匆匆扫了一眼，便直接走到林知夏面前说没问题，可以发出了。林知夏有点无奈，她怀疑陈茂宇根本没仔细看，但又不敢直接质疑老板的专业性；而且陈茂宇同时管着好几个项目，他的确很忙。

"老板，您觉得我是否需要私下里询问一下团队成员对这个工作分配的意见呢？"林知夏试探性地问。

陈茂宇瞥了她一眼，语气中带着几分好笑和不屑："征求意见？林知夏，你见过哪个项目负责人在分配工作时还要征求意见的？以前你被分配工作的时候有人征求过你意见吗？我们组人力资源有限，每个职位都有明确的职责和水平要求。你直接定下来，然后通知他们就行了。如果询问时被拒绝,人家说不想做、做不来,你怎么办?聪明人不会将自己置于窘境。作为项目组负责人,你要有说一不二的决断力。"

"我明白了。"林知夏点了点头。一直以来,她都是个尽职尽责的好下属,但如今要担任项目负责人,甚至未来可能成为经理,她想自己的思维模式确实需要有所改变。陈茂宇虽然狡猾,但他经验丰富,身上值得林知夏学习的地方还有很多。

林知夏习惯性地先花了几个小时把要做的事情梳理了一遍,确保每一个细节都考虑得周全,然后便开始有条不紊地一一落实这些计划。

下午5点多,当夕阳的余晖洒进办公室时,林知夏收拾了一下桌面上的电脑和文件,打算回家。这周的工作不算多,她要喘口气,不能再加班了。只有调整好自己的状态,才能更好地面对接下来几个月的挑战。

步行回到住处,林知夏打算像往常一样点个外卖解决晚餐。在卧室关窗户的瞬间,街道对面新开的一家餐馆吸引了她的目光。回想起前几天刘溪米那馋猫般的表情和极力推荐的话,林知夏决定去尝尝这家被刘溪米盛赞的餐馆。

两个项目之间,留给她自己的时光,也只有这样短暂的片刻。

沿着街道,林知夏踩着枯叶,走到红绿灯路口,又拐了个弯,才走到了餐馆前。店门口摆放的一排花篮和崭新的装潢都显示出这是一家新开不久的店。

她推开门,选了一个靠窗的位置坐下,点了被刘溪米盛赞过的辣子鸡盖面和一份木耳炒鸡蛋。餐馆不大,此刻也只有寥寥几位客人，林知夏点的餐很快上齐。她正低头吃，余光捕捉到有人站在了她的餐桌前。她抬头一看，惊喜地叫道："刘老师！"

林知夏连忙起身，心中涌起一股复杂的情绪。

第19章

人生辽阔，不止爱恨

眼前的刘佳宁与往日大不相同：卷发、时髦的衣着，完全颠覆了她往日朴实无华的形象。林知夏差点没认出她来。刘佳宁也正上下打量着林知夏，粉色的短款外套、黑色的铅笔裤，腰部以下是笔直细长的双腿，高高的丸子头更显得林知夏分外青春靓丽。

"快坐下吃。我也一个人来吃饭的，你不介意的话，我就坐你对面啦？"

"当然可以。"她把木耳炒鸡蛋往中间挪了挪，"佳宁姐，你先吃点垫垫肚子。"

"嗯嗯。"刘佳宁迅速扫码点好了餐，"听说你去破产管理组啦？后来也没见你在60楼出现过了。哦，有一次，有一次在电梯口看到你了，不过我见你急匆匆的，就没跟你打招呼。"

"哎，大半时间都在出差，连公司都没去过几次。"林知夏叹气，"这不，过几天又要去出差。"

"什么项目呀？"

"一个房地产公司的破产清算项目。"林知夏答道。

"听起来蛮有意思的。你们项目负责人好相处不啦？"刘佳宁好奇。

林知夏轻轻笑了笑，回答道："负责人是我。"

刘佳宁不可置信："真的吗？你也太厉害了吧！你升到 S1 职级没几个月吧，老板这就给你带项目的机会了？"

林知夏谦虚地解释道："其实是我们组比较缺人，所以老板就让我暂时接手这个项目。"

"那你也很厉害！"刘佳宁连连夸赞。

"刘老师，您是不是升经理了？我还没恭喜您呢。"林知夏忽然想起，两年前刘佳宁就已经到 S3 职级了，现在应该已经到 M2 职级了吧。

"你还不知道吗？我都离职一年多了。"

"啊？"林知夏震惊地看着她。

刘佳宁似乎没想多谈自己离职的事情。她沉默了一下，然后认真地看着林知夏说道："知夏，成远基金的事情，我一直想找个机会向你道歉，现在终于有机会了。我想对你说声对不起。"

林知夏抓着手里的纸巾，一时间不知该说什么是好。最该说对不起的不是刘佳宁，是刘娜。但这也是现实的诡异之处，刘娜这样的人，反而活得比谁都要潇洒、自我，事业与生活也是一帆风顺，她也永远都不会意识到自己行径的卑劣之处。

"怎么能怪您？成长中跌跌撞撞是常有的事，那时候我也不成熟。"林知夏给刘佳宁添满了茶水，垂下眼眸，轻轻一笑，"不提了，我都快忘了。"

"忘了好。看你现在发展也不错，状态也好，我就放心啦。"刘佳宁嘴角上扬，露出温暖的微笑来。

很多话，很多事，岁月匆匆中，早已无须解释清楚了。

刘佳宁又笑嘻嘻地说起了工作："升到高级审计师之后工作会一年比一年忙。哎，审计这个职业就是这样，连谈恋爱的时间都没有。有个前同事跟我说，她去相亲前，别人一听到她是会计师事务所的，连面都不见了。人家在微信上阴阳怪气地问她，我可是听说你们熬夜是日常、总出差，还得被客户随叫随到。你们审计师这么忙，还能顾家吗？如果以后有孩子，难道也加班到一两点吗？"

刘佳宁边调侃边笑，神情轻松愉悦。听到这话的林知夏内心却有些悲戚。

"这人对我们工作倒还挺了解的。我们是金融服务业，服务业嘛，本质上我们这些人的确是客户至上的服务员。可是每个人对自身价值定位不同，有的女生愿意顾家做家庭主妇，当然也值得尊重。但加班工作也是女性的一种选择，是女性的另一种状态和可能性呀。"林知夏说道。

刘佳宁无奈一笑："可惜现代人思想的转变跟不上女性成长的速度。"

"刘老师离职就是因为没有个人生活吗？"林知夏好奇极了。

"太优秀，承担的东西太多了。"刘佳宁朝她眨眨眼睛，调皮一笑，"说实话是的，我在瑞尔菲格实在是没有一秒自己的生活，辞职也是想换一种生活方式看看。"

林知夏捂着嘴笑："太优秀也有太优秀的烦恼。您现在换了个清闲的工作吗？"

服务员把刘佳宁点的餐送到了餐桌上。刘佳宁边吃边说："换到公募基金中后台了，朝九晚五双休，有时间还能去相相亲，工资也涨了不少。"

从基金组跳槽去基金公司中后台，的确是瑞尔菲格基金组大多人的归宿。

"不过——相亲？"林知夏捂着嘴惊讶地看着刘佳宁。

"你呀，也不要忽略个人事务。别跟我一样，前一刻还是大学刚毕业，埋头工作几年，一晃眼，不知不觉竟然就30岁了。最好的几年都奉献给了瑞尔菲格，值不值得到头来自己也不知道。"说这话时，刘佳宁眼里闪过一丝落寞。林知夏听着也有些心酸。她也是没曾料到，公司里第一个劝她抓紧时间好好解决个人问题的人，竟会是自己来瑞尔菲格的第一任偶像——曾经在她眼里兢兢业业的工作狂刘佳宁。

"不过你长得漂亮，男朋友是不是早就有啦？"刘佳宁转头开始八卦。和林知夏没了上下级关系，刘佳宁说话肆无忌惮了许多。

林知夏恍惚了一下，轻声说道："我可能适合单身。反正这个年代也没有什么真正的爱情，不如好好搞事业。"

刘佳宁皱眉，若有所思地看着林知夏，似乎不明白林知夏这样年轻，怎么说出这种丧气话来。刘佳宁说："我以前也觉得女孩子不应该仅仅被年龄定义和限制，28岁后这种想法才在和现实的碰撞中慢慢发生了转变。现实就是，30岁去找对象，找的就是不如那些25岁的姑娘。可难道我们真的一辈子不结婚吗？"

林知夏张了张嘴，话却哽在喉咙处，想起刚结束的感情，她的心里像被针密密麻麻扎了似的难受。片刻后，她轻而坚定地说道："爱情是短暂的。还好，人生很辽阔，也不一定非得结婚嘛。"

"你的认识当然没问题啦，新时代独立女性嘛。可是你真想过自己未来要过什么样的生活吗？你真的愿意一直加班一直工作，真的不想要一个爱人，不想要个累的时候可以依靠一下的怀抱吗？我觉得吧，女性选择单身、选择不婚需要很大的勇气和强大的内心。但前提一定是想清楚自己到底是不是真的能接受未来生活中一切的孤单和独行，而不是随意轻率说出口，年龄过了又后悔。工作有一辈子的时间，适婚年龄就那么几年。你看看我们公司，多少大龄单身女经理一边嘴硬一边偷偷后悔。我二十五六岁的时候也不爱别人跟我讲这些，我真心喜欢你，才同你说这些。"刘佳宁眼神诚恳，语重心长。

"谢谢您跟我说这些，我会好好想想的。"林知夏很感激刘佳宁的用心和善意。可是刘佳宁毕竟不了解她刚分手的状况，她现在也是真的没有心力想这些。

"你们应该也很忙吧？这几年经济环境不太好，破产公司的数量激增，而且我听说过你们那个英总，拿项目的能力挺强。你们项目不少吧？"

林知夏苦笑着摇头："有活干也是好事，现在谁都不容易。虽然破产公司数量激增，但是大多还是中小型公司的清算项目，成本不低，收入不高。大项目少之又少，竞争相当激烈。现在我们是二级破产管理人，上市公司碰都没资格碰。"

刘佳宁见她思路清晰，全然不似许多只知道浑浑噩噩打工出卖时间的人，眉目间多了几分诧异与欣赏："你现在成长了真不是一星半点，两年历练果真使人不一样了。"

林知夏有些不好意思地笑："因为一直有优秀的人领路呀。比如佳宁姐，您可是我一直以来的榜样。"

刘佳宁扑哧一笑："你可别了。"

吃完饭后，两人又在路边走了十几分钟，漫无边际地聊着天，然后各自归家。

回家后，林知夏控制不住地打开手机微信，盯着徐海宁的头像反反复复地看。没有任何动静。她觉得自己简直又矫情又有毛病。哪怕徐海宁真来挽留，她也会拒绝；可是见徐海宁没有任何挽留的意思，她又有些抑制不住地失望。

不如加班，不如加班。

林知夏打开电脑开始干活，不再多想。

第 20 章

覆灭，多少灯火楼台

　　林知夏、宋筠安、陈梓晴和于潇四人约好，周日在上海站碰面，一起前往 H 县。

　　林知夏提前 40 分钟到了高铁站，安检后在 11 号入口处找了个空座位坐下，打开笔记本接着工作。大概 10 分钟后，宋筠安到了。4 月份的天气，他穿了一件有质感的棕色针织外套，卷发略有些凌乱，拖着黑色的行李箱。

　　宋筠安那双漂亮的眼睛环顾一周后定格在了林知夏身上。他走到林知夏旁边坐下，看了眼手表，一言不发地从背包里拿出一本书来翻看。

　　林知夏瞥到了宋筠安的动作，有点好奇他手里是什么书。但这人自带高冷气场，见到她更是连个招呼都不打，她便不好意思打扰他。

　　她之前还以为宋筠安和林伊然谈恋爱了呢。但两年前加了宋筠安的微信后,她观察到了一个微妙的细节:宋筠安虽很少发朋友圈,可他每次发,林伊然都一定会点赞评论;林伊然的朋友圈,宋筠安却从来没有点赞过。

很明显嘛,落花有意,流水无情。

林知夏默默想了一会儿八卦,又摇了摇脑袋,思绪回到了工作上。

十几分钟后,于潇也到了。又过了几分钟,开始检票,陈梓晴却迟迟未到。

"我们先进去吧,我问问她什么情况。"林知夏拖着行李箱,和宋筠安、于潇一同先行排队进站。

直到高铁缓缓驶出站台,林知夏才收到了陈梓晴的信息。

"抱歉林老师,路上太堵了,我没赶上高铁。我这就买今天最近的一班车过来,晚上9点半到。"

林知夏无奈地笑了笑,虽然她自己是个极其守时的人,但也能理解偶尔的意外。她简单地回复道:"好,晚上一个人注意安全。"不过,陈梓晴这次的迟到,无疑让她在林知夏心中的印象打了些折扣。

经过4个多小时的高铁旅程,3人终于抵达了H县。此时已是傍晚6点多。出站口熙熙攘攘,各种小摊贩的吆喝声此起彼伏。烤红薯的香气扑鼻而来,满是小县城特有的烟火气息。

一个穿着红色大花袄、裹着厚实深红色头巾的中年女人站在一旁,她的推车上整齐地摆放着各式各样的水果。不远处,卖炒粉、煎饼的小贩也在热情地招揽着客人。等客的三轮车和摩托车扎堆在马路牙子上。每从高铁站里出来一位乘客,他们的眼里都冒起不含蓄的殷切与热烈。

宋筠安刚走出出站口,就被几个发放旅游传单的阿姨拦住了。阿姨热情地介绍着 H 县及周边小镇的三日游项目,宋筠安在她热情的推销下,白净的脸庞逐渐涨红。

"小伙子,你是一个人来旅游的哇?我们 H 县有山有水,你看看,跟我们的旅行团,还有这些免费的游乐项目。这些可都全包含在费用里了!"其中一个阿姨把传单举起,直接放在了宋筠安的眼前。

"不用了,我是来工作的。"宋筠安尴尬地拒绝道。

"来工作啊?工作完总得出去散散心吧!看看我们这个周末小团,很划算的!小伙子你这么帅,说不定还能在团里遇到个知冷知热的小姑娘呢!"另一个阿姨笑着说。

林知夏站在一旁观赏了几分钟宋筠安的局促,听到"知冷知热的小姑娘",看着宋筠安尴尬的样子,忍不住笑出了声。网约车已经联系好,她戳了戳同样在一旁看着的于潇,希望她过去解救宋筠安。

"去救救他吧,我们的车快到了。"林知夏笑着说。

"怎么救?去强行把他拉过来?"于潇捂着嘴笑。

"都行,咱们宋老师自己有点抹不开面子。"林知夏笑呵呵地说道。

于潇笑着走过去,拉住了宋筠安的手臂,将他从阿姨的包围中解救了出来。林知夏看着这一幕,忍不住捂嘴偷笑。看来宋筠安并不是她以前以为的高冷性格,只是有些单纯腼腆而已。

他们在出租车上便各自点好了外卖。不到 20 分钟,车便开到了酒店。H县物价低，按照瑞尔菲格的出差标准，他们入住的是H县最好的几家酒店之一的豪悦酒店。豪悦酒店在20多层的高楼之上，宋筠安单独住一间，林知夏单独住一间，于潇和陈梓晴住一间。

林知夏走进房间，里面十分宽敞，除了床以外，还有一张小圆桌、两把椅子、一个沙发、一个茶几、一张书桌。虽然装潢有些老派，灯光却十分明亮。

刚整理好行李，林知夏就接到了外卖小哥的电话。她下楼来到酒店大堂，只见宋筠安也从另一部电梯里走了出来。

"你也是来取外卖的吗？"宋筠安看到林知夏后问道。

"是啊。"林知夏笑着回答。两人一起走到了酒店门口。好巧不巧，送外卖给他们的竟是同一个外卖小哥。

"要不我们一起去酒店餐厅吃吧？"宋筠安提议道，"我上周在忙别的项目，没仔细看你发的邮件，刚刚才看过你之前发的邮件，正好有点工作上的事想和你沟通一下。"

"好啊。"林知夏爽快地答应了。

两人乘电梯来到3楼餐厅门口，却发现餐厅一片漆黑，所有的椅子都被倒过来架在了桌子上。见此情形，宋筠安回过头来看林知夏："这里好像没开。要不在房间里吃吧，我看房间里有小圆桌和椅子。"

林知夏一愣，疑惑地瞅了他一眼。然而见宋筠安一脸正人君子的单纯模样，林知夏又觉得自己是以小人之心度君子之腹了。她释然一笑，心想江湖儿女不拘小节，于是点了点头表示同意。

宋筠安拎着外卖一起去了她的房间，两人坐在落地窗边的桌子两侧。林知夏顺手把窗帘拉开，25层，在H县已是极高的楼层，俯瞰下去，一片灯火楼台。

见宋筠安目光沉凝地盯着楼下，神情似乎有些飘忽，林知夏一边拆着外卖一边随口问道："宋老师，你在想什么呢？"

宋筠安回过神来，目光幽远地说道："我在想我们的客户睿辉地产，H县最大的房地产商。"

"客户？"林知夏有些不解。

"目光所及之处，这么多建筑，不知有多少是睿辉地产所建。一个小县城的房地产企业，负债规模达到30多亿元。30多亿元是什么概念？他们宣布破产，拍拍屁股走人，却留下了成百上千的受害者……"他的话语中透露着一丝隐忍的愤怒。

林知夏惊讶地看向宋筠安，心中因他这番话泛起了波澜。她回想起加入破产管理组的第一天，宋筠安所说的那番话："相比起有意思来说，更重要的可能是有意义感。当找到投资人、救活一家公司时，工作中的辛苦和相比而言十分微薄的薪水都不重要了。这份意义感，是我留在这里的理由。"她心中更加触动。

尽管内心有所触动，林知夏却没有附和、也没有反驳宋筠安的话。工作尚未开始，她并不完全了解睿辉地产如今的具体情况，因此不想草率地做出评判。

宋筠安拆开外卖包装袋，林知夏瞥见他点的外卖，不由得瞪圆了眼睛。一米八几的大男人，点的餐竟是轻食。她看着他面前几样健康简单的西蓝花、虾仁，再看看自己面前一大盘水煮鱼，还配了两份麻辣小菜，重口味不说，食物量也是宋筠安那份轻食的两倍。林知夏脸色泛红，她咳嗽一声以掩饰自己的尴尬："你吃得可真少哇！"

宋筠安看了看林知夏面前丰盛的川菜，愣了一下，眼底闪过一丝笑意："我吃得一直不多。"

"呃……"林知夏尴尬地摸了摸鼻子，心想这人真是直接，一点儿都不给她留面子。她毕竟是个女孩子，还是希望能保持一点形象的。

宋筠安拿起筷子，从容不迫地吃着碗里的轻食，进入正题："是这样的，我认为你分配的工作任务个别细节似乎有些不妥，所以在项目正式启动之前，我想和你沟通一下。第一，我仔细看了下我们各自复核的部分，发现操作难度相当大，尤其是沟通类的工作。如果认真执行你所提出的复核流程，而不是仅仅流于形式，我想我们很快就会面临客户的投诉。"

林知夏手中的筷子微微一颤：第一？还有第二、第三、第四吗？不过，她不得不承认，宋筠安的话确实有道理。

"当然，"宋筠安接着说，"你可以要求团队成员通过可追溯的方式进行沟通，比如电子邮件。有了这些记录，我们就能随时进行检查，而不必反复打扰客户以求确认。不过，我仍然认为，你、我以及陈总三层复核的必要性不大。这些事项的难度和重要性并没有达到需要如此严格复核的程度。"

林知夏连连点头，表示认同宋筠安的观点："你说得对，我确实没有考虑得那么全面。"

"第二，你的安排没考虑到进度控制的问题。为了提高团队工作效率，你也应该设置几个重要的时间节点，这样可以确保我们按计划推进项目，并及时发现和解决可能出现的问题。比如说……"

林知夏正专注地聆听着他条理分明的发言，门口突然响起了敲门声。她起身去开门,只见于潇拿着两袋樱桃,脸上挂着喜气洋洋的笑容。然而于潇看到宋筠安时,那笑容瞬间凝固了。尽管于潇努力压抑着情绪,试图表现得若无其事,屋里两人仍看出了她的尴尬和惊恐。

"宋……宋老师也在啊。"于潇磕磕绊绊地说道,"我是来给林老师送点水果的,宋老师在的话正好,我不用再跑一趟了。"说罢,她把两袋樱桃都塞到林知夏手里。

"谢谢。"宋筠安似乎并没有察觉到这古怪的气氛。

"不客气,那我先走了。"于潇想赶紧溜掉。

"等一下。"林知夏叫住了她,"你别误会,宋老师是来跟我讨论工作的,我们本来打算在酒店餐厅聊,但发现餐厅没电,实在没地方去,才在这里简单聊聊。"

听到这里,宋筠安才恍然大悟于潇为何如此惊慌。他立马站起身来,白皙的脸颊瞬间染上了红晕:"剩下的内容我晚上通过邮件发给你。你们慢慢聊,我就不打扰了。"说完,他拿着外卖盒匆匆离开了房间。

林知夏望着宋筠安离去的背影,不禁摇头轻笑,转而对着于潇说:"别想太多,你看宋老师那副害羞的样子,我和他之间能有什么?"

"我明白,我不会乱说的,您放心。"于潇也恢复了平静,保证道。

于潇离开之后,林知夏的思绪又转到了宋筠安身上。面对宋筠安,她内心不免有些忐忑,毕竟自己的职位较低,却能越过宋筠安成了项目负责人。她本来以为宋筠安多少会有点不平衡,但经过交流后,她并没有察觉到宋筠安有任何不快的情绪。即便宋筠安对她的工作分配有所质疑,也是坦荡地当面提出,并且深思熟虑后提供解决方案。

饭后,林知夏坐在电脑前,专心致志地深入研究着客户上周五提供的一小部分资料。她决定再好好做一下睿辉地产的功课。她查了近几年睿辉地产的一些资讯,同时分析了它们的财务报表,结合之前的研究,逐渐勾勒出了这家企业的历史脉络和发展轨迹。

与许多知名的上市房企相比,睿辉地产在规模上并不占优势。这家公司10年前成立,最初只是泰兴地产在H县的一个子公司,负责泰兴地产在H县的几处房地产项目。背靠泰兴集团下的泰兴地产——全国三大房地产巨头之一,子公司在短时间内迅速崛起,成为了H县房地产市场的佼佼者。

然而,随着时间的推移,总部和子公司之间的分歧逐渐显现。

大城市有大城市的规则,小县城有小县城的逻辑。

7年前的一场利益分配冲突后,子公司与总部彻底切割,财务报表独立,更名为睿辉地产,开启了新的征程。

独立后的睿辉地产野心勃勃,开始大量购置土地。然而,就在它负债累累之际,国家出台了限房限购政策,使得它的一切计划瞬间落空。正如诗中那句:"眼看他起朱楼,眼看他宴宾客,眼看他楼塌了!"睿辉地产的辉煌时代就此结束,它的财务状况逐年恶化。

近3年来,睿辉地产承包的3个小区交房时间严重逾期。如今,这些小区已杂草丛生。最近半年,睿辉地产的负债已高达30多亿,公司不得不彻底停工。面对越来越大的亏损和购房者的不满,睿辉地产无计可施，最终走上了破产的道路。

　　林知夏拿着客户给的资料，仔仔细细看了一遍这 7 年间睿辉地产的年报。

　　财务报表里，亦诉说着这家企业兴衰荣辱的故事。

第 21 章

挨打的业主夫妇

第二天清晨,林知夏提前下楼到酒店大堂,等待着宋筠安和其他团队成员。她身穿一套精致的黑色职场装,眉毛轻描淡写,唇上涂抹着淡淡的口红,整个人散发出干练而亮眼的气质。

没过多久,宋筠安从电梯中走出,他走到林知夏身边,保持着适当的距离,轻声打了个招呼:"早。"

"宋老师早安。你的邮件我看了,谢谢啦,提的意见都很中肯。"林知夏快速说道。宋筠安点了点头。

紧接着,陈梓晴和于潇也来到了大堂。陈梓晴是个五官精致如画、相当漂亮的女孩。她看到林知夏,热情地凑上前来:"早就听说林老师是个美女,今天一见,果然名不虚传!"

林知夏微笑着回应:"你是梓晴吧,过奖了,你也很漂亮呀。"

4人一同走到酒店门口,拦下一辆出租车,朝着睿辉地产驶去。H县虽是个小城,但街道宽敞,建筑物错落有致。车窗外,高矮不一的房屋排列整齐，人群熙熙攘攘，丝毫不比大城市差。

司机好奇地打量着他们，忍不住问坐在副驾驶的宋筠安："你们是去睿辉房地产公司吗？"

"嗯。"

"是不是买了睿辉的房子啊？听说他们公司现在情况不太好啊。"司机同情之色溢于言表。

"工作。"宋筠安的回答十分简洁。

误以为他们是睿辉地产的人，司机同情的目光顿时转为鄙夷，不再言语。林知夏看在眼里，不禁哑然失笑，看来睿辉地产在H县已经臭名昭著了。

很快，他们抵达了睿辉地产所在的五层高楼。整栋楼都是睿辉地产的办公场所，附近也聚集了众多知名金融企业。在前台等待了片刻后，负责对接资料的财务部老师谢希俊走了出来。他看起来30岁左右，戴着黑框眼镜，神情严肃。

谢希俊礼貌地微笑道："是瑞尔菲格审计的老师们吧？欢迎欢迎！"

林知夏主动伸出手与他握了握："谢老师您好，我是项目负责人林知夏。这位是宋筠安，这位是陈梓晴，还有于潇。"她一一介绍了团队成员。

谢希俊热情地招呼道："几位老师路上辛苦了，请跟我来。"他带着他们走上2楼，朝着会议室走去。

林知夏边走边说："谢老师，按照领导们之前定下的，我们预计两个月后要向法院提出破产申请。我也是一周前才知道自己要来带这个项目，因此未能充分准备、提前与您联系，十分抱歉。"

这两个月,我们团队需要从零开始准备申请材料,诸如财产状况说明、财务报告、职工安置预案等等,时间很紧张。我跟您邮件里提过的经营数据、债务清册①等需求,能否麻烦您尽快提供一下给我?我目前只收到了贵司的财务报表。"

谢希俊领着他们来到一个空荡荡的会议室:"这段时间你们就在这里办公吧,材料我会尽快催促的。"

林知夏感激地点了点头:"谢谢,麻烦您了。"

谢希俊走后,几人纷纷坐下。林知夏往会议室窗外看了眼,他们身处2楼。这栋楼楼层不高,探出头去往下看,能清楚地看到睿辉地产大门口,街道的嘈杂和喧闹也分外清晰。

在会议室内,面对着空空如也的桌面,除了财务报表外,客户并未提供其他任何资料。几人面面相觑,气氛有些尴尬。林知夏看向宋筠安,只见他一副欲言又止的样子,于是主动问道:"宋老师,你有什么想法吗?直接说吧。"

宋筠安缓缓开口:"我们可以尝试先行检索公开信息,然后分类别整理出来。"

"检索公开信息?这是什么意思?"陈梓晴好奇地问道,眼中闪烁着不解的光芒。

林知夏忍不住笑了出来,解释道:"就是搜集和整理新闻舆论,从中提取对我们有用的信息。"她看着宋筠安,调侃道,"宋老师真是法言法语,连'八卦'都表述得这么正式。"

---

① 债务清册:指详细记录企业或个人所欠债务的清单,包括债务人名称、债务金额、到期日、利息率等关键信息。它可用于追踪和管理债务、确保及时偿还,并作为财务透明度和责任的体现。

陈梓晴抿着嘴直笑，感叹道："怪不得我听同事背后称呼宋老师为'行走的法典'。"

林知夏忍俊不禁道："嗯，就按照宋老师的建议来吧。我们先检索公开信息，同时配合查看客户的年报，为后续的尽调做好充足准备。"

"宋老师，您怎么没去律所，听说您入职前法考都通过了呢？"于潇好奇地问道。

林知夏同样好奇地盯着宋筠安，她也觉得宋筠安看起来更适合做律师。

"我不是法本出身，哪有那么容易。"宋筠安垂眸，长长的睫毛掩住了他的眼神，也掩住了不知什么故事。

两天后，客户终于通过邮件发来了整理好的材料。拿到资料后，会议室里立刻忙碌起来。次周二，林知夏已经高效地梳理好客户的经营数据和债务清册，并将公开信息整理成了简洁清晰的文件。她一并发给了陈茂宇。

凭借着之前的合作经验，林知夏对陈茂宇的工作习惯和需求了如指掌。因此，在陈茂宇询问之前，她已经主动汇报了工作进度和客户情况。清算项目相对简单，且有宋筠安这个得力干将坐镇，陈茂宇的嘱咐并不多。

直到一个月后，"五一"假期前一周，陈茂宇才安排了一趟来H县的行程。他乘坐8点半到达H县的高铁，而后直接从高铁站打车到客户公司。项目组几人商议后决定，在陈茂宇到达的当天早上8点前赶到客户公司做好准备。

7点40多，几人打车到了睿辉地产。

公司门口正上演着闹哄哄的一幕。

一对年轻男女正被4个身材壮硕的男人拉扯,那个年轻男子已经挂彩,脸上满是伤痕。面对4个壮汉的围攻,他奋力还击,但显然力不从心。

"这是怎么回事?光天化日之下在公司门口打人?"陈梓晴揉了揉眼睛,难以置信地看着眼前的一切。

街上的行人大多忙于上班,很少有人停下来围观,更没有人上前劝架。除了门卫外,只有一个穿着黑色西装的男人站在一旁冷眼旁观。

"别打啦!"陈梓晴走近两步大声喊道。

但没人理她。林知夏见状立刻掏出手机冷冷地说道:"你们再打我就报警了。"

其中一个打人的男人转过头来狠戾地对着林知夏说道:"报警?你清楚是什么情况吗?别多管闲事!"

"不管是什么情况,打人还有理了?竟然在别人公司门口动手!"林知夏的语气坚定而冷硬,直接拨通了110,并将手机开到了免提模式。电话那头传来的"嘟嘟嘟"声,让那几个原本气势汹汹的男人瞬间慌乱起来,停下了手中的动作。

就在这时,在一旁一直冷冷看着的、身着黑色西装的男人快步走到了林知夏的身边。他看起来30多岁,饱满的额头下,眼睛闪烁着锐利而精明的光芒。男人头发剪得极短,只在顶部留了一些长发,这种发型让他的方正脸庞显得更加瘦长。当林知夏的目光与他相遇时他的眼神瞬间亮了起来,紧接着他用那双狭长的凤眼,仔细地从上到下打量着林知夏,看得林知夏浑身不适。

"您好，我是瑞尔菲格的项目负责人林知夏，您是？"林知夏神情疏离。

"哎呀，误会，完全是误会！"男人满脸堆笑，一边自我介绍一边说道，"我是睿辉地产的肖黔。您看，咱们都是一家人，怎么还报上警了呢？睿辉现在的情况您也知道，总有一些不识大体的人来捣乱。许子双、陈宁宁夫妇就是其中之一。他们买了我们的房子，现在交房日期有所推迟，他们就天天来闹事。我们实在是无奈，才让保安出面稍微警告一下。您放心，我们会妥善处理的。"

肖黔脸上挂着热情的笑容，伸出手来，似乎想与林知夏握手。

"这些打人的是睿辉的保安？！"林知夏难以置信地看着肖黔。房子延期交付已经够糟了，竟然还殴打业主。她在睿辉地产的通讯录上见过肖黔这个名字，有些模糊的印象，但具体是什么职位却记不清楚了。

在警察接通之前，林知夏挂断了报警电话。毕竟睿辉是他们的客户，而且陈茂宇快要到了，她也不想在警局迎接自己的老板。

肖黔的手仍然悬在半空中，林知夏实在难以视而不见，只得伸出手去。肖黔紧紧握住她的手，手掌有些湿润，一秒，两秒，三秒……仍旧没有松开的意思。林知夏微微用力，把手抽了回来，神情微冷。

此时陈宁宁正用颤抖着的手轻抚着丈夫许子双脸上的伤痕，眼中噙满了泪水。林知夏上前几步，从包里拿出一包纸巾递给陈宁宁。陈宁宁接过纸巾，擦了擦眼泪，然后转头看向林知夏。

"您来评评理！"陈宁宁的声音带着明显的哭腔，"我们夫妻俩倾尽所有积蓄买了睿辉开发的东旭佳苑小区的房子，首付付了

30多万元，每月要还4000块的月供。可现在交房期已经过了半年多，房子没拿到，首付款也打了水漂。为了凑首付款，我们已经背上了20万元的债务，还要继续支付这么高的月供。我们的孩子刚出生，这让我们一家三口怎么活啊！"

林知夏扶住陈宁宁的肩膀，轻声安慰道："您先别急，延期交房并不代表房子就不会交付。我们还是先了解清楚具体情况，然后一起寻找解决问题的办法。"

"寻找解决办法？难道我们不想解决问题吗？"陈宁宁情绪变得更加激动，"他们解决问题的方式就是打我老公！我要告他们！别以为我不懂法律，我会带我老公去验伤，验完伤就去法院起诉他们！"

其中一个动手的保安往地上啐了一口，翻了个白眼，轻蔑地说："泼妇！"

"我泼妇？"陈宁宁气得浑身发抖，"你们才不要脸！如果你也背着一身债，为了一套可能永远也拿不到的房子付月供，还要还上十几年甚至几十年，我倒要问问你，你能心平气和吗？你们这是要把我们这些普通人逼上绝路啊！"

"你凭什么说永远拿不到？！"保安气势汹汹地上前一步，"你这个女人，天天在这里造谣生事！"

"您先消消气。"林知夏抚了抚陈宁宁的背，试图平息她的情绪。她清楚睿辉地产在建的小区中有两个已经彻底停工、烂尾了，难怪陈宁宁会如此恐慌。

陈宁宁转头看向林知夏，目光里有一丝期待："你看起来是个讲道理的人，你刚才说想办法解决问题，怎么解决？"

161

林知夏也是头一次面对这种情况。别说现在瑞尔菲格还未被法院任命为管理人,即便未来成功担任管理人、有了财产处置权,也无法承诺房子一定能建成,万一项目烂尾,更不能确保每位业主的资金能全数退回。她只能尽力安慰陈宁宁:"您先别着急,睿辉地产一定会对您以及您这样的受害者给予它能力范围内最大的补偿。"

"能力范围内最大的补偿?具体补偿多少?钱什么时候到位?"陈宁宁的问题一个接一个,连珠炮一样向林知夏袭来。

林知夏面对一连串的提问,一时语塞。毕竟她资历尚浅,难以给出一个明确的答案。正当她感到束手无策时,宋筠安的声音在她身旁响起。

"首先,请相信我们,我们会尽最大努力去避免项目烂尾的情况发生。其次,如果真的出现了不可预见的情况,具体的补偿方式确实不是我们能够单方面决定的。"宋筠安稍作停顿,然后继续说道,"但是,我可以向您透露可能的补偿方案。方案一是重新规划,为小区找到一个接管的地产商,确保小区能够建设完成。方案二是小区由政府接管,虽然我们还没有与政府进行具体的沟通,但我们会积极争取政府的支持。方案三是法拍这块地,然后按照比例分配资金。在前两种方案中,您都有机会拿到房子;而在第三种方案中,即便是在最不利的情况下,您也能拿回至少50%的房款。"

宋筠安的声音温和而坚定,他那一贯让人头疼的条理分明的"一二三"在此刻也显得如此悦耳动听,如同春风拂面。林知夏暗自松了一口气,投给宋筠安一个感激的眼神。

陈宁宁紧皱的眉头逐渐舒展，她再次确认道："最差的情况是能拿回 50% 的房款吗？"

宋筠安肯定地点头："是的，近 5 年来 H 县烂尾楼后续解决方案均未超出这 3 种方式。您可以自行查询相关案例，这些信息都是公开可查的。"

陈宁宁继续追问道："那什么时候能知道最终解决方案呢？"

宋筠安给出了一个相对模糊的答复："请您耐心等待一段时间，我们会尽最大努力确保您的利益不受损害。如果两三个月后您对我们公司的解决方案仍不满意，那时再采取合法维权行动也完全来得及。"

宋筠安虽然并没有给出明确的答案，但他的沉着冷静和诚恳的态度却给了陈宁宁很大的安慰。她情绪逐渐平复，侧过头去看向许子双，征求他的意见："老公，要不……我们再等等？毕竟已经等了这么久，也不差这两三个月了。"

"那我们被打的事怎么算！"许子双怒气未消，显然不愿意就此罢休。

肖黔冷笑一声，回应道："你们夫妻俩来我们公司闹过多少次，自己心里清楚。以前哪一次我们不是好言相劝，尽量满足你们的要求？但你们总是无理取闹，步步紧逼。"他的话语中透露出一丝厌烦，仿佛夫妻俩的行为完全是自作自受。

许子双怒目而视："你们那叫好言相劝吗？那根本就是敷衍！总让我们回家等消息，我们等了多久，你们给过我们一个明确的答复吗？"

林知夏见状头疼不已，她对肖黔说："动手打人是不对的，这是无法辩驳的事实。而且,你们公司现在涉及的诉讼已经够多,还是不要让事态进一步恶化了。"

肖黔皱眉,显得不太情愿。但在林知夏的坚持下,他最终让步:"好吧,既然林老师这么说,那我们就私下和解吧。你们几个,给业主道个歉。医药费我们承担。"

四个动手的保安互相看了看,最终带头的保安上前一步,阴阳怪气地说道:"呵呵,对不起您两位了。"他的道歉显然缺乏诚意,让人感觉不到任何歉意。

许子双还想争辩,却被陈宁宁轻轻拉住了衣角。她递给他一个眼神,示意他不要再追究,然后低声说:"算了。"

两人离去后,林知夏的脑海中不断重放着陈宁宁轻轻拉着许子双衣角,轻声说出"算了"的那一幕。这场景如同一根刺,深深扎入了她的心坎。

第22章

重点是处理好和客户的关系!

9点整,林知夏从窗边看到陈茂宇从一辆出租车上走了下来。陈茂宇的神情因为距离而略显模糊,只见他健步如飞,似有急事。

半个多小时后,陈茂宇才在肖黔的陪伴下踏入会议室。肖黔意味深长地看了林知夏一眼。肖黔走后,陈茂宇脸色阴沉,沉默地打开电脑,噼里啪啦打了会儿字后,和几人挨个捋了一遍工作进度。午饭前半小时,他给林知夏发了个信息,让她出去一下。发完信息,陈茂宇率先离开。

林知夏抱着电脑,一头雾水地走出会议室,见隔壁的空会议室门敞开着,陈茂宇正坐在里面。她走进去,把门关好,坐在了陈茂宇旁边。

"陈总,我们这个月的工作进度其实相当顺利。"林知夏试图缓和气氛,她打开电脑上的电子表格,准备展示他们的努力成果。

然而陈茂宇的怒气却如火山爆发般喷涌而出:"我在高铁上就

看到一堆客户投诉你的信息！项目开始前我反复强调过处理与客户关系的重要性，可你是怎么做的？"

林知夏心跳漏了一拍。她努力保持镇定，问道："陈总，能否具体告诉我客户投诉了什么？"

"肖总说，有客户来闹事，而你竟选择以报警来逼迫他们道歉和赔偿！"陈茂宇的话语中充满了失望。

"这件事不是他们描述的样子。"林知夏平静地说道。

"重点是什么你不知道吗？重点是你给客户留下了糟糕的印象，破坏了我们和客户的关系！这不是个小项目，为了能被任命为管理人，我和英总都付出了大量努力。现在法院正式任命还没下来，处理好和客户的关系对我们来说至关重要，这也是我没用别人用了你的原因。我原以为你形象出众、情商高、沟通能力强，却没想到事情会被你搞成这个样子！"陈茂宇斥责着林知夏。

林知夏微微皱眉，她知道解释事情本身已经没有意义，因为陈茂宇更关心的是客户的感受。她直接问道："陈总，现在客户有什么诉求？"

看林知夏平静的脸庞，陈茂宇反倒有些诧异，心中的怒火也莫名消了几分。

"客户要求更换一位负责人。"他冷声说完，观察着林知夏的反应。

只见林知夏神色如常，说道："既然客户要求更换负责人，那就换成宋筠安吧。这段时间我和宋筠安老师一直合作得很好，他本来就比我更适合做这个负责人。"

陈茂宇这下不由得有些佩服林知夏的镇定和理性了。

在这样一个"颜值即正义"的时代，陈茂宇这种30多岁的职场老油条最清楚不过：撇去性格和能力不说，像林知夏这样相貌出众的女生，在职场中本身就有极大的优势，尤其是面对客户时。林知夏恰好性格也不错，努力、听话、善解人意。所以他才把林知夏甩出去面对客户。

没想到林知夏竟是个有锋芒的。

面对他的怒气和责问，她不仅没有丝毫慌乱和辩解，反而以一种平静而坚定的姿态回应。这种从容不迫的态度让陈茂宇感到一种莫名的熟悉。

浸淫职场多年，陈茂宇也有几分自己的见识，他觉得这种锋芒本身就值得敬佩。

"说说看，你为什么要求客户向闹事者道歉？"他沉声问。

林知夏这才开始详细叙述早上发生的事情："早上来睿辉时，四个男人在光天化日之下围殴一对年轻夫妻。那对夫妻因为购买的睿辉房产延期交房而前来寻求说法，却遭到了暴力对待。夫妻俩说他们要去验伤、报警、告睿辉。动手本身就不对，何况是客户未能按时交付房子在先，本来就理亏。我想，客户身上的官司已经够多了，能少一个是一个，所以当时建议客户道歉并赔偿医药费，息事宁人。"

林知夏刻意避开了她对那对业主夫妻的同情，只围绕着客户的利益展开。毕竟，以她对陈茂宇的了解，业主夫妻的境况并不是陈茂宇所关心的，他关心的只有客户！客户！客户！

"动手打人？"陈茂宇一怔，"这他们倒没跟我提起。业主的信息你留了吗？"

"我留了他们的电话号码。"

陈茂宇沉思片刻后说道:"那视情况跟进吧。负责人先更换为宋筠安。管理人还没正式确定下来,客户怎么说就先怎么办,多一事不如少一事。"

"明白,没问题。"放别人身上或许会觉得丢人,但林知夏丢过的人毕竟多了,心量也变大了。接着她试探性地问道:"老板,我方便问一下睿辉快烂尾的几个小区后续处理的方式是什么吗?"

陈茂宇眉头微皱,显然这个问题并不在他的预期之中。他想了想说道:"投资人不一定找得到,大概率法拍吧。"

林知夏心中一沉,她知道法拍对于业主来说意味着什么。

她继续追问:"那有没有可能找其他房企或政府接盘呢?如果法拍的话,业主的利益损失不小啊。"

陈茂宇没有直接回答她的问题。他眉梢微微上挑,眼里泛出几分打趣的神色:"你是慈善家吗?这么关心业主的利益?"

林知夏被噎了一下,但仍固执地看着陈茂宇:"我只是想着有没有更好的解决方案呢,毕竟这些业主也是无辜的受害者啊。"

陈茂宇叹了口气,微微摇头说道:"你要知道,很多事情并非我们所能掌控。如果你觉得自己有能力、有好的建议,不妨直接去找英总谈谈。但我要提醒你,英总现在的心思全在林州医药的事情上,你去找她,恐怕也是难以得到满意的答复。"

听到"林州医药"这个名字时,林知夏的心脏猛地收紧。她吸了口凉气,直勾勾地盯着陈茂宇的眼睛问道:"林州医药要破产了吗?"

"你没看到林州医药被债权人起诉的新闻?"陈茂宇挑眉。

"看到了，也看到了这个事情的后续——债权人明明已经撤诉了呀！"林知夏十分不解，公司运营中有些小纠纷不是常事吗？

"呵呵，天真！"陈茂宇垂眸笑了，没有再多做解释，"林州医药可是个肥差，希望英总能顺利搞定。"

林知夏心乱如麻。

两人回到会议室后，没过几分钟，陈茂宇又把宋筠安叫了出去。宋筠安回来的时候，看林知夏的眼神有些古怪，似乎对于自己突然成为负责人感到有些意外。林知夏反倒是冲他淡淡一笑，并不在意。

下午，陈茂宇组织了一次小会议，顺便宣布了负责人由林知夏更换为宋筠安的消息。于潇和陈梓晴都惊讶地看着一脸坦然的林知夏，各有心思地琢磨着林知夏被换掉的原因。

晚上，睿辉地产做东，请瑞尔菲格项目组吃饭。

一是因为陈茂宇的到来；二是因为瑞尔菲格的团队毕竟在H县干了一个多月的活，趁此契机聚餐，也算是对瑞尔菲格团队的小小犒劳。这个晚餐几天前就已经安排好了。林知夏本以为自己不再是负责人便能不参加，但陈茂宇坚持认为，正因为林知夏与肖黔等人之间产生了一些小摩擦，她更应该出席。无奈之下，林知夏不得不硬着头皮赴宴。

餐厅位于公司不远处的H县市中心繁华的餐饮区。陈茂宇带着瑞尔菲格团队率先下楼。客户陆续到达，其中包括财务部门的负责人、睿辉的两位高管，以及早上见过的董事会秘书肖黔。领导们在前头聊着天，林知夏和其他几位瑞尔菲格以及睿辉的财务人员则走在后面。

陈梓晴、于潇和睿辉的几位老师开始聊起了 H 县的美食。在这种场合，谈论吃喝玩乐总是最安全的话题。林知夏没什么攀谈的兴致，一个人走在最后。或许是这几天的疲惫和压力让她显得有些心不在焉。她强打精神，尽量跟上队伍的步伐。

宋筠安注意到了林知夏的状态，放缓脚步走到她身旁，问道："心情不好？"

林知夏蓦地抬头，眼睛里氤氲的迷雾散去，宋筠安的脸庞逐渐清晰。她压低声音回答道："没事，可能是最近太累了。"

宋筠安脸色微变，以为林知夏因为被换掉负责人而心情不好，解释道："其实我也不想做这个负责人。陈总一直在，我今天都没机会和你说话。你不要难过了。"

啥啊……林知夏晕了。

宋筠安当初都不在乎她这个比他职级低的人越过他直接成为项目负责人，难道她林知夏就会在意吗？

林知夏抬头望向他，只见宋筠安清俊的脸庞泛着一抹尴尬的红晕。她的心跳不由自主地加速，要说她对此毫无感觉，那几乎是不可能的。

但他是同事啊！同事！林知夏轻轻咬了咬自己的唇，提醒着自己。

她压下心中的波澜，带着笑意说道："我为什么要难过？"

宋筠安似乎没想到林知夏会这么问，他支支吾吾地回答："我，我只是觉得，我们可以和陈总提一下……"

"好啦好啦，我知道你很厉害的。"林知夏打断了他的话，半开玩笑地说，"都是老板逼你的，对吧？"

"我不是那个意思……"宋筠安的脸色变得更加不自在。

林知夏只好认真地看着他，说："我真的没把这件事放在心上，你就别多想了。我只是最近有点累。"

"真的吗？"宋筠安依旧带着一丝担忧地凝视着她。

"真的！"林知夏用力地点了点头，给了他一个灿烂的笑容。

两人边聊边走。不久，一行人抵达了餐厅。客户挑选的是一家粤式餐厅，以清淡的菜品著称，林知夏简单地动了几下筷子。

"各位老师们，这一个多月辛苦了，今晚我们得开几瓶好酒，好好敬敬你们。"肖黔笑着示意服务员拿来几瓶事先准备好的白酒为在座的每一位斟满酒杯。

陈茂宇起身，笑着回应："这都是我们应该做的，也感谢各位的配合。"

"这是当然的。"睿辉的财务总监也举起酒杯，起身附和，"来来来，都满上。"

肖黔首先开始逐个敬酒，先敬陈茂宇，再敬宋筠安。轮到林知夏时，林知夏本想婉拒，肖黔却以一种油腻的口吻说道："林老师如果不喝，可就是不给我肖某面子了……"

林知夏只得硬着头皮勉强喝了一口。

"哎呀，这样可不行啊！在我们 H 县，酒杯必须一口见底，这才显得有诚意。"肖黔仍不放过她。

林知夏对这种酒桌文化感到厌烦，内心很想直接拒绝。然而看到陈茂宇不断向她使眼色，又回想起他多次强调的"不要得罪客户"的原则，她只得压抑住内心的不快，勉强自己一口气喝下了剩余的酒。

接下来轮到于潇和陈梓晴，她们像是约好了似的，都以感冒并服用过头孢为借口婉拒了敬酒。林知夏有些后悔没有提前想出类似的托辞。她喝下了肖黔的酒，如此一来，便难以再拒绝其他人的敬酒。果不其然，客户开始接二连三地向她敬酒。

林知夏喝酒向来是不上脸的，两杯白酒下肚后，脸蛋依然白白净净。见状，几个客户敬起酒来更肆无忌惮。

喝着，喝着，林知夏的头越来越沉、眼神开始迷离，仿佛整个世界都在旋转。

宋筠安注意到了她的不对劲，眉头微皱，倒了一杯热水递给林知夏，低声在她耳边说："喝点热水，别再碰酒了。"

"哎呀，林老师是不是喝多了？"肖黔也发现了林知夏的异样。

众人目光都转移到了林知夏的身上。只见她全然没有了平日的清冷气质，面色泛红，周身弥漫出几分勾人魂魄的美。她一只手撑着头，浅笑着，口中不知咿咿呀呀着什么，已然不是清醒的状态了。这模样让在场的大多男人都不自觉咽了下口水。

宋筠安看到这一幕，脸色顿时沉了下来。他脱下外套，正准备给林知夏披上，有一个人却比他动作更快地给林知夏披上了外套。是肖黔。

"我刚发信息让司机来接，林老师……先让司机送林老师回酒店吧，我正好也顺路。邱总，梁总，你们陪陈总接着喝，一定喝到尽兴啊。"肖黔眼中闪过一丝炙热。

梁总朝肖黔眨了眨眼，露出意味深长的笑容。

宋筠安见状脸色更加阴沉。陈茂宇何等聪明，一眼就明白了肖黔的意图，心里对这客户的素质直咋舌。然确认管理人在即，不好直接驳了客户的面子，又不能让林知夏真的吃了亏去，陈茂宇站起身来，笑呵呵地打着圆场道："要不我们都回酒店吧，也不早了，耽误你们明天工作。"

梁总却拉着陈茂宇不让他走，笑道："陈总，我们还没聊完呢。"

陈茂宇心头一沉，面上仍不动声色地微笑着："潇潇，梓晴，你们都是年轻小姑娘，也不好回去得太晚。"他看向肖黔，"肖总您方便的话，能不能也顺便带上这两个姑娘？"若是肖黔不同意她们陪同，那就是真居心不良了。接触H县这个项目前，他就对睿辉的高管挨个做过调查，知道肖黔好色，这也是他派林知夏这个美人当负责人的重要原因。可是在陈茂宇看来，看看美女过过眼瘾，可以，但要是肖黔真的色胆包天对林知夏直接下手，这绝非小事。

肖黔皱了皱眉，知道陈茂宇是在防范自己。但他也找不出反驳的理由，只得脸色阴沉地说："好。"

"照顾好知夏。"陈茂宇嘱咐道。

"没问题，老板。"陈梓晴应着，和于潇一人一边扶住了林知夏。

"我也回去。"宋筠安起身道。

"宋老师不能走，您可是项目负责人，我们还有问题想请教。"梁总站起身，走到宋筠安身边拉住他。

"我的车是没有多余的位置了。"肖黔打量着宋筠安，冷冷地说道，眼神里有些敌意。

"你先留在这里，等下和我一起打车回去。"陈茂宇拍了拍宋筠安的肩膀，对他使了个眼色。

宋筠安只好坐了下来。他看着林知夏在于潇和陈梓晴的搀扶下,跟着肖黔走出了包厢。虽然宋筠安觉得有于潇和陈梓晴在,应该不会出什么事,可心里还是有一丝难以名状的担忧。

第 23 章

穿越人海，向你奔来

酒精在林知夏的体内徘徊，她的头颅仿佛被沉重的铅块牵引，意识在迷离的边缘摇摇欲坠。在陈梓晴和于潇的搀扶下，她被轻轻安放在车后座上。

不知过了多久，林知夏在半梦半醒间感觉自己被轻柔的手臂环绕，伴随着断断续续的对话声。

"酒店……客房服务，我来叫一个，他们会……"

"是啊，潇潇，酒店的服务比我们专业，明早肖总和我们都还要上班，交给客房服务……"

随着脚步声的远去，林知夏再次陷入无边的寂静之中。然而，这股宁静并未持续太久，她便被一股刺骨的寒意打破。她打了个寒战，意识猛地清醒了几分。她用力睁开眼睛，惊讶地发现肖黔正站在她的床前，眼神中闪烁着不怀好意的光芒。

"你，你怎么在这里？"林知夏惊慌失措地问，却发现自己的声音微弱而无力。环顾四周，酒店房间里竟然只有他们二人。

肖黔嘴角勾起一抹得意的笑容，他的手沿着林知夏的肩膀缓缓滑下，在她纤细的腰肢上停留。"只要你听话，项目负责人还是你的。"他低声诱惑着，语气中透露出威胁的意味。

林知夏心中一紧，她拼尽全力想要推开肖黔，然而酒精的作用让她的四肢软绵绵地使不上力气，只能眼睁睁地看着肖黔一步步逼近，心中的恐惧和无助如潮水般涌上心头。

"滚！"她竭尽全力喊出这个字，声音却微弱得几乎听不见。

肖黔轻蔑地笑了笑，从裤兜里掏出一个红色胶囊，捏住林知夏的下巴，强迫她张开嘴巴。林知夏挣扎着想要摆脱他的控制，却无济于事。她感觉到那个胶囊被塞进了她的嘴里，然后被迫咽了下去。

林知夏颤抖地缩成一团，头撕裂般疼痛，心中涌起巨大的无助感。泪水从她的眼角滑落，滴落在枕头上，洇开一片湿润的痕迹。

肖黔双手交叉在胸前，倚靠在电视柜边欣赏着眼前这一幕，对林知夏惊恐的样子十分满意。他的眼神中充满了狩猎者的狡黠和得意，仿佛一切都在他的掌控之中。

林知夏意识模糊，她感觉到自己的身体变得异常灼热，仿佛置身于熊熊燃烧的火焰之中。她绝望地闭上了眼……

一杯冷水送到她的嘴边，她下意识地吞咽了几口，呛得连声咳嗽，神志也恢复了几分清明。

"林知夏！你醒醒！"突然有一个声音，遥远而模糊。

宋筠安小心翼翼地将林知夏从床上扶起，用酒店的白色浴袍将她紧紧包裹住。他尽量避开她的目光，不去看她暴露在空气中的雪白肌肤和若隐若现的曲线，然而脸上的红晕却出卖了他内心的种种慌乱。

"这个肖黔果然不是什么好人！"宋筠安咬牙切齿地说道。

林知夏迷茫地看着宋筠安清俊的脸，只觉得身上燥热得厉害。她的手软绵绵地搭在宋筠安脖子上，凑过脸去，带着浓郁酒气与淡淡清香的唇便贴上了他的唇。唔，凉凉的，感觉好多了。

宋筠安震惊地看着自己眼前的美丽脸庞，心脏剧烈地跳动起来，仿佛要挣脱胸腔的束缚。近在咫尺的美丽脸颊和柔软的唇，令宋筠安的耳朵，到脸，到脖子，霎时间红了个通透。他瞪大眼睛，震惊到忘记做出任何反应。

林知夏又亲了一下他的唇……宋筠安心里的堤坝终于被冲垮，他将林知夏紧紧地拥在怀中，深深地吻了上去，仿佛要将她融入自己的身体里。

他的大手抚摸着她纤细的腰身。许是因为冷空气的缘故，林知夏的身体轻轻颤了一下。宋筠安一怔，理智突然回归了身体。他猛地推开林知夏，后退几步，看着她衣衫不整的样子，心中涌起一股强烈的罪恶感。

他在做什么？趁人之危吗？

这是他的同事，他怎么能做出这样的事情？

明天她清醒后，该怎么看他？

宋筠安颤抖着站起身，后退两步，内心突然无比厌弃自己，厌弃自己自诩清高，骨子里却不过是个和肖黔一样的趁人之危的伪君子。

林知夏似乎还沉浸在刚才的吻中，她拉住了宋筠安的手，喃喃地说着些什么。宋筠安听不清楚她的话,他只知道,不能再这样继续下去、再继续犯错了。他轻轻地为林知夏盖好被子,掖好被角,然后坐在了床边,任由她握着自己的手。

"不早了,乖乖睡觉。"宋筠安低声哄着林知夏,仿佛也是在安抚着自己不平静的内心。

隔日,晨曦初照,金色的阳光透过窗帘的缝隙,如细丝般洒落在房间内。宁静的早晨却被一阵敲门声打破。那声音如同鼓点般有节奏地响着,将林知夏从半梦半醒的边缘拉回现实。她迷迷糊糊地睁开了眼睛,瞥向床头的时钟。时针与分针刚好在八点半的位置。

林知夏拖着疲惫的身躯,简单地披上睡袍。步伐蹒跚地下床,走向门口,每一步都似乎延续着昨夜的沉重和混乱。她缓缓打开门,熟悉的身影映入眼帘——是宋筠安。

宋筠安的双眼下方泛着浓重的乌黑,身上衣服还是昨日的正装,只是衬衫略显褶皱,领带也歪向了一边,留下似乎是彻夜未眠的疲惫痕迹。

昨夜的记忆如同翻涌的潮水在林知夏的脑海中汹涌而至,尴尬、羞涩、愤怒……种种情绪交织在一起。她的心情变得异常复杂。此刻她多想能有个地洞让自己钻进去,她甚至暗暗想着是否可以像电影中的女主角那样,借口酒后失忆来逃避这一切。但一想到肖黔那可憎的面目和卑劣的行径,她的拳头便不由自主地紧握起来,指甲深深嵌入掌心。

"昨晚……"两人几乎同时开口,却又都陷入了沉默。

"我们……"再次异口同声地开口。一种难以言喻的尴尬和紧张气氛弥漫在空气中，让原本温馨的早晨变得有些压抑。空气中只剩下彼此的呼吸声。

林知夏轻轻地叹了口气，侧身让开了门口的位置。她尽量让自己的声音听起来自然一些："哎。你先进来吧，别又让同事看到你站在我这里。"宋筠安走进了她的房间。

又是短暂的沉默。最后还是宋筠安率先开口说话。他的声音有些沙哑："昨晚吃饭的时候我看肖黔一副没安好心的样子，你们离开不到10分钟，我就找借口回来了。"

"谢谢你，多亏了你，不然后果不堪设想。"林知夏轻声说，而后她又微微皱眉，疑惑地问道，"你是怎么知道那个王八蛋在我房间？"

"我回酒店之后先去停车场看了一眼，看到肖黔的车停在酒店停车场里，我就知道……大事不妙。我担心你会出事，所以就直接冲你的房间来了。我一直敲门……他来开门后就被我……轰出去了。后来，后来……"宋筠安面色逐渐变红，似乎难以继续说下去。

"你还挺机智的。"林知夏勉强挤出一丝笑容，试图缓解尴尬的气氛。

"后来，很抱歉，我昨天想了一夜，我对你……"

林知夏已经意识到宋筠安想说什么，她立刻打断了宋筠安已经到了嘴边的话："宋老师，不用说抱歉，是我要谢谢你。"她声音颤抖，解释道，"昨晚，我也有些失控，很大一部分原因是肖黔给我吃了不干净的药。"

"什么药？要不要去医院？"宋筠安吓了一跳。

179

"已经没事了。宋老师,我想收拾一下,洗个澡,等会儿还要上班呢。"林知夏的话里有几分送客的意思。宋筠安原本泛红的脸色微微变白。他犹豫了片刻,那些已经到嘴边的话,还是没能说出口。

"那我不打扰了。"说罢,他离开了。

看着宋筠安的背影,林知夏心乱如麻。要说她没有心动,那是不可能的。可她是真的喜欢宋筠安吗?

她了解自己,明白宋筠安对她的吸引或许并不止是因为宋筠安本人。

那可是林斌千挑万选想给自己宝贝小女儿的人,是林伊然送上门去也得不到的人!

林知夏一边在心里鄙夷着自己,一边又按捺不住那种微妙的喜悦与得意。

但无论如何,不是现在。

现在,事实摆在眼前:宋筠安是她的同事,他们在一个组里,以后不知道还有多少合作的机会,低头不见抬头见。而且她才和徐海宁分手不到两个月,这种微妙的时刻,不适合仓促地做出什么决定。

林知夏疲惫地洗了个澡。水蒸气弥漫在浴室里,让她混乱的思绪暂时得到了放松。终究没有什么比事业更可靠,还是工作为重,其他的事情看缘分吧。

林知夏洗漱完,从电梯里走出来时,看到于潇和陈梓晴已经在大厅里等候。于潇上前几步,关切地问道:"林老师,您昨晚没事吧?"

"我没事。"林知夏努力挤出一丝微笑，试图让自己看起来正常一些。

"昨晚肖总说给您叫个客房服务照顾您，陈老师也和肖总一起……"

于潇的话还没说完，就被陈梓晴打断了："林老师没事就好。"

林知夏敏锐地捕捉到了于潇和陈梓晴话中的异样。她盯着陈梓晴，心中疑惑渐生，但没有从陈梓晴平静的脸上看出任何信息。

就在这时，宋筠安也下楼来了。林知夏的脸不自觉地又开始发烫。宋筠安吻她的样子犹在脑海，她几乎难以直视宋筠安的眼睛。

林知夏低头匆匆走到路边，拦了一辆出租车。

第 24 章

被辜负的同情心

林知夏匆匆忙忙赶到睿辉地产后,看到公司里乱成一锅粥。几个人刚坐在会议室里,便看到陈茂宇阴沉着脸从客户的会议室里走了出来。为了和客户开会,他比林知夏他们还早来了半个多小时。

"你们看到微博热搜没?昨天凌晨一点英总打电话把我叫醒,让我去看陈宁宁和许子双哭哭啼啼的直播。英总是在 24 小时监控客户舆情吗?"陈茂宇的声音有气无力,眼睛下面是大大的黑眼圈。他昨晚被客户灌了不少酒,又没睡好,状态和心情都极差。

几人打开微博热搜,只见房地产公司殴打业主的热搜已经冲到了 H 县本地榜第一名,全国热搜榜前 20 名。林知夏点开了热搜里一条热度超高的视频,画面里,四个壮汉围着小夫妻俩正在动手,而肖黔则站在一边旁观。看到肖黔的脸,林知夏心里涌起一阵剧烈的恶心。她默默收拾好自己的情绪,尽量让声音听起来平静:

"可能是路人录的。您和英总觉得,这事儿现在怎么处理?"

"睿辉破产清算已成定局,多一个丑闻少一个丑闻也不是天大的事情。于我们而言,只要不影响和睿辉的合作就行。"

会议室里一片沉默。

陈茂宇又把一个链接转发到了项目组的群里:"看,又开始直播了!"

会议室里的众人纷纷点开链接,只见陈宁宁和许子双正声泪俱下地直播展示他们被打的伤。奇怪的是,明明那天几个保安碰都没碰陈宁宁,她的脸上竟然也有两道刺目的红色伤痕。她指着自己和丈夫脸上的伤,控诉着睿辉地产的暴力行为。看到本不该存在的伤痕,林知夏心中疑窦骤生。

这场直播持续了整整一个小时才结束。直播结束后,林知夏立刻打电话给陈宁宁,然而接连拨了3个电话过去,却始终没能打通。

陈茂宇冷笑:"真是厉害啊,背后也不知道有什么高人指引。刚才和睿辉的人开会时听他们说这夫妻俩从房子延期第一天起就频繁来闹事。他们买的这个小区东旭佳苑明明不是烂尾楼,只是延期交房。房子现在都快盖好了,哪有一点烂尾的迹象!"

"什么?!房子都快盖好了?"林知夏倒吸一口凉气,震惊之极,"那……难道是因为交房延期赔偿款没到位他们才这样闹?"

"延期赔偿款每月都固定打到了他们账上,不会有错。"陈茂宇肯定地说道。

一直在一旁看着手机默不作声的宋筠安抬起头说道:"这夫妻在筹集首付准备买房的时候就开始拍短视频记录。"他点开陈宁宁自媒体账号里的一个短视频，夫妻俩在视频里诉说着他们买房多么不容易，有多么期待住进新家。类似的视频有七八个。

林知夏瞪大了双眼："这是一开始就在布局，还是他们有了流量之后，才开始意识到靠这样的流量能获得更多？"

陈茂宇瞥了瞥陈宁宁自媒体账号的那些视频，冷笑："恐怕是后者，贪婪作祟。"

宋筠安点头同意道："一开始他们粉丝也很少，应该也只想单纯分享买房的激动心情。直到这里，"宋筠安指了指去年二月份陈宁宁夫妇第一次发布的一则他们好像要拿不到房子的视频，"这个视频的热度很高，大家都在同情他们。到后面几则，他们已经摸索到了流量密码——越惨越能博得关注。最近几次视频更是像有网红经济公司在背后运作。"

于潇也从手机上找到陈宁宁的账号，越看越觉得宋筠安说的字字在理："原来是这样。"

"所以啊，你还让客户道歉，把客户气得半死。你看看，你看看，还真让客户说对了。这夫妻俩上次就是在刺激客户，故意找打，再找人偷拍并制造话题。"陈茂宇把怒火又迁移到了林知夏身上，语气中尽是嘲讽和不满，"你现在知道自己闯了多大的祸了吧？"

"陈总，这个小区同一栋楼里其他业主的电话能要到吗？我想先确认清楚到底是什么情况。"林知夏还是有些不敢相信自己一直同情和支持的陈宁宁和许子双是为了流量而故意闹事。她冷静下来，决定先从其他业主那里了解情况之后再做打算。

"事实都摆在眼前了，你还不相信？算了，我来问问。"陈茂宇虽有些不耐烦，还是答应了下来。几分钟后他便将陈宁宁他们所购买的那栋楼的业主名单及联系方式发给了林知夏。

林知夏打给了陈宁宁同一层楼的邻居孟迪："请问您是东旭佳苑 12 栋 1003 的业主吗？"

"你是？"电话那头传来一个中年男人的声音，带着一丝警惕。

"我是瑞尔菲格负责对睿辉地产进行破产清算工作的工作人员，有几个问题想跟您确认一下。"林知夏尽量让自己的语气听起来专业而诚恳。

"嗯，你说。"孟迪态度稍缓。

"据我们所知，您的邻居是一对叫作陈宁宁和许子双的夫妻，您对这对夫妻有印象吗？"林知夏小心翼翼地问道。

"呵，那两口子啊，这小区里谁不认识他们呢！"电话那头传来的一声冷笑让林知夏的心猛地一沉。

"您这话……从何说起？"

"你们不是大公司的专业人士吗，怎么还看不出他们就是为了流量？"孟迪的语气中充满了愤怒，"我看他们这次挨揍也是自找的，估计心里还偷着乐呢，巴不得被打了之后赶紧去卖惨直播，博取关注和流量！"

林知夏蒙了："他们不是为了维权吗？"

"维权？！早就有所预谋了！"孟迪冷笑道，"他们就是故意破坏业主和房地产商的关系，打着业主的名义去搞破坏。幸好睿辉地产没有因为这两个害群之马而停工，否则我们这些买了房又没本事用流量变现的人可就倒霉了！"

林知夏挂断电话后，心灰意冷地瘫坐在椅子上。她不死心地又给陈宁宁打了一个电话。没想到这次陈宁宁竟然接起了电话。

"喂？"

"陈女士您好，我是上次和您在睿辉地产门口见过一面的林知夏。"

"你想干什么？"可能是因为林知夏上次对她的态度还算不错，陈宁宁并没有像林知夏预想的那样直接挂断电话。

"陈女士，我今天看了您的直播，上次明明碰都没碰到您，您的脸为什么有伤？您为什么在直播里说睿辉的人连您一个女士也一起打？"

"他们是打我了！"陈宁宁声音尖锐而刺耳，和当初柔弱的样子判若两人，"他们说没打我，那他们拿出证据啊！我手里可是有证据的！"

林知夏心中涌起一股无力感。

那天早晨肖黔动手前让人关掉了公司门口的摄像头，马路对面虽然还有一个摄像头，但是那摄像头离得远，八成拍不清楚，现在哪里还有什么证据可言。而且几个保安和许子双打到一起的时候，陈宁宁大半时间都躲在许子双身后。从网上流出的十几秒角度刁钻的视频来看，的确像是两个人一起挨打，看起来那叫一个可怜。

"陈女士，您丈夫被打的事无论如何都是睿辉的不对。可是该赔偿的睿辉都已经赔偿，您能不能不要在网上开直播，继续让事件发酵了？这样对……"林知夏试图劝说陈宁宁停止直播，让事情慢慢平息下来。

陈宁宁直接挂断了电话。林知夏的话戛然而止。林知夏一怔，不死心地又打了过去，这次电话直接被拒接了。

林知夏脸色惨白，终于明白了自己之前的同情支持是多么地可笑和愚蠢。

陈茂宇脸色极为难看："他们这场直播的观众数量高达几百万，收到的礼物和关注度更是不计其数，从中获得的利润远远超过了一套几十万元的房子！而且，这只是开始，后续还不知道有多少场直播。一旦他们的热度持续上升，粉丝数量积累到一定程度，他们恐怕就会开始转型，成为带货主播来赚取更多的钱。"

林知夏颤抖着声音问道："现在网上对睿辉骂声一片，但他们最终也只是会破产而已。这个影响……陈总，我们现在能做什么来挽回局面呢？"

陈茂宇冷冷地瞥了她一眼，说道："你先想想你自己吧！你逼着客户给那两个戏精道歉，现在客户心里对业主的恨意恐怕已经转移到了你身上！如果客户追究责任追到你头上，甚至影响到瑞尔菲格，你可别怪我没提醒你！"

林知夏心猛地一沉，她知道，陈茂宇说的是实话，她的确可能因此面临严重的后果。

宋筠安为林知夏辩解道："在那种情况下，任何有同情心的人都会做出和林老师一样的选择。我们现在要关心的是如何解决问题，而不是追究责任。"

"英总说她会亲自来H县处理这件事。"陈茂宇的声音虽然冷硬，但提到张琳英时，还是透露出了一丝敬意。

听到张琳英要亲自来处理这件事，几人不禁瞠目结舌。林知夏的心中更是五味杂陈。她一方面感到安心，毕竟张琳英的能力和经验足以应对这种局面；另一方面，她又因为自己的轻率举动而羞愧不已，觉得自己给张琳英添了麻烦。

第 25 章

不要相信人，相信人性

夜幕低垂，月色如洗，酒店的灯光在夜色中显得格外明亮。林知夏接到了陈茂宇的通知，匆匆赶到了酒店的会议室。她按照陈茂宇发的楼层和房号，顺着走廊找到了酒店那扇紧闭的会议室大门，门内透出柔和的灯光。

她轻轻敲了敲门。

"请进。"陈茂宇的声音从里面清晰地传出来。

林知夏推开门，走了进去。会议室内宽敞明亮，宋筠安和陈茂宇已经坐在那里等候了。她向他们点了点头，微笑着打了个招呼："陈总，宋老师好。"然后坐在了宋筠安旁边的空位上。

她打开电脑，等着陈茂宇开始会议。然而，10 分钟过去了，陈茂宇却迟迟没有开始的意思。林知夏心中纳闷，不知道陈茂宇葫芦里到底卖的是什么药。

就在这时，敲门的声音再次响起。

陈茂宇站起身来，走到门口，亲自把门打开。门外站着的竟然是穿着一身黑色西装的张琳英。林知夏和宋筠安连忙起身迎接。张琳英身边还站着30岁左右的身材高挑的短发女士应诗丽——破产管理组极优秀的即将升任经理的高级审计师。林知夏刚来破产管理组的第一个房地产项目负责人就是她。

"我刚和客户开完会，解决方案已谈好。"张琳英神色淡淡，眉心间透着几缕疲惫。

早上说会亲自来处理，晚上就已经与客户达成了处理方案，张琳英效率之高确实令人叹为观止。

"为这么点事情把您折腾到H县，是我的失职。不过还得是您，您看您这一来，啥事儿都轻而易举地解决了。"陈茂宇脸上堆满了恭维的笑。

林知夏悬着的心刚刚放下一些，便见张琳英目光扫向她和宋筠安。张琳英沉声道："林知夏，宋筠安，你们明天都跟我回上海，这项目交接给诗丽。"

"英总，这……"陈茂宇吃了一惊。林知夏也就罢了，换掉宋筠安又是怎么回事？

"客户要求的，换人。"张琳英揉了揉眉心。

林知夏和宋筠安交换了一个眼神，心中都有了答案——恐怕肖黔是不想再看到他们了。昨晚他便宜没占到还白挨一顿打，这种事儿又说不出口，心中有气无处发泄，也只能在工作上给他们制造障碍。

陈茂宇眉头紧皱，显然对客户的这种无理要求十分不满："客户有什么理由不满意宋筠安？怎么总这样，换了一个又一个？真

189

难伺候。"

"没说原因,换个负责人对我们也不是难事。就这样吧。"张琳英没有责怪宋筠安。她的语气中透露出一种无奈和疲惫,仿佛早已经习惯了这种无理取闹的客户。

次日清晨,林知夏、宋筠安与张琳英三人一同搭乘高铁返回上海。想到自己第一次带项目,便以这样惨烈的方式宣告收尾,还连累了宋筠安,林知夏心中充满了沮丧。在高铁站候车时,她几次三番想和张琳英表示一下歉意。然而,张琳英在候车室里专心致志地看着电脑,林知夏犹豫再三,终是没去打扰。坐上高铁后,张琳英在商务座车厢,林知夏和宋筠安则在二等座车厢,更是没有了说话的机会。

林知夏小睡了一会儿。一阵急促的手机铃声惊醒了她,是陈茂宇打来的电话。

"知夏,昨晚你和肖黔之间是不是发生了什么?"

林知夏一怔,不知陈茂宇怎么会知道了这件事情。她连忙解释道:"没有,陈总。肖黔确实对我有所企图,但宋老师及时赶到救了我。"

电话那头的陈茂宇显然松了一口气:"那就好,那就好。不过这件事是怎么传出去的?"

听到这话,林知夏的脑海中轰然作响。她戴上耳机,把手机拿到面前一看,只见屏幕上满是未读的信息和弹窗。点开于潇发来的消息,一张照片赫然映入她的眼帘,那是肖黔搂着她的肩膀推门走进酒店房间的画面。

照片后面于潇的信息更是让林知夏的心彻底沉入谷底："林老师，这张照片已经传开了。"

她颤声向陈茂宇解释："那张照片，一定是有人故意拍下来传播的。"

"谁故意拍的？"陈茂宇问道。

"调一下酒店的监控录像就知道了。"林知夏紧握双拳，指甲深深嵌入手掌心中。

陈茂宇沉默了几秒钟，缓缓开口："你没吃亏就好。毕竟是客户，这事儿，也不好闹大。"

听到陈茂宇的话，林知夏更是如鲠在喉。半晌，她僵硬地说道："陈总，我明白您的意思了。"

"嗯，吃一堑长一智，以后还是要注意安全。"陈茂宇简单地安慰了她几句便挂断了电话。

窗外的景色在不断变换，车厢内的气氛却降到冰点。

宋筠安坐在林知夏身旁，见她脸色苍白如纸，平日里充满灵气的眼睛此刻格外空洞无光，心里泛起一丝担忧。在他看来，林知夏一直是个理性的小姑娘，很少看能见到她明显的情绪波动；可此刻她紧握着手机，手指因愤怒而微微颤抖，脸色涨得通红，和平时总是挂着淡淡笑容的模样判若两人。

他也看到了那些流言蜚语，明白此时任何言语都无法安抚她的情绪。但他还是轻声开口了。

"放松点儿，别担心，这种小把戏一定能查个水落石出。"说着，宋筠安修长的手指在屏幕上飞快地滑动着，眼神中透露出几分冷冽，"我刚才加了酒店经理的微信，请他现在帮忙查一下，酒店的监控一会儿就能拿到了。"

"谢谢。"林知夏投向宋筠安的目光中带着一丝感激之情,"不过,其实我已经有了个猜测。我只是想不通,我一直对梓晴不错,记忆中也从未得罪过她。她那晚见死不救也就算了,为何事后还要做出那样的事?"

宋筠安一愣:"陈梓晴?"

"是的,错不了。"林知夏冷冷一笑。她昨晚虽然醉酒,意识并未完全模糊。她依稀记得陈梓晴对于潇说过,肖总和他们第二天都要上班,客房服务会来照顾她。再联想到昨天早晨陈梓晴不寻常的神色,以及自己作为女性的直觉,这一切的线索,都指向了陈梓晴。

没过几分钟,酒店经理将监控截图发给了宋筠安。

"还真是她!"宋筠安惊诧地看着监控截图里陈梓晴拿着手机对着林知夏和肖黔拍照的画面。

"是又能怎么样呢?找她质问吗?即使证实了她是拍照并传播照片的人,她也完全可以狡辩说自己只是路过拍到的。"这是一记她不得不咽下的闷亏。

"可能是嫉妒吧。"宋筠安想不出别的原因。

"终究还是人性啊……人不可尽信,但人性却是可以预期的,在职场中尤其如此。"林知夏言语中多少渗着几分心灰意冷。

究竟经历了什么,才塑造了她现在的性格和心态?女生之间的微妙关系,宋筠安难以完全领会,也不便做出评判。然而,当他凝视着林知夏的侧颜,感受到她眼中深藏的阴霾,听到她带着萧瑟之情吐露心声时,他的心中却突然涌起了一股陌生又令人揪心的痛楚。

第26章

拥有一颗强大心脏的重要性

回到瑞尔菲格总部,林知夏跟在张琳英身后,走到了张琳英的办公室门口。张琳英的办公室门半开着,她转身向林知夏点了点头,示意她进去。办公室内,张琳英迅速抽出两份文件,递给了林知夏,严肃地吩咐道:"两天内将这些材料准备齐全。遇到不明白的地方,先咨询陈经理;如果他也解决不了,再来找我。"

林知夏接过文件,一眼便看到了标题中醒目的"林州医药"四个大字。为什么林州医药的数据资料英总要交给她来处理?难道……

她试探性地问道:"英总,林州医药是不是即将进入破产程序?"

"你没听说林州医药最近被债权人起诉的事吗?"

"我看到过相关新闻。"

"嗯。政府已经成立了专门的工作组,并且邀请瑞尔菲格作为财务顾问、华勤律师事务所作为法律顾问协助处理此事。因此，我们团队将派遣人员去支持工作组的工作。"

听到这里，林知夏的心情突然变得沉重。她忍不住追问："那么林州医药是面临清算还是有机会重整呢？如果最终走向清算，这么大的公司，那些员工们……"

张琳英拿起水杯轻抿了一口，悠悠问道："陈宁宁和许子双的事情还没给你足够的教训吗？"

林知夏愣了一下，低声辩解道："我只是担心林州医药员工太多，可能无法得到妥善安置。"

"做好你自己的事情。"张琳英语气冷淡，"大公司里的员工就是螺丝钉，要认清自己的位置。有些事情不是你能解决的，也不用麻烦你一个普通员工来操心。"

林知夏被张琳英直白的话说得面红耳赤，不敢再发表任何评论。她低着头，翻看着张琳英递过来的文件夹，里面都是需要整理的林州医药的财务数据。

"英总，这些材料是客户发来的，还是基于网上公开信息整理的？"见材料格式有些奇怪，林知夏犹豫地问道。

"这是之前我自己整理的材料，对信息源的可靠性你也可以再核实一遍。"张琳英轻描淡写地说道，"我和陈经理都认为你合适负责这个项目。趁此机会，你也可以提前了解一下林州医药的当前状况。对了，林州医药前三季度的财务报表，你需要在一周内核实完毕，来不及函证的先和银行电话确认。"

"什么？！我负责？这个项目由我来负责？"林知夏再难保持镇定。林州医药可是他们团队成立以来承接的最重大的项目之一。

她原本以为自己只是给张琳英打打下手、做些辅助工作,没想到张琳英竟然指明她来负责。

"怎么了?"张琳英瞥了她一眼。

尽管张琳英说"我和陈总都认为"林知夏适合负责这个项目,但根据林知夏这一年多来对陈茂宇的了解,以及陈茂宇在上个项目中对她积累的不满,她清楚知道,以这个项目的分量,如果不是张琳英的钦点,绝对轮不到资历尚浅的她。

尽管瑞尔菲格目前仅作为专业顾问参与工作组,未来却有可能成为破产管理人。在瑞尔菲格,即便是项目众多的金融组,大多数 S1 职级的人也鲜有机会独立负责项目。她一个刚刚晋升不久的 S1 职级的人,凭什么要越过那么多比她更有经验的 S2 职级的人和 S3 职级的人,将这样一个重大的项目担在她肩上?林知夏既感到惶恐,又因为张琳英的提拔而有种难以抑制的喜悦。

林知夏经过一番纠结,不自信最终还是占据了上风,她结结巴巴地推辞道:"英总,我可能不太适合。我在睿辉地产的项目中表现并不理想,给您和陈总添了不少麻烦。林州医药的项目分量不轻,我……我实在没有信心。"

见她一副没底气的样子,张琳英用怀疑的语气确认道:"我记得你通过了法考和 ACCA 考试,没错吧?"

"是的!"林知夏连忙回答。

"CPA 考试进展如何?"张琳英继续问道。

"会计、税法和战略管理去年已经通过了,剩下的三门今年考,我相信能通过。"林知夏如实回答道。

"那你为何如此缺乏自信?我们团队里有几个 S1 职级的员工

能像你这样快速地考取证书?都是二三十岁的处于学习摸索阶段的年轻人,其他人不会比你强多少。你学习能力强,与客户沟通和处理事务的协调能力方面,我相信你也能逐渐摸索到适合自己的方法。没有人能在第一次带项目时就做到完美无缺。遇到处理不了的问题,及时与陈总和我沟通,不用怕。"

听到这话,林知夏内心泛起一丝感动。她轻声说道:"谢谢您的信任,我会全力以赴。"同时,她也暗下决心,这次决不能再辜负张琳英和陈茂宇的期望。

看到林知夏整理好文件、准备离开办公室,张琳英似乎是经过了一番犹豫,最终还是叫住了她:"肖黔的事情,你没吃亏吧?"

连张琳英都这么快听说了此事,可见这八卦在公司里已经传得沸沸扬扬。林知夏强压着内心的波动,只是轻轻地摇了摇头。

"职场里闲言碎语难以避免。不过,只要没影响你的利益,也就不用往心里去。"张琳英微微一顿,目光在林知夏简朴的装束和素净的面容上徘徊,眼神中流露出几分深意,"还有,知夏,虽然我一直认同职场女性真正的力量应来自于内心的坚韧,但是在职场里,美貌确实是一种资源,一种可以好好利用的资源。学会用它来辅助你,而不是让它成为你的枷锁。"

资源?辅助?林知夏微微一愣。一直以来,她都觉得朴素的装扮更能让人专注于工作本身。无论是她所敬佩的刘佳宁,还是眼前给予她指导的张琳英都是朴素至极的人,都展现出了非凡的能力。张琳英的话让她感到有些迷茫。

林知夏回到工位,打开电脑,开始着手整理张琳英交代的林州医药的资料。

手机不时地振动着，林知夏无须察看也能猜到这些震动多半与那张照片有关。她平复好自己的心绪，决定暂时将这些纷扰抛诸脑后，从那些无休止的议论中抽身而出，专心投入工作中去。

直到晚饭时分，林知夏才拿起手机，开始机械地回复同事们或出于真心或带有试探的关心。在应对这一切的过程中，她越发体会到拥有一颗强大心脏的重要性。

到了凌晨12点半，瑞尔菲格总部的灯光依旧明亮。办公室已经走得没剩下几个人，林知夏还在办公桌前埋头苦干。林州医药的材料堆满了桌面，她正一遍遍地核对着数据。

突然，林知夏的手机又振动了一下，屏幕亮起，显示是一条来自陌生号码的信息。她犹豫了一下，点开，内容正是之前被散播的那张照片，照片后附带着一些侮辱性的文字。大半夜的收到这种信息，林知夏握紧了拳头，胸口不可避免地起伏了起来。但很快她平息了心中的怒火，面无表情地将那条信息从手机里删除。

就在这时，有人轻轻敲了敲桌子，是宋筠安。他提着外卖盒，走到林知夏对面坐下："忙到现在肯定饿了吧，来吃点东西。"

盒子里又是轻食。

林知夏内心的委屈和酸楚在宋筠安温和的笑容里仿佛有所平复，疲惫消散不少。她接过宋筠安递来的筷子，眼眶发红，低头一小口一小口地吃了起来。

"照片的事情，你找陈梓晴谈过吗？"宋筠安问道。

林知夏摇了摇头，声音带着些许沙哑："肖黔的事情我都不想再提了，更何况是她。我不想再为了这件事浪费时间和精力，找她也不能改变什么。"

"你就任由他们这样恶意中伤吗？"宋筠安眼里掠过一抹心疼。

"精力有限，不重要的人也不值得浪费时间和精力去纠缠。有时候放过别人，就是放过自己。"说这话时，林知夏神情平静中带着几缕疲惫。

"你真的很理性。"宋筠安凝视着她。

林知夏轻轻摇头，带着自嘲的口吻道："是吗？我倒觉得自己挺情绪化的。"

"是你对自己的要求太高了，"宋筠安停顿了一下，问道，"我下周要去广州出差，你接下来有什么项目安排？"

"我要去林州医药。"

"瑞尔菲格成了林州医药的管理人？"宋筠安有些诧异。

"管理人尚未敲定。不过我们和华勤律师事务所都已被指定为专业顾问，最终的管理人很可能在我们之中产生。"她又抬头看向宋筠安，问道，"你这次出差会多久啊？"

"具体时间还不确定，但周末我应该能回上海。"

看着林知夏轻轻点头、似乎无动于衷，宋筠安的眼中掠过一抹复杂难解的情绪。

周末来临，天气甚好，林知夏又难得有了半天的空闲，她决定出门购物，为自己挑选一些新衣服。

踏入熙熙攘攘的商场，轻柔的音乐从商场的音响系统中流淌而出，林知夏被空气中混杂的各种香水气息所包围。在灯光的映照下，各式各样、琳琅满目的服装显得格外耀眼，令人目不暇接。上一次这样尽兴地在商场里闲逛，还是她大学的时候。步入职场后，林知夏再没了逛街的时间，她的日常着装大多是通过网购解决的。

林知夏试穿了一件又一件，走过了一家又一家的女装店。直至傍晚，才提着一大堆购物袋走出商场。

　　回家后，林知夏站在镜子前，端详着自己那张曾经被她所忽略和低估的脸，对于美的自觉与认知仿佛第一次被唤醒。

　　谁说女孩子必须要朴素，必须要低调，必须要含蓄？

　　回想起那些流言蜚语，回想起过去和现在因形象问题而遭受的种种刻薄和攻击，林知夏反而坚定了决心——从今往后，她要收拾好自己的形象，无论是衣着还是妆容。正如张琳英所言，既然上天赋予她出众的外表，她就要善用自己的美，并让这种美，成为她面对世界的姿态与武器。

第 27 章

职场中的脆弱友谊

陈茂宇将 H 县的工作悉数交给了经验丰富的应诗丽，他自己很快从 H 县返回上海。一踏进上海瑞尔菲格总部的办公楼，陈茂宇径直朝着林知夏的工位走去，带着满身旅途的风尘。

"英总说让你带林州医药？"还未抵达林知夏的桌边，他尖锐的声音和其中所夹带的几分情绪已先行穿透了空气。隔了两三米，林知夏便已感受到了他赤裸裸的不满。

她闻声站起，礼貌地打了个招呼："陈总。"

陈茂宇的目光落在林知夏的脸上，而后愣住，一时间竟有些语塞。他平时所见的林知夏总是素面朝天，而眼前的她，化着恰到好处的妆容，美得令人眼前一亮。她身穿一条合体的短裙套装，勾勒出修长的双腿和纤细的腰身，与平日的朴素形象判若两人。

"晚上有安排？"陈茂宇带着一丝疑惑问道。

林知夏轻轻一笑，摇了摇头："没有，陈总。我今晚打算加班。

您一路辛苦了,睿辉地产的项目进展还顺利吗?"

"还算顺利。"陈茂宇点了点头,心中的不快似乎已经消散了不少,但还是清了清嗓子,严肃地嘱咐道,"既然英总把林州医药这么重要的项目交给了你,你一定要全力以赴,不要让我们失望。"

"陈总,您放心,我会尽我所能,不会再重蹈覆辙。"

"嗯。"陈茂宇对她的态度表示认可,接着说,"林州医药的项目我也参与了管理,项目组人员的名单我稍后会发给你。你像以前一样,安排好工作再向我汇报。"

林知夏点头答应,心中开始盘算着如何组织接下来的工作。不久,她收到了陈茂宇发来的邮件,里面列出了项目组人员。在察看名单时,林知夏意外地发现了秦漫的名字。另一位团队成员是S3职级的成秋雨,林知夏对她并不陌生,几个月前她们曾在一个小公司的破产清算项目中合作过。成秋雨的能力是有目共睹的,而秦漫的能力更是在成秋雨之上。秦漫不仅具备丰富的工作经验,还是一个充满野心、对自己要求极高的女性,无疑是破产管理组中最优秀的S3职级的成员之一。团队中还包括两名年轻成员,A2职级的崔瑞波和A1职级的郑明音,其中郑明音是8月份新加入的员工,也是这个团队中林知夏唯一尚未见过的人。

林知夏把比较难的工作任务都分给了成秋雨、秦漫和她自己。鉴于函证在审计工作中的重要性,她虽然按照惯例分给了刚入职的A1职级的员工,但仍多设置了一个复核工作。她花了几个小时把工作安排好后,征求了陈茂宇意见,并根据他的意见进一步进行了调整。从陈茂宇的工位离开后,她找了个座位坐好,开始整理需要林州医药提供的资料。

"我正找你呢!"秦漫的声音打断了林知夏的沉思。林知夏抬头,看到秦漫已经坐在了对面,脸上带着一贯的微笑。

林知夏回以微笑:"有段时间不见了呀!"她们上次的匆匆一面已是几周前。这两年大家都忙于各自的工作,鲜有机会深入交流。

秦漫点了点头,轻描淡写地说:"是啊,没想到我们又在一个项目里碰头了,你还成了我的领导,真是能力非凡。"尽管她语气轻松,但"能力非凡"这几个字却让林知夏感到轻微的不自在。

"我收到你的邮件了。关于函证复核,我有些不太明白。"秦漫低头看着手机屏幕,似乎不经意地说。

提到函证,林知夏虽然在公司工作快两年,参与了十几个项目,却始终难以认同所有项目的函证工作都被默认分配给刚入职第一年的新员工。正如刘佳宁曾说的,函证明明是审计中至关重要的一环。她耐心地向秦漫解释道:"函证太重要了,需要注意的细节很多,高级审计师的复核还是必要的。"这个问题她也和陈茂宇讨论过,并获得了他的支持。

秦漫闻言眉头微皱:"其他项目都是老板直接复核的,为什么这次要我中间复核一次?这不是增加了不必要的工作量吗?"

"咱们这个项目的函证数量不多,函证工作本身还是由新员工来做,你只需在打印前、发出前和收回时复核一下,检查数字、盖章是否有误,不会占用太多时间。"明明复核函证也花不了多少时间呀,林知夏有点无奈。

"工作量倒是其次,让我复核函证不就等于把新员工的责任转嫁到我头上了吗?万一函证出了问题,我不就成了背锅的吗?这口锅我可接不起!"秦漫一脸为难。

林知夏一怔，随后她摇了摇头说："你想得太多了。函证工作有其规范性和流程性，只要我们按照标准操作就不会有问题。而且，作为高级审计师，我们本身就应对工作质量负责。"

　　秦漫皱眉："亲爱的，你别怪我多嘴，签字的是老板，我们就拿那么点工资，何必操那么多心呢？"

　　在瑞尔菲格这种高强度高速运转的公司，耐心对每个人来说都是个奢侈品。在秦漫坐下之前，林知夏正忙得不可开交，如今，该说的也都已说完，见秦漫还是想就函证的事情争辩，没有任何离开的意思，林知夏只好故作严肃地说道："这版工作分配表老板都看过了，并且是他亲自修改定稿的。我知道大家的工作量都很大，但有时候我们确实需要先克服一下困难。"说完，林知夏回避了秦漫的眼神，继续盯着电脑工作，手指在键盘上飞快地敲击着。

　　秦漫被林知夏的话噎了一下。她盯着林知夏看了好一会儿，最终面无表情地吐出了两个字："好的。"

　　目送秦漫的背影渐行渐远，林知夏心情复杂，她感到自己或许显得过于冷漠，可一旦她们确立了上下级的关系，想要纯粹地保持朋友关系会很艰难。如果秦漫持续以朋友的身份干预她的工作安排，带领好这个项目也将变得异常棘手。而这个项目一旦失败，她的职业前景将岌岌可危。为了确保工作的顺利进行，她现在就得明确界限、公事公办。这样秦漫反倒拿她没办法，也能为未来的工作减少不少麻烦。

　　利益关系下难以拥有纯粹的友谊，这是让人无奈的现实。稍稍怅然后林知夏迅速调整了心态，重新投入到工作中。近两年的职业生涯和十几个项目的历练，让她提升的不仅是工作技能和项目经验，还有心理承受能力。随着参与的项目越来越多，她也越发明白，在纷繁复杂的工作和人际关系中，保持自己的立场和原则、保持冷静和理智是何等重要。

第 28 章

林州医药，以这种方式重逢

"您是瑞尔菲格的负责人吗？这么年轻？"周一早晨，林州医药的大门口，财务副总监冯俞迎上前来，与林知夏握手时，他脸上的惊讶之情溢于言表。

冯俞是个看上去毫无心机、性格开朗的老人，总是乐呵呵的。他的头发乌黑发亮，与脸上的老人斑和皱纹形成了鲜明的对比。林知夏一眼就看出他的头发是染过的。林州医药的财务总监半年前离职后，一直没有找到合适的继任者。因此，即将退休的冯俞这个财务部的二把手，在这半年里一直尽职尽责，承担了原本应由财务总监承担的所有工作。

"您好，我是林知夏，目前担任团队负责人。"林知夏微笑着与冯俞握手。

林州医药给包含了瑞尔菲格和另一家律所在内的工作组提供了两间办公室。项目组5人走进林州医药的办公室，里面破破烂烂，虽然看起来清理过灰尘，可摇摇欲坠的椅子，摆放着一堆未经整理的杂物、账本的办公桌，使得整个房间看起来像是年久失修的样子。

林知夏、秦漫、成秋雨3位高级审计师，还有A2职级的崔瑞波、A1职级的郑明音两个初级审计师，5个人一起，挤在了一间只有4张办公桌的办公室里面。

瞧到隔壁的律师事务所、同样四张桌子却只有两个律师的空荡荡的房间，林知夏一行人着实羡慕不已。

项目组其他几人林知夏此前都见过，只有8月份入职的郑明音她是第一次见。算起来郑明音也只工作了几个月。女孩梳着干净利落的马尾辫，白白净净的小脸，看起来乖巧懂事。眼睛是眯眯眼，笑起来便如同小小月牙儿一般，还挺可爱。

冯俞把几人安顿好后，亲自带他们参观了林州医药的中后台部门，又带着他们熟悉了财务部、法务部、风险管理部及内审稽核的几十位老师。林知夏此前早已弄清楚了主要负责人的名字，现在经冯俞介绍，她把几个重要负责人、对接人的名字和脸对上，默默在心里记下。

林州医药，这家传承了60年的老企业，与其他众多年轻面孔充斥的大药企氛围截然不同。在中后台区域，放眼望去，多是四五十岁的老员工，他们不仅经验丰富，更是见证了企业的兴衰荣辱。

林知夏因早上水喝得稍多，去了趟洗手间。她返回时，恰好听到两位律师——苏小媛和刘清刚刚完成了自我介绍。她注意到，中后台部门的员工们脸上都露出了极为古怪的表情，郑明音更是一脸手足无措地看着她。

"怎么了？"林知夏问。

郑明音有些不安地回应："我刚才在做自我介绍，我……"

她的话还没说完，一个中后台的老员工声音沙哑地打断了她，直接向林知夏发问："你们怎么是破产管理组的工作人员？政府派工作组来，不是来救我们的吗？"

"您误会了。"林知夏连忙解释，"目前对于林州医药面临的困境，后续解决方式还没有最终确定。我们团队和苏律师、刘律师只是作为工作组的财务和法律顾问，提出可能的解决方案。破产只是其中一种可能性，也可能存在其他解决方案。我们目前还处于初步了解阶段，一切都还没有定论。如果后续确定用其他处置方案，我们公司会派遣相应的团队来处理。虽然我们是公司破产管理组，但这只是公司内部工作分配的问题，并不代表贵公司必须走破产清算这条路。"

林知夏长篇大论的解释，显然没几个人仔细听，也并不足以平息"破产"二字引发的人心惶惶。

冯俞看着她，欲言又止。

郑明音静静地坐在办公室里，双手无所适从地摆放着，脸上充满了纠结和不安。林知夏看着她脸上显而易见的无措，不禁想起了自己在成远基金做项目时的迷茫和无助。或许是自己淋过雨，才更想为别人撑起一把伞，林知夏安慰了郑明音几句，告诉她，这没什么大不了。在林知夏宽慰过后，郑明音情绪显然有所好转。

下午5点，冯俞找到了林知夏，要她到会议室一趟。林知夏跟随冯俞来到会议室，发现苏小媛已经在场，还有几位公司的老员工。这些老员工中，除了林知夏之前留意到的几位部门负责人外，还有几位她不太熟悉的面孔。

林知夏和苏小媛面面相觑。

冯俞安排林知夏坐在苏小媛旁边。他自己也坐了下来，然后开门见山地说道："两位专家，你们的意见对工作组的影响很大，对我们公司未来发展也至关重要。你们要的材料，大部分我们已经提供了，相信两位专家对公司的现状也或多或少有所了解。今天请你们来，是想和你们分享一下我们公司内部的一些想法。"

"您请说。"苏小媛得体一笑，一丝不苟的妆容之下，没人看得出来她内心的真实想法。

冯俞开始介绍道："我们公司有着 63 年的历史，一直以来都秉持稳健的经营策略，没有太大的野心。因此，前几任董事会都没有考虑过上市。然而，上一任董事长杨越先生上任后，想法比较激进，希望公司进行扩张。再加上近年来我们公司的现金流确实不如以前充裕，所以他提出了上市的计划。这得到了董事会的支持。上市对公司来说是一个巨大的飞跃，只能成功不能失败。"

另一位老员工补充道："确实如此。在公司出事前的几年里，我们每年为国家缴纳的税款都超过了一个亿。我们真的是一家有良心的民族企业。而且，我们公司还积极参与了多次中医药助农增收活动，一直以来都是以市场最高价从药农手中采购中药材。这些支出在我们的凭证里都有体现，这也是导致我们现金流紧张的一个重要原因。"

听着他们的讲述，林知夏心中不禁泛起一丝疑虑。如果不是亲眼见过那些发霉的人参和受害者,她几乎要被他们的言辞打动。良心民族企业、高纳税额、助农增收……这些说辞听起来感人,可林知夏不知道自己究竟该不该相信、该相信多少。好在财务数据不会骗人,她回去看一眼所谓的多笔助农款项的凭证,就能知道是否真如他们所说金额大到足以影响到公司的现金流了。

"嗯,在药材发霉的事情曝光之前,林州医药的确是欣欣向荣、势头很好。"苏小媛的话中透露出一丝深意。

冯俞叹了口气,接着说:"这个事情毕竟出了人命,公司不会推脱责任。当初公司真是进退两难,高管们的确做出了错误的决定。我们这些员工也能理解他那时的为难。与其说是人祸,不如说是天灾……"

林知夏皱起眉头,不解地问:"什么天灾?"

冯俞解释道:"这个案件涉及商业秘密,当时法院是非公开审理的,外界并不清楚所有细节。药材之所以会发霉,并不是因为流言中那样,公司黑心故意买便宜药,而是因为当时下了连续十几天的大雨,很多仓库都被淹了。"

林知夏听后一怔,回想起了关于那场洪灾的新闻报道。当时的新闻报道了好几家大型出版社受灾,很多书被淹坏了,出版社损失惨重,她没想到中药材仓库也受到了影响。

冯俞继续说:"仓库的防潮措施没做到位,加上那次洪灾太严重,大量药材就发霉变质了。如果当时全部销毁这些被雨水浸泡的药材,公司的现金流根本无法支撑我们迅速补齐所需的中药材。而且这些药材的订单都已经签好,如果不按时发货,公司将面临高额的违约金。您也看到了,我们公司大部分都是老员工,大家都希望公司能够继续生存下去。"

"毕竟是药材，是入口的、救命的东西，无论出于什么原因，都不应该有这样的行为。"林知夏同情这些被牵连的老员工，但更同情那些因为买了他们药材而受害的患者。想起那对可怜的老夫妇，她觉得这种行为无法被原谅。

苏小媛则显得比较冷静，显然是见惯了这样的场面。她轻咳一下说："我理解各位的心情，但我们现在也只是初步接触和了解，很多事情并不是我们说了算。"

"我们也已经和工作组的领导们反映过了，希望你们也能帮帮忙。唉，公司不能破产！真的不能啊！"冯俞重重地叹了口气，脸上写满了无奈和恳切。

林知夏明白冯俞的意图。他这是希望会计师事务所和律师事务所能在专业范围内，对他们想要的结果给予一定的倾向性支持。

然而苏小媛再次冷静地强调："这不是我们能说了算的。"

就在这时，一位林州医药的女员工站起来，走到看起来明显更好说话的林知夏跟前，双眼泛红、声音带着几分哽咽："如果工作组不拉公司一把的话，公司要么被德玛收购，要么宣布破产。公司员工的平均年龄在40岁，如果被德玛收购，从他们以前的收购案例来看，我们这些老员工一定会被裁掉。如果公司破产，我们更是无处可去。在现在的求职环境下，我们上哪里去找下一份工作？用什么去养活父母子女？而且，我们早就把公司当成家了，请您一定要帮帮林州医药，帮帮我们。我们真的不想看到公司和我们这些一起奋战的战友们沦落到一无所有的地步。"

看着这位和母亲年纪相仿的女人，林知夏心中涌起一阵酸涩。

她昨天刚刚研究了德玛药业之前收购小药企的案子，明白这位女员工所说的并非夸张之词，如果被德玛收购，德玛大概率会把40岁以上的员工裁掉，给公司来一次大换血。

苏小媛却显然不想在这个问题上过多纠缠，她站起身来说道："我最后解释一下，现在事务所还只是在初步了解的阶段，至于后续如何处置，我们不知道，也不是我们能决定的。我和林老师只是普通打工的，没有那么大的权力。抱歉，工作还很多，我们先回去了。"说罢，苏小媛拉了林知夏一把，示意她赶紧一起离开。

这本来就不是一场正式的会议，只是他们临时组织起来的。冯俞虽然有些失望，但也不好再说什么，只能眼睁睁地看着苏小媛拉着林知夏一起离开。

"苏律师……"

林知夏开口想和苏小媛再讨论一下这个项目是不是还有重整的可能，苏小媛就面色冷峻，果断说道："别理他们，太不专业了，不知道在搞什么！"

苏小媛说罢，没有任何和林知夏再攀谈的意思，眨眼间，背影已然消失在律师办公室的门后。

第 29 章
凡事用数据说话

在和这些老员工碰头一周后,林知夏已经对林州医药的情况有了更为深入的了解。张琳英、陈茂宇和律所合伙人范涛也齐齐抵达林州医药,就林州医药后续的处置方案第一次召开了会议。林知夏一直听说却从未得见的林州医药现任董事长吴中也来到了会议现场。

会议开始前,林知夏抱着电脑站在门口,不知道自己是否应该参与这次高层会议。正当她犹豫之际,陈茂宇快步走到她身旁,低声说道:"你等下坐我旁边。"

林知夏心头一喜,跟在陈茂宇身后,一同走进了会议室。这是她第一次参加如此重要的高层会议。面对一众举足轻重的人物,她难免感到有些紧张。

会议初期,大家进行了一些简单的介绍和讨论,话题主要集中在重整、清算还是并购的选择上。林知夏一言不发,她一边认真地做着会议纪要,一边仔细观察着几位领导的发言和神情。

林州医药董事长吴中当然希望对企业进行重整。范涛则倾向于破产清算,他反反复复强调着破产清算的优势和可行性。

张琳英今天外穿一身黑色的西装,西装内是深红色的薄毛衣,寡淡的神情看不出她的任何想法。会议前半小时,张琳英认真倾听着吴中、范涛二人一来一回地说着,一言不发。

林知夏正琢磨着张琳英的想法,张琳英突然清了清嗓子,缓缓开口:"林州医药目前最大的债权人是创元科技。这次小债权人闹事,起因就是创元科技想要撤回半年前说好的要在最近注入的资金。因此,如果我们能够稳住创元科技,其他的小债权人也就能够稳住。"

"您说得不错。"吴中听后叹了口气,"不过,我们已经和创元科技的谌总谈了好几次了,到现在……也不怕您笑话,连我的电话都不接了。创元科技已经把我们告上了法庭,想要让他们撤诉,恐怕不是那么容易的事。"

张琳英用食指轻轻叩了叩桌面,神色凝重地说:"从投资风格来看,创元科技的谌总一向谨慎保守。他们现在选择撤资,显然是认定林州医药已经无药可救。如果我们能在这个关键时刻找到新的大投资者注入资金,让谌总看到林州医药重生的可能性,而且是极大的可能性,那么债权人的问题就会迎刃而解,同时,重整计划也能顺利推行。这才是对林州医药、对债权人利益最大化的方案。"

以张琳英的发言来看,她其实还是偏向企业重整的。林知夏内心一阵欣慰,毕竟,她虽然觉得发霉药品的事十分可恨,但也并不忍心见那么多老员工流离失所。

然而，范涛并不认同张琳英的观点："在这种时候，要找到新的投资人并不容易，更何况我们还面临着紧迫的时间压力和缠身的官司。苏律师已经准备了详细的破产清算方案，我认为这才是最能平衡各方利益，也具备较高可实施性的方案。"

苏小媛随即起身，将手中的破产清算方案分发给在座的每个人。林知夏看着手中那几十页详尽的方案，不由得感到震惊，华勤律师事务所原来早已为破产清算做好了充分的准备。

张琳英微微一笑，指了指自己面前的一份文件说："我这里也有一份备选的投资方清单。在接下来的一两周里，我们不妨努力尝试寻找新的投资者，毕竟，重整才是对各方最有利的方案。如果这条路走不通，再讨论破产清算的方案也不迟。"

"找投资方？谈何容易。"范涛嘴角挂着轻蔑的笑意。

"以两周为限，如果两周后我们还没有找到合适的投资方，就按照范总的方案来。"张琳英微笑着回应道。

"行，那就这么定了。"范涛点了点头，"前期工作我们这边也先推进起来，免得资方没有找到不说，还耽误了进度。"

林知夏看着眼前的一幕，心里明白，这不仅仅是破产清算与破产重整之争，更是瑞尔菲格会计师事务所和华勤律师事务所之间对于管理人位置的博弈。这是一个千万级别的大项目，两个事务所之间的暗流涌动已经显而易见。

张琳英温和而坚定的神情给了林知夏一种莫名的安全感。不过，有一点范涛说的不错，想要在这个节骨眼上，在短短两周内找到新的投资者，实在是难上加难。这么难的事情，不知道张琳英是不是已经做好了安排和打算。

会后,张琳英示意林知夏和陈茂宇留下。

"这个项目的重要性不言而喻,一周内,务必要找到新的投资人。"张琳英神情严肃,语气中透露出不容置疑的决心。

林知夏看着手中的投资人备选名单,心中不禁叫苦不迭。虽然她佩服张琳英的魄力和决心,也打心底里支持破产重整这个方案,但也深知这项任务的艰巨性。投资人通常都是寻求稳定的回报,而在林州医药目前的情况下,要想找到愿意冒险的投资人,难度可想而知。

她偷偷瞥了一眼陈茂宇,只见他一副唯唯诺诺的样子,显然也是对这个任务感到束手无策。于是林知夏鼓起勇气,直接向张琳英问道:"英总,拉投资也是我们的工作吗?"

这问题真没水准。张琳英瞥了她一眼,冷声道:"所有能够促进重整的相关工作,都是破产管理人的职责所在。我们既然想成为管理人,就要拿出我们能胜任这个角色的实力来。"

林知夏听出了张琳英的不满,但工作的确肉眼可见地难以推进。她硬着头皮继续说道:"可是,现在这个情况,大多投资人恐怕只会觉得钱投进来也是打水漂,要想找到愿意投资的人很难。而且,英总,我在想林州医药自己的高管恐怕早都把能求助的都求助遍了,如今一分钱的投资都没拉到,我们又能怎么办?"

"不难怎么能把华勤比下去?他们做不到的我们做到了,这才是我们的优势。我让你做这个项目的负责人,也是看重你解决问题的魄力和能力。"张琳英目光如炬地看着林知夏,似乎已经做好了打算。

林知夏汗颜，她还真不知道，张琳英和自己接触并不多，究竟是怎么看出自己的魄力和能力的。但既然老板开了口，她也只能接下这顶高帽，尴尬地回应道："英总，您谬赞了。这是我第一次负责这么大的项目，还需要向您和陈经理多多学习。"

"所有需要拜访的高管的会面时间助理都已约好，集中在未来一周。后天开始，你做好准备，和我一起去拜访投资人。"张琳英吩咐道，"明天下午5点前，整理一下这几个投资备选清单里的老企业和老总的尽调信息，发我一份。你自己也要动脑子想想，到底应该怎么跟这些人交涉、怎么搞定这些人！我只告诉你一句，凡事用数据说话。"

林知夏拿好名单，点了点头，神经紧张得几乎要绷断。张琳英的话似乎在暗示她，与投资人谈话的人主要是她，而不是张琳英本人。天哪，这老板怎么对她如此放心？她心里慌乱到了极点，甚至想直接找个借口躲起来，或是请两周病假了事。

与张琳英这样出类拔萃的合伙人一起工作，对她来说既是难得的机遇，也是巨大的挑战；稍有差池，她便可能将自己推入深渊。她永远都不会忘记，刚入职时在胡豆豆面前出过的糗。那次之后，她下定决心，决不能让同样的尴尬再次上演。

加入破产管理组以来，林知夏一直慎之又慎，生怕再犯任何错误。幸运的是，在过去的两年多里，她的工作还算顺利，没有出什么大乱子。虽然上次睿辉的事情让她心惊胆战，但好在老板们心知肚明，她也是个受害者，事情也并没有造成什么严重后果，因此张琳英和陈茂宇都没有对她过分责备。然而，林州医药这个项目的重要性非同小可，如果她这次再搞砸，那可真的是别想再在公司混了。

会后,林知夏立即让成秋雨暂时放下手中的工作,和她一起整理几个投资机构和投资者的信息。她对每一份资料都进行了仔细的复核,确保信息的准确性和完整性。同时,她还对文件的格式进行了调整,使其更加清晰美观,重点内容也都用醒目的方式标注出来。晚上9点半,林知夏终于将整理好的资料发给了张琳英。

张琳英只简洁回复了一个"收到"。

没有质疑,没有问题,对林知夏来说,这已经是最好的消息了。

张琳英提供给林知夏的投资人备选清单,实质上也反映了张琳英本身庞大的社会关系网。清单上标注出的需要重点拜访的6个人,每一位都是各行业的企业高管。林知夏看着这张单子,心里猜测着,这恐怕只是张琳英社会关系的冰山一角。

第30章

不打没有准备的仗

拜访第一位投资人前,林知夏几乎彻夜未眠。她将原本厚厚的材料精简为两张纸,力求在有限的篇幅和时间内,将林州医药的核心价值和投资潜力展现得淋漓尽致。她带着两张纸,和张琳英一起来到了川威集团总部前台。

前台的工作人员礼貌地引领她们来到了邵志勇的办公室。这位40多岁的中年男人稳步走来,脸上洋溢着热情的笑容。

"邵总,好久不见!"张琳英上前几步,与邵志勇握手寒暄。

林知夏对邵志勇并不陌生,作为上市公司川威集团的投资部负责人,他在投资圈享有盛誉、眼光独到。

"可不是,上次见面还是成成的家长会吧。"邵志勇笑着迎上来,握了握张琳英的手,带张琳英、林知夏走进他的办公室,坐在了深灰色的皮质沙发上。

林知夏不可思议地看向年纪相仿的两人,心头暗喜。张琳英的儿子和邵志勇的孩子竟然是同学。这两人看起来也是私交颇深,这可好办了!

一番寒暄过后,邵志勇话锋一转:"英总,我知道您今天来这边找我的目的。您时间宝贵,我也就直说了。投资林州医药是公事,牵扯的不是几十万元,而是几千万元。私下我当然敬佩您,把您当朋友。但我不能为了和您的私交,去用公司的资金投资一个以我专业评估看来没什么希望的企业。您一定能理解我吧?"邵志勇笑呵呵地说着,聊家常话一般。

林知夏的心一沉,紧张地看向张琳英。却见张琳英依然保持着从容淡定的神色。

"这份清单上有十几个名字,是我打算逐个拜访的投资者。"张琳英从包里拿出投资清单,毫不避讳地递给了邵志勇,"我并不是没有备选、不得已才来找您。相反,您是我第一个拜访的人。邵总,我们住在同一个学区,孩子在同一个班,低头不见抬头见,如果这是个必输之赌,我不会找您。找您,恰恰是因为,我认为投资林州医药对您有利,我们能在这场合作中实现双赢。"

林知夏听得一愣一愣的,只觉得张琳英三言两语就化被动为主动,倒像是她在给邵志勇提供赚钱机会一般。

"哦?"邵志勇挑了挑眉毛。

"你来给邵总简单讲一下,别忘了自我介绍。"张琳英示意了一下林知夏。

林知夏点了点头,对邵志勇说道:"邵总您好,我是瑞尔菲格林州医药项目的负责人。林州医药作为一家60多年的老药企,有国内领先的现代中药研发生产平台,在心脑血管领域更是遥遥领先,他们的专利技术,在这个细分领域20年内很难被超越。这也是德玛药业想趁火打劫低价收购林州医药的原因。您最近一年投过医疗器械、生物制品的两家公司,这两笔投资都隶属于医药行业,相信您对医药行业的研究比我更加充分,您也应该比我更懂林州医药的价值。"

张琳英看着林知夏,眼中透露出几分欣赏。她没想到林知夏准备得如此充分,而且在面对邵志勇这样的投资人时,能够表现得如此从容不迫、有理有据。

邵志勇抿了口手里的茶:"小姑娘挺厉害呀。不过,你说的这些我又何尝不知。今时不同往日,这个企业的价值和两年前已经不一样了。人命官司、债务官司使得品牌价值早已经大打折扣,声誉这种事情,百年累之,一朝毁之——何况林州医药仅成立60多年。"他轻轻一笑,不以为意。

"我理解您的担忧。两年前的事情我也是亲历者。但这是个别人的不良行为,不应该被放大成为整个企业的整体行为。就公司而言,他们已赔偿了受害人大笔钱,更换了仓库主管,甚至换了董事长。林州医药已经把最大的诚意展现给了社会。再说,舆情可以引导,在品牌形象塑造方面,我相信林州医药会做好的,只不过需要时间。至于债务官司,如果有新的投资进来,我们有信心说服债权人撤诉。"

邵志勇眯了眯眼:"多的是安全、前景好的企业,我不冒这么大的险。"

"最近一年,您为川威集团投资部创造了2.7倍的投资回报率,靠的可不是稳健投资。高收益和高风险本身就不可分割。"林知夏反驳道。

"几年前那个因财务造假而爆雷的大型上市药企的事，你们不会忘了吧？林州医药的实力可远远不如他们。"

"如果林州医药真的财务造假，他们的报表会非常漂亮，债权人也不会纷纷嚷着撤资了。您看一下近5年来林州医药的财务报表和我们整理出的关键财务指标。"林知夏从包里的文件夹里抽出自己总结好的财务数据信息，递给他，"从2010年至今，国内前100的制药企业的净利润中位数每年为14.7%，而其他非制药企业样本为7.8%。医药行业本身利润率就偏高。再看林州医药，除了去年受发霉人参风波影响，利润率仅1.2%，连续十几年的利润率都大于25%。今年的年报虽然还没出，但根据前三个季度的报表，可以看出企业的利润率已经回升。如果资金链恢复正常，今年他们的利润率预计可以达到15%以上。林州医药要渡过困境并不难——说白了，现在就是缺笔钱。"

"前三季度的报表披露了吗？"

聊了这么多，在她说出这些财务数据后，林知夏第一次在邵志勇坚定如磐石的神情里看到了一丝动摇的迹象。

"这些数据并未公开披露，是我们为了深入了解这家企业的财务状况制作的，每一个来源都经得起严格的验证。"林知夏清晰有力地说道，"如果您需要，我可以把数据源抽样提供给您。"

邵志勇点了点头，锐利的眼神直视林知夏的眼睛，似乎想看出些什么。然而林知夏的眼中只有一片真诚。

张琳英在一旁看着林知夏不卑不亢、言辞得体，眼神满是赞赏。她补充道："邵总，如果没有深入了解这家企业的财务状况，我不会轻易接手这个项目。我既然敢于提请法院批准重整，就说明我有足够的信心。林州医药的价值，绝非表面所见。"

邵志勇听罢，陷入短暂的沉思。片刻后，他缓缓开口："我需要3天的时间来考虑。"

林知夏欣喜地望向张琳英。张琳英依然保持着得体的微笑，点了点头："当然，邵总。如果您后续需要任何补充信息或数据，请随时联系我们。"

从川威集团大门走出来的时候，林知夏如释重负。

"英总，我终于明白您为什么在项目开始前就让我核实前三季度的财务报表了。这些数据确实是我们说服邵总的关键。"林知夏感慨道，原来张琳英早就布好了棋局。

张琳英淡淡一笑："林知夏，你的表现超出了我的预期。"

林知夏脸色微红，谦虚地回应："多亏了英总您的指导，我只是按照您的要求去做而已。只要没有给您添麻烦就好。"

张琳英低头微微一笑，没再说什么。

接下来的一周，林知夏又和张琳英一起拜访了另外四家企业。

林知夏本以为自己对几家公司和高管的尽职调查做得已经足够充分认真，然而，当听到张琳英随口拈来的每家公司截然不同的各类精确的数据、各家公司关联方等各种情况，她才知道原来张琳英私下也做了很多功课。张琳英种种利害分析背后体现出的对各家企业的了解，比自以为已经做了极致研究的自己甚至更为深入。

原来张琳英在会议上说找投资人促成破产重整，并不是一时兴起随口说说；漫不经心的发言背后，是充分的准备。林知夏甚至怀疑，张琳英让她去整理那些企业和高管的尽调信息，并不是为了自己看，而是为了让她对这几家企业和投资人有所了解。以张琳英对几家企业、高管的熟悉程度，林知夏实在不觉得自己整理的那些信息能帮上什么忙。

与张琳英这段时间的相处，对林知夏来说既是挑战也是成长。张琳英重新认识了林知夏，林知夏也对张琳英佩服得五体投地。林知夏当然也犯了一些小错误，但在张琳英的引导下，也逐渐学会了如何在高压下保持冷静、充分准备，并对企业年报等公开信息进行穿透性地研究。在这个过程中，除了见识到了张琳英精湛的专业水准，林知夏也见识到了张琳英朴素、温和的外表下蕴藏的巨大能量，以及一个成熟的职场女性应该有的素养和姿态。难怪大家都说张琳英是破产管理组举足轻重的核心人物。

看起来不可能的事情竟然就这样轻描淡写地实现了。

她们成功说服3位投资人注资，总投资金额约6800万元，这笔资金足以解林州医药的燃眉之急。至于后续林州医药如何发展、盈利，回报投资人，张琳英和吴中私下开过两次会，也理清了思路。

两周后，当张琳英和创元科技的谌总商谈完毕、创元科技的谌总如约撤诉后，法院召开了听证会。法院召集了林州医药、债权人、投资人、部门关联方以及工作组的成员，征询了几方意见，并很快确定了破产重整的方案。

林知夏没有参加法院的听证会。按照惯例，在法院裁定林州医药破产前，甚至在听证会召开前，她早就带着项目组在林州医药勤勤恳恳地开始干活了。

张琳英可不只对自己要求苛刻，她对项目组苛刻的工作要求，让林知夏痛苦不堪。什么节点完成什么工作，张琳英都有着明确的要求，并且她要求完成的时间节点远远早于法院要求的时间节点。很多在林知夏看来完全没有必要的工作，张琳英也要求必须逐个验证完成。

　　林州医药这个项目不小，再加上重整本身就比清算复杂许多，林知夏每天都有无数项需要完成、确认、复核的工作。她夜夜工作到凌晨三四点，熬得眼睛日日乌青。但无论工作量多大，林知夏始终保持一丝不苟、兢兢业业。她知道这个项目的重要程度，知道张琳英对这个项目的重视程度，更清楚这个项目对自己未来职场发展的意义。因此，林知夏心甘情愿地每天熬到三四点，许多事项都亲力亲为地进行检查，唯恐工作出一点差错。

第31章

企业破产法的温度

直到林知夏在兵荒马乱中草拟的、反复被打回来修改的重整计划终于得到了张琳英的点头肯定——最终也得到了法院的批准,整个项目组才算是小小松了一口气。接下来,各种事务就可以移交回林州医药自行处理了。作为管理人,他们只需要监督重整计划的执行,并最终提供一份监督报告即可。

林知夏看着手中耗尽心血的重整计划,反反复复不知改过多少遍。在起草这份重整计划的过程中,张琳英考虑问题的细致程度和全面性在把林知夏快要逼疯的同时,林知夏内心也一遍又一遍涌现对张琳英的敬意。如果没有张琳英的严格把关与指导,这份重整计划恐怕难以如此完美。

说张琳英是完美乙方也不为过,她在工作中的细致与全面到了无微不至的地步。如果这样还执行不好,林州医药便真是无药可救了。

在林州医药驻场的最后一天，冯俞和在这段时间内早已经熟悉起来的一众老员工手捧鲜花站到办公室门口，眼睛中都充满了感激与敬意。

自从张琳英提出重整的方案之后，整个林州医药几乎所有员工见到林知夏一行人都有说不出的感激。虽然他们始终没什么机会当面诉说，但林知夏早从他们的态度、神情以及极高的配合度中感受到了他们的心情。

冯俞将鲜花递到林知夏和陈茂宇手中，他哽咽着，最终想说的千言万语只化为一句简单的"谢谢"。他身旁一位女员工紧紧握住林知夏的手，眼中闪烁着泪光："上周，公司拖欠的工资全都发下来了，真的谢谢……"

离开林州医药的时候，林知夏心潮澎湃，充斥在内心的意义感抵消了这几个月以来她所经历的重重高压、折磨和疲惫。终于，那么多熬到凌晨三四点的辛苦都没有白费，都有了价值。

价值感的力量果然强大，强大到能够让人忘却所有的艰辛与困苦。

在这个特殊的时刻，林知夏的思绪不禁飘回了她加入破产管理组的第一天，宋筠安的话语仿佛又在耳边响起——"……这份意义感，才是我留在这里的理由。"时至今日，她终于也有了一样的感受。尽管项目还未结束，重整执行才开始不久，但林知夏深信不疑：在他们齐心协力的努力下，林州医药一定能够起死回生。

"晚上英总请客，庆功宴。这段时间你承担了很多，我跟英总都看在眼里。"陈茂宇拿了个小袋子递给林知夏，笑眯眯地说道，"辛苦了，犒劳一下功臣。"

袋子里是包装好的礼物。林知夏受宠若惊地双手接过，连声道谢："这也太不好意思了吧。谢谢老板！您也辛苦了！"

晚上，张琳英、陈茂宇及项目组成员在餐厅包厢内共同庆祝。这不是林知夏第一次和张琳英一起吃饭，但今天的氛围与以往截然不同。曾经，她只能默默吃饭，插不上一句话；而今天，她却成了陈茂宇口中连连夸赞的对象。

林知夏在这个项目中展现出了极高的素养和责任心。她工作态度既严谨又细致，为陈茂宇减轻不少负担。陈茂宇自然开心，看林知夏也愈发顺眼。两年前，当张琳英将即将离职的林知夏邀请进他们团队时，他还曾抱有疑虑，误以为林知夏是张琳英的私人关系户。而时至今日，陈茂宇不禁在内心深处对张琳英的明智决策和远见卓识感到钦佩。心随境变，他对上一个项目的不顺也有了新的理解，不知不觉将责任的焦点从林知夏转移到了那个品行不端的肖黔身上，并意识到了真正的问题所在。

晚饭后，林知夏打算打车回去。在停车场门口，她的目光不经意间落在了正等待司机的张琳英身上。犹豫了片刻，林知夏还是决定上前去，单独向给予自己机会的张琳英表达一下感激之情。

"英总，真的很感谢您当初选择我来负责这个项目，给了我这个机会。"林知夏走到了张琳英身旁，缓缓开口。

在和张琳英一起拜访了几位投资人后，林知夏逐渐摸清了张琳英的脾性。张琳英是一个极端理性的人，无论是批评还是夸奖，都是就事论事，从不针对个人。林知夏无比清楚这种领导风格的难能珍贵。

"你说过很多遍谢谢了。"张琳英微笑着调侃道。

"还有，也很感谢您能看到林州医药的那些老员工的不易，给了林州医药一次机会。"林知夏继续说道，"之前离开林州医药时，冯俞总也让我向您表达他的感激。"

张琳英喝了些酒，面色红润，神情比平时多了几分松弛。她偏过头，笑着看林知夏："这没什么。坚持重整的方案又不是因为我同情林州医药和它的员工，而是因为重整是对林州医药、对债权人、对关联方、对我们自己利益最大化的选择。"

林知夏的大脑在听到这番直白的话后瞬间宕机。她努力让自己迅速恢复过来，尝试着从另一个角度解读："重整固然是有利的选择，可是这些员工的意见、破产公司的期待，也是决策的因素。英总，您的决定里一定也有想帮助这些老员工的心意。"

她本来话里有几分恭维的意思。然而，张琳英却是眉毛一挑，不客气地说道："你的专业能力和工作态度我都不担心，你的问题出在情绪与泛滥的同情心上。太感情用事容易失去原则，等你未来成了更高级别的管理者、决策者时，这更会妨碍你的决策与发展。我们从事的是破产管理的工作，入目所见都是这些悲欢。有时候我们的决策固然会符合人的感性期待，但更多时候是截然相反的。所以，不要让情绪干扰你，要做出绝对理性的判断。到底什么是对破产人、债权人、关联方……对各方利益最大化的决策，要用数据和客观事实说话。如果你只站在破产者的角度，对他们报以同情，而将在你看来已经足够有钱的债权人、关联方等利益置之不顾，那只能说你极其不专业。"

"可是……"林知夏还想争辩几句。

"可是什么？"张琳英强势打断，"如果债权人损失的是仅有的资产,甚至要背负债务,家里又有人身患重病急需救命钱,你是否又会转而同情债权人,然后转化你的决策思路,要求破产公司优先偿付该债权人的欠款?"

林知夏被问得一时之间哑口无言。

"这样随心而为的决策,专业性何在?"张琳英又说。

这时,张琳英的司机将车停到了两人面前。张琳英迅速上车,并向林知夏挥了挥手,没给她留下任何解释的余地。

林知夏本来心情愉快,没想到因为一句不慎的话,遭到了张琳英的否定,她孤零零站在原地,心里难过不已。更多的,亦是悲哀和挫败。

她反思着自己的决策过程,是否真如张琳英指出的那样,过于感情用事而缺乏必要的理性分析?

法理、专业、人情之间,林知夏始终在努力寻求一个平衡点。然而,现实却似乎总是残酷地打破这种平衡。在这个错综复杂的商业环境中,林知夏不由得再次陷入思考,她究竟该如何才能既保持专业精神,又不失去应有的人情味?

第32章

真正的相遇，是灵魂的相遇

3个多月的高强度工作让林知夏身心俱疲——项目顺利推进的背后是她身体的透支。就在庆功宴第二天，周日清晨的阳光透过窗帘的缝隙，洒在她滚烫而苍白的脸上时，她挣扎着睁开眼睛，只觉得整个世界都在旋转。她量了体温后，才发现自己发起了高烧，难怪身体像是被无形的火焰灼烧着、头晕目眩、全身乏力。林知夏挣扎着起床，打车前往医院。

在医院的长廊里，消毒水的气味刺激着她的鼻腔。经过一系列烦琐的检查，医生告诉她："高烧不退，内分泌紊乱，你需要住院观察。"

听到"内分泌紊乱"几个字，林知夏这才迷迷糊糊地想起，她已经整整3个月没有来过例假了。过去的3个月里，她为了林州医药的项目日夜奋战，几乎忘记了身体的疲惫与不适，直到身体以这种方式向她发出抗议。

经历了几个月的辛苦后，林知夏再也不想在生病时亏待自己，于是选择了费用较高的单间病房。躺在医院的病床上，望着窗外灰蒙蒙的天空，她心里除了无助，还有巨大的、空落落的孤独。迷迷糊糊中，她拿起手机拍了一张病床边打点滴的照片，发了一条特意屏蔽了母亲的朋友圈："高烧不退，生活总是充满了意外。"发完后，她又内心矛盾得有些看不起自己——她总希望自己独立、强大，可是又忍不住希望有人能关心自己，哪怕是在朋友圈里也好。

几乎从不发朋友圈的她发出的这条朋友圈果然激起了层层涟漪。不少同事朋友留言关心她，连张琳英都留言让她好好休息。林知夏心里好受了许多，身体好像也不再那么难受。不到半小时，陈茂宇给她打了个电话，说项目后续不用林知夏现场跟进，给她放一周带薪假。

林知夏接完陈茂宇的电话，又回复了几条信息，便睡了过去。昏昏沉沉中，她感觉好像有人在用湿答答的毛巾为她擦拭脖子和额头，温柔、清凉。她的心慢慢平静了下来。

再次醒来已经是下午3点多.林知夏睁开眼睛，睡了四五个小时后浑身如同散架了一般，头却已经不痛，烧也不知不觉退了。旁边的点滴瓶不知何时被护士收起来。她抬了抬手，只见手背上贴着一块小棉片，有一点干涸已久、颜色偏暗的血迹。

一位护士走了进来："你醒啦？现在退烧了，你感觉好点了吗？"

林知夏点点头："好……咳咳，好点了。"沙哑的声音把自己都吓了一跳。

"你男朋友可真好，一直用冷水给你擦颈动脉、擦额头。我还没见过这么体贴的男朋友，长得也好看。"护士一边在病床边的小本本上记录着什么，一边笑嘻嘻地说道，语气里饱含羡慕。

就在这时，有人轻轻敲了敲门。护士走到门口，把门打开，只见徐海宁从门外走了进来。

"怎么是你？"林知夏心情复杂，护士所说的那个一直给她擦脖子、擦额头的男朋友不会就是他吧？

护士看到徐海宁，眼神有些古怪，随后离开病房，带上了门。

徐海宁轻步走近，拉过林知夏病床边的椅子坐下。他嘴角挂着一抹温和的微笑，仿佛他们之间的裂痕从未存在过。他语气轻松地调侃她："你不是在朋友圈里求关注吗？照片里还不小心把医院的名字拍了进去，我能不来看看吗？"

林知夏没好气地瞪了他一眼，心中却不免泛起一丝酸楚。她尽量装出一副无所谓的态度，说道："是我的疏忽，忘了把你屏蔽了。"

"小夏，几个月过去了，你冷静下来了吗？"徐海宁注视着她的眼睛。

"我一直很冷静。"林知夏平静地迎上他的目光，反问道，"你来就是为了说这个？"

"你已经快25岁了，在上海这个女多男少的城市里，优秀的女生想要找到合适的对象更不容易，你未来的选择只会越来越有限。你是个聪明的女孩，应该明白，我是你最好的选择。"徐海宁的目光紧紧锁定在林知夏身上，他内心隐约觉得自己的话听起来有些尖锐，但过去这样的话总能奏效，至少能提醒林知夏，他确实是她最好的选择。他以为这次林知夏也会被他的话所触动，没想到林知夏沉默了一会儿后，并没有被激怒，反而突然笑了。

"我刚才突然想明白了一些事情。"她说道。

"想明白了什么？"林知夏唇边的微笑在徐海宁看来格外刺眼，他心中涌起了一股莫名的恼火。

"我意识到，我以前喜欢的并不是你这个人，而是你身上的那些光环。这也正是我们不可能继续走下去的原因。"林知夏语气非常平静。

徐海宁的眼神骤然冷了下来："你这是什么意思？"

"这么久了，你以为只有你在成长吗？我也在成长，我也在反思。我们的三观本质上并不相同，骨子里不属于同一个世界。我喜欢上你的时候年纪太小，没有意识到这些问题。后来受你影响太深，导致这些年我都在按照你的标准塑造自己。现在想想，真是天真。"林知夏声音很小，带着一种沙哑和疲倦。但她轻轻的话却重重地击痛了徐海宁的心脏。

"你说得好像我一直在欺骗你。"徐海宁的声音中透露出一丝冷漠，"你要知道，想嫁给我的女人不在少数。"

真是熟悉的感觉。林知夏轻轻一笑，声音平静而带着一丝释然："我承认你非常优秀，对我也很好。但我们确实不合适，我们无法给予对方真正渴望的东西。我要感谢你，因为曾经对你的仰慕，这些年我一直在努力提升自己，考取各种证书，想证明我不是你当初看不起的那个没有能力的小女孩。一路以来，我都在按照你的标准来塑造自己。虽然这个过程充满艰辛，但在某种程度上，这也成就了今天的我。"

面对徐海宁，林知夏的心中已无波澜，不再有痛楚。那种释然的感觉，真的很好。她心中也终于看透，徐海宁这些年来潜意识总是习惯性地压制她，这背后隐藏的，是他那因出身平凡、个人极为出色而产生的极其复杂的自卑与骄傲。不过，既然已经决定分道扬镳，她不想再说出任何可能触动徐海宁神经的话。她理解徐海宁，知道他从未有意伤害她。恋人之间最好的分手方式，莫过于善始善终。毕竟，他们曾携手走过无数时光，共同经历了风风雨雨。现在，即使要分开，也应保持尊重和尊严。

徐海宁的心脏仿佛被一只手紧紧揪住，生疼。他脸色苍白，缓缓地问："你认真的？"声音中带着颤抖。

"是的，我是认真的。你会找到一个适合自己的、既优秀又贤惠的伴侣。我真心祝愿你能够幸福。"话音刚落，林知夏突然剧烈地咳嗽起来，或许是因为说话太多，嗓子干涩。

徐海宁见状，心中更加不是滋味。林知夏咳罢，继续说下去："谢谢你今天下午帮我降温，我……"

突然，病房的门被轻轻推开，宋筠安端着一盆水走了进来，声音中带着一丝委屈："给你降温的人明明是我。"

林知夏的话戛然而止。徐海宁的目光锐利地投向宋筠安。

宋筠安穿着一身白色的休闲装，卷发略显凌乱，透着几分随性与慵懒。他的鼻梁挺直，如玉雕成，与那分明的面部轮廓相得益彰。嘴唇微微上扬，露出洁白的牙齿，笑得温柔且阳光。

"你是谁？"见宋筠安熟练地将手里的毛巾覆在了林知夏的额头上，徐海宁的声音变得更加冷冽。

宋筠安从容不迫地答道："宋筠安。我在追求知夏。"

林知夏蓦地瞪大了眼睛,受惊过度,她又开始咳嗽了起来。

宋筠安倒了一杯温水,送到了林知夏嘴边:"来,喝点水。"

徐海宁脸色铁青地怒视着林知夏:"原来如此。"他的声音带着一丝讽刺,"难为你了,把移情别恋说得这么冠冕堂皇。"

宋筠安从容不迫地说道:"你没听明白吗?是我在追她。"

徐海宁眸中怒意渐浓,同时一股好胜心和不服输的情绪在他内心翻涌。他直视林知夏,质问道:"你是要选择他,还是选择我?"

林知夏的脸色瞬间涨红,她张了张口,却半天说不出一句话。

"你来选。"徐海宁坚持着,这种不符合他社会地位和身份的话语,就当作是他最后一次的幼稚和任性。

短暂的沉默后,林知夏终于抬起头,目光柔和却坚定地看着徐海宁,轻声说道:"很抱歉,你还是早点回去吧。"

徐海宁不可置信地盯着她。他一直认为林知夏只是在闹脾气,以为她和大多数女生一样,想通过提出分手来获得话语权和选择权。他一直以为林知夏是离不开自己的。从什么时候开始,事情的发展已经超出了他的预料?

"小夏。"徐海宁嘴唇失去了血色。

"很抱歉。"林知夏又说了一遍,声音中带着决绝。

徐海宁后退几步,一抹自嘲的笑意浮现在他的脸上。他的语气中带着刺骨的寒意:"为什么去完我家之后就提出分手?为什么这么快就有了新的人?你自欺欺人,以为我也一样好糊弄吗?说什么三观不合、爱或不爱,一切不过是借口,权衡利弊后的取舍才是真相。林知夏,你指责我现实,但你不如先看清自己,你其实比我想象的、比你自认为的要精明得多!"

林知夏沉默不语，不做任何反驳。她头侧过去，看向窗外，眼里却渐渐蓄满泪水。

看到这一幕的徐海宁终于心中一软，不再说什么。眼见宋筠安还在一旁，徐海宁强撑起精神，保留着最后的体面，一步一步地走出了病房。

徐海宁离开后，病房内陷入了一片寂静。林知夏仰头，抑制了眼眶里的泪水。

宋筠安静静坐在旁边的椅子上，默默地陪伴着她，给她时间去平复情绪。

经过一段长时间的沉默，林知夏转向宋筠安，说道："我已经退烧了，这里还是特需病房，我还是早点回家休息吧。"

"不用担心，这几天病房空得很，不会占用别人的医疗资源。医生说你需要再打两天点滴，我已经帮你预约了3天。"宋筠安回答道。

"3天？！你知道这病房一天要2000块吗……"林知夏叫道，但随即因为嗓子疼痛而显得有些痛苦。

"费用我已经缴了。"宋筠安又倒了一杯水，递到她的手边。

"你究竟想做什么……"林知夏接过水杯，小心翼翼地喝着，声音中带着无力。

"烧糊涂了？我不是已经说过了吗？你怎么还不明白我在做什么？"宋筠安的语调温柔中带着调侃。

"我是在去睿辉地产项目之前和他分手的，这才没过多久。"林知夏低声说道，显得有些不安。

"那又怎么样？你们真的相爱过吗？未必。"

林知夏一时无言以对，她猜想宋筠安一定听到了她和徐海宁全部的对话。

"你是什么时候喜欢上我的呀……"她声音轻得几乎听不见。

宋筠安眼里掠过一丝迷惘，但很快逐渐变得坚定。他缓缓开口："是肖黔的事情让我意识到，我可能真的爱上了你。初见你时，我只觉得你长得漂亮。但我并非只看重外表的人，那时并没有特别留意你。直到两年后，在睿辉地产的项目里，我觉得你的处事方式、你的价值观，和我以前认识的许多人都不一样。"

"怎么不一样？"林知夏心里其实已经有了决定，在徐海宁让她做出选择的时候，她就看清了自己的心意。但她还是眼睛弯弯地望向宋筠安，诱导着他说出更多的情话。

宋筠安皱了皱眉头，沉思了一会儿，然后说："我大学时谈过一段短暂的恋爱，但是不知为什么她并没有走进过我的心里。直到在 H 县和你一起工作的那几个月，我才第一次体验到了与某人灵魂深处的碰撞——这种前所未有的感觉，我曾以为永远不会发生在我身上。从那以后，我感觉自己好像不再孤单。所以，我最近其实常常也在想，无论是你之前遇见的那个人，还是我之前大学时遇见的那个人，都不是真正的遇见。真正的相遇应该是我们这样，是灵魂深处的相遇。"

宋筠安清澈的眼神里，是一种林知夏从未在徐海宁眼里看到过的天真与清澈。这番深情的话，更是戳中了她的心窝。

"你怎么这么会说话？"林知夏脸颊悄悄泛起了红晕，她把脸埋进了柔软的被窝里。

"我对你说的每一句话都是真心的，决不是花言巧语。"宋筠安坐在她的床边，语气急切地解释着。

林知夏平复了一下自己的情绪，从被窝里探出两只明亮的大眼来，眨巴眨巴地看着他。

"你到底是怎么想的？"宋筠安见她迟迟没有给出一个明确的回答，显得有些焦急。

"我在考虑，我们的工作需要频繁出差，以后可能一年也见不到几次面。"林知夏咬了咬嘴唇，红着脸说道。

"只要我们相爱，这些都不是问题，周末我们也可以在一起。"

几秒后，宋筠安突然意识到了什么，惊喜地望向林知夏："你是说，你愿意和我在一起了吗？"

"怎么，你不愿意了吗？那我就……"林知夏调皮地逗弄着他。

"你可不许反悔！"宋筠安激动得站了起来，不知该如何表达自己此刻的兴奋与快乐。他语无伦次地对林知夏一遍又一遍地说道："我们会一起走下去，我们一定会一起走下去！"

林知夏想笑他天真，却又为他的这种天真感到心颤。

第33章

前所未有的使命感

休假的这一周，林知夏在与发烧做斗争的同时，也迎来了新的恋爱。尽管如此，她的生活依然忙碌而充实，闲下来反而感到不适应。在同事和外人眼中，她早已成为一个全年无休、不知疲惫的工作狂。

宋筠安目前正忙于广州的一个项目，只能利用周末的时间赶回上海与林知夏匆匆见面。平日里，两人各自忙碌着——林知夏忙碌于自我提升，宋筠安则忙碌于工作。每到晚上，宋筠安都会给林知夏打电话，和她分享自己的日常。习惯了和徐海宁这些年来相敬如宾的相处模式，宋筠安每晚准时准点的电话起初还让林知夏小小不习惯了一下。

鉴于林州医药项目中和林知夏合作十分顺利，在林知夏休假结束的第一天，陈茂宇立即把林知夏叫到了办公桌前。他关切地询问："身体恢复得怎么样了？"

"已经完全康复了，多谢陈总给我假期休息。"林知夏微笑着回答。

陈茂宇点点头，随后将两张打印好的纸递给林知夏，说道："那就好。你先看看这些泰兴集团下属子公司的清单，做些准备工作，包括了解各公司的财务状况、债务情况，以及研究这些公司背后的大股东和债权人。这周五我们要和英总开会讨论汇报。"

林知夏接过文件，仔细浏览后发现，清单上列出的公司竟然全是泰兴地产集团在大陆的各个子公司和孙公司。泰兴集团总部位于新加坡，享有全球最低税赋政策的优势，其业务遍布国内外，因此在国内也设有多家由总部实际控制的项目公司。这些项目公司虽然与集团存在股权关系，但从法律意义上讲都是独立公司、独立法人。因此，从破产管理的角度来看，每一家项目公司都是独立的，需要有多元化的破产处置方案。

"泰兴集团？"林知夏的眼中流露出疑惑。

陈茂宇轻描淡写地应了一声，随后解释道："如果，我是说如果啊，泰兴集团出了什么问题，英总的意思是我们要提前做好准备去应对。"

"泰兴集团能出什么事？怎么可能出事？"对于这样一个世界五百强的地产巨头，林知夏实在难以相信它会遭遇危机问题。

"睿辉地产不是已经被法院裁定清算了吗？你怎么就觉得泰兴不可能出事？"陈茂宇挑了挑眉，"你的敏锐度还不够啊！早在我们接手睿辉项目时，英总就预感到泰兴集团可能也会遭遇危机。"

"睿辉地产虽然曾经隶属于泰兴集团，但它们的股权结构早已独立，与泰兴集团的联系也已切断，它们之间应该没什么瓜葛了吧？"林知夏带着疑惑问道。

"问题不在于是否分割，而在于它们的扩张模式如出一辙。只不过睿辉地产更加激进，实力却相对薄弱，因此崩溃得更快。"陈茂宇轻描淡写地笑了笑，"接下来，可能会有一大批项目公司面临倒闭。"

"但瑞尔菲格不是二级管理人吗？"林知夏突然想起泰兴集团是一家上市公司，而作为二级管理人的瑞尔菲格并没有资格处理上市公司的破产事宜。

"林州医药是我们组成立以来第八个重大破产案件。接手林州医药后，英总就开始申请将瑞尔菲格提升为一级管理人。上周，管理人评审委员会已经讨论并通过了我们的申请，下周组里就会正式通知。"陈茂宇得意洋洋地说道，"你啊，能被英总捞进我们这个团队，运气真是不错。"

按照规定，只要担任过5个重大破产案件的管理人，就有资格申请成为一级管理人。张琳英选择在林州医药项目顺利推进时提出申请，可见她心中已是十拿九稳。这对他们团队来说，无疑是个大好消息，林知夏也不免欢欣。然而泰兴集团这样一个商业巨头一旦崩溃，将影响到成千上万的人，后果将不堪设想。尽管林知夏对张琳英和陈茂宇的判断心存疑虑，但她也无法像陈茂宇那样轻松愉悦地面对这一切。

3个月后，8月底，林知夏升到了S2职级，宋筠安也顺利升任经理，两人的事业都迈上了新的台阶。

同月，泰兴地产被广西一家小银行起诉，泰兴地产首次出现债务违约。

瑞尔菲格总部，林知夏走到陈茂宇办公室门口——陈茂宇也刚刚经历了晋升，如今已是高级经理，也有了自己单独的一间小办公室。

办公室门半敞着，陈茂宇正坐在里面，皱着眉头忙碌着。

林知夏轻轻敲了敲门。几分钟前她收到他的信息，让她过去一趟。

"陈总，您找我是泰兴集团的事情吗？"林知夏走进办公室后直接问道。

"对，你对它的近况了解多少？"陈茂宇抬头看着她。

林知夏稍微犹豫了一下，然后回答："我了解到泰兴集团最近被银行起诉了，涉及金额大约2300万元。考虑到泰兴集团曾蝉联3年国内最大房地产公司的称号，这笔钱对他们来说应该不算什么大问题。而且据我所知，银行已经撤回了诉讼，这意味着问题已经得到了解决。"

陈茂宇摇了摇头，语气变得严肃："知夏，我找你来不仅仅是为了这件已经过去的诉讼。你这几个月一直在关注泰兴的情况，难道没有注意到他们昨天刚刚公布的半年报吗？"他停顿了几秒，接着意味深长地说，"还有，银行起诉泰兴的事情可不仅仅是一起官司那么简单。那是一个信号，一个对全社会、全体投资者的重大信号。"

林知夏一愣，心中暗自责怪自己的疏忽，连忙道歉："抱歉，陈总，我确实还没来得及查看。"

她迅速拿出手机，打开了泰兴地产的官方网站，找到了刚刚披露的半年报。当她的目光落在负债总额那一栏时,她震惊得几乎说不出话来——1.1万亿元!仅仅半年前,泰兴的负债总额还是8000亿元,而现在这个数字竟然飙升到了万亿级别。

林知夏额头沁出了一层薄薄的冷汗,刚才她关于官司的评论实在是太轻率了。

这张财务报表里,一行行数字如同冷酷的审判者,无声地宣告着这个昔日巨头的衰落。

她走出办公室时,陈茂宇的话仍在她耳边回响:"泰兴集团的破产已成定局,现在只是时间问题。对于我们这些涉及破产管理业务的事务所来说,泰兴就像一条巨鲸。如果能在泰兴的破产管理中分一杯羹,比如泰兴地产位于上海的银桥项目公司,如果能拿下,就会成为我们组成立以来最大的项目,全组躺3年不干活也无虞。所以,我们现在就要开始准备起来……"

巨鲸落,万物生。除了瑞尔菲格会计师事务所以外,各家在业界有着最显赫名声的律师事务所和会计师事务所都如狼似虎,渴望能参与到泰兴地产破产项目中。泰兴地产的破产项目对这些事务所而言,不仅是赚钱的好机会,更是一个世界性的展示实力和影响力的舞台。

林知夏明白这些道理和利害关系,谁又不希望能在这场破产风暴中赢得利益呢?但她还是感到心里闷得几乎透不过气来。

天色渐暗,林知夏乘电梯到了顶层,想去透透气。

站在高楼的露台上,她的身影在夜色中若隐若现,仿佛与这座城市融为一体。她俯瞰着脚下的上海,俯瞰着这座繁华都市的夜景,目光不觉穿透了这表面的繁华。林知夏第一次无比清晰地认识到，这林立着的高楼大厦背后，到底饱含了多少奋斗和牺牲、无奈和泪水。

这个世界的繁华和美丽，本就是建立在无数人的痛苦和挣扎之上的。

无数灯火在她的脚下闪烁，每一盏灯都代表着一个家庭、一个梦想、一个希望。星星点点的希望就这样点缀在无尽的黑暗中，也可能永远就这样封存在了这无尽的黑暗里。

讽刺的是，"泰兴地产"四个字就在不远处的高楼上悬挂着——那是泰兴地产位于上海的分公司总部。它和周围其他高楼大厦一样巍峨耸立，也在无形中划分了社会的阶层。

微风吹过林知夏的面颊，带来一丝丝凉意。她闭上眼睛，深吸一口气，试图在这座城市的气息中寻找到一丝安慰。然而，空气中弥漫着的复杂味道，让她更加清醒地意识到这个世界的真实面目。甜腻的繁华背后，是无数人的血汗和泪水；冷漠的金属味，则昭示着社会里的种种无情与残忍。

她抬起头，望向那片漆黑的夜空。这几年来，一个又一个的破产项目，像是一幕幕悲剧在她眼前上演。她曾经带给过企业希望，但更多时候，她只能目睹那些曾经风光无限的企业，在短短的时间里，从巅峰跌落谷底，最终沦为凄冷的废墟。在这些项目中，她不得不面对人性最深处的贪婪、恐惧、绝望、挣扎……

林知夏突然意识到自己误打误撞选择的究竟是什么样的一条职业道路。这是一条注定艰难的路，她要打交道的都是行走在悬崖边的人与企业。

有时，她能带去救赎。但更多的时候，她只能眼睁睁地看着他们一次又一次地从悬崖边一跃而下，坠入无尽的黑暗中。

然而，在这无尽的黑暗中，林知夏却感受到了一种使命感。

她的存在，不仅仅是为了见证这些悲欢离合、人性撕扯。不，她的使命更是为了寻找那些隐藏在黑暗中的光与希望。哪怕她力量有限，无法改变所有人的命运，但只要她能做些什么，哪怕只是极微小的努力——点燃一盏希望的灯，照亮一片狭小的黑暗——那就够了。

这种使命感像是一股强大的力量，从她的心底升起，充满了她的全身。她感到自己仿佛与眼前这片夜空融为了一体，那些星星点点的光辉就像是她心中的信念和勇气，在黑暗中闪耀着坚定的光。

林知夏深吸了一口气，转身离去，将那份决心和勇气深深埋入心底。

第 34 章

筵席散尽,她才是我爸爸的女儿

第七届上海金融领航者峰会在上海国际会议中心举行。这座建筑是现代都市与海洋文化的完美结合,其流线型的设计与周围的黄浦江美景交相辉映。

进入会场,首先映入眼帘的是一个巨大的上海金融城区的立体沙盘模型,上面标注着各大金融业与金融服务业机构的位置以及近年的重要金融事件。会场内部装饰简约而不失高雅,深色调的地毯上铺着一条长长的红地毯,直通到主席台。主席台背后是一面巨大的屏幕,屏幕上呈现出的各种金融数据和图表无声地展示着金融世界的脉动。

与会者中不乏国内外金融界的重量级人物。演讲环节,多媒体设备将演讲者的声音和图像清晰地传递到每个角落。来自世界各地的精英们身着笔挺的西装或优雅的晚礼服,手持名片,脸上挂着职业化的笑容,在会场内穿梭交流。谈笑声、议论声、手机铃声交织在一起。

会场的一角,张琳英正和一个中年男子侃侃而谈,身上散发着一种经历过风吹雨打后沉淀下的气质。林知夏站在张琳英身旁,身着一袭红色晚礼裙,裙摆轻轻晃动,淡雅的妆容点缀在她精致的五官上,使得她的轮廓更加立体动人。

4年不知不觉过去,林知夏升任高级经理的同时,也成了张琳英毋庸置疑的左膀右臂。

这4年里,通过一个又一个项目里的努力,林知夏也终于能在公开场合中站在了张琳英身旁,而不再是像当初那样怯生生地跟在张琳英身后。

适才来峰会的路上张琳英对她说:"在高级经理这个级别,未来你要想继续发展,靠的就不仅仅是能力了,更重要的是建立起强大的人脉网络和在行业中树立起优质的个人品牌。"想起这些,林知夏定了定神,将紧张与不安悄然压下。

尽管脚下8厘米的高跟鞋早已经让她的脚后跟疼痛不已,她依然保持着十二分的自信与从容,面带微笑,和张琳英一起穿梭在会场之中,一次又一次地递出自己的名片。

就在林知夏侧身而过的瞬间,两张熟悉的面孔映入她的眼帘。

她的目光凝住了。

怎么这么巧?她竟然在这里遇见了她的父亲林斌,以及她同父异母的妹妹林伊然!一瞬间,林知夏的心像是被什么尖锐的东西刺了一般,有些轻轻麻麻的痛感。

见两人朝着她和张琳英走来,林知夏迅速调整好了自己的表情,职业化地微笑着。

"林总,好久不见啊!"张琳英也看到了林斌和林伊然,主动上前几步,笑着与林斌打招呼。同时,她的目光也落到了站在林斌身边的林伊然身上,不禁有些好奇地问道:"这位是?"

林斌这才将震惊的目光从林知夏身上收回,转而看向张琳英。他勉强挤出一丝笑容,介绍道:"英总,好久不见。这是我女儿伊然,现在在博纳税务组,刚升任经理,我带她来见见世面。伊然,这是英总。英总可是破产管理界名声斐然的人物,瑞尔菲格破产管理组高级合伙人。"说着,他又下意识地看了林知夏一眼。

看着对面"父慈女孝"的一幕,林知夏心中百味杂陈。

看到林知夏,林伊然同样感到震惊。但她很快掩饰住脸上的惊讶,走上前来与张琳英握手致意,脸上挂着乖巧甜美的微笑:"英总好,我早听说过您的大名,今天有幸见到您本人。"

张琳英微笑着点了点头,目光在林伊然和林知夏之间不着痕迹地打量了一番,随后向林斌介绍道:"这位是我们瑞尔菲格破产管理组的高级经理林知夏女士。"

高级经理?林斌再也掩饰不住自己的情绪。他微笑的表情里终于出现了一丝变化,看向林知夏的眼里充满惊愕。林伊然的脸色也是变了又变,她和林知夏几乎同时入职,博纳和瑞尔菲格的晋升速度、途径也基本一致,然而因为她一直没考出CPA证书,拖了两年这才升任了博纳的经理;而林知夏,这才几年,她竟成了高级经理!

"看起来很年轻啊。"林斌试探道。

林斌和林知夏向来不怎么往来;自林知夏在公司闯祸后的这几年来,两人更是再无交流,他对林知夏的近况知之甚少。在林斌眼中，林知夏的能力一直平平。他原本以为，林知夏的职位顶多与林伊然相当，不过是经理级别。毕竟，从经理晋升为高级经理有一道很高的门槛，许多优秀的经理都难以跨越，尤其在当前的市场环境下，卡在这个关卡五六年无法晋升也不足为奇。

张琳英笑着解释："她的确是我们组年纪最小的高级经理，上个月底刚晋升的。入职的时候我们知夏年纪就小，做高级审计师的前两年表现不错，考证也比较顺利；这几年基本全年无休，就给她跳了一级。"

林斌难以置信地看着林知夏，仿佛从没认识过这个女儿。张琳英的话听起来似乎云淡风轻，却饱含了对林知夏的高度认可，"表现不错""全年无休"几个字，更是让同为合伙人的林斌体味到了林知夏这几年来的忙碌与艰难。

"真是年轻有为。"林斌的声音中带着难以掩饰的激动，微微颤抖着。29岁便能晋升为高级经理，林知夏的职业发展如此顺畅，又得到了瑞尔菲格破产管理组核心合伙人的青睐，按照这样的势头，她晋升为合伙人似乎也是指日可待。

林斌内心涌现出一股难以言喻的自豪感，他几乎抑制不住想要告诉张琳英：这位出色、美丽的年轻女性，正是他林斌的女儿！

洗手间内，灯光苍白而冷淡，如同林知夏此刻的心情。

她静静地站在镜子前，整理着凌乱的思绪。突然，一道身影映入镜中，打破了这份宁静——是林伊然。林知夏从镜子里瞥见了她，眼中闪过一丝诧异，但很快被更深的疏离所淹没。

两人接触的次数寥寥无几，但林知夏清楚，林伊然一直被保护得很好。林斌和乔嫣对林伊然的照顾堪称无微不至,这使她没有经历过任何风霜。林知夏也曾羡慕过林伊然,但现在她感到庆幸。毕竟,命运掌握在自己手中,自己成为自己的依靠,这种感觉更加有力量。

虽然林伊然本人并没做错什么,可对于林知夏来说,林伊然母亲始终是抢走她父亲的罪魁祸首,她们是生态位里的天敌。

这位妹妹只比她小3个月,这也意味着,夏忆怀孕的时候,林斌就和乔嫣有了关系。这对夏忆来说无疑是极大的羞辱,而林伊然更是这份羞辱活生生的见证。林知夏想,她可以不伤害林伊然、可以无视她的存在,但要她像林斌那样去关心林伊然的感受,却是绝无可能的。

林伊然站在林知夏身后,她的目光在林知夏的背影上徘徊不定。她轻轻地咬着嘴唇,似乎在挣扎着是否开口。最终,她鼓起了勇气,声音柔和得如同一阵轻风:"姐姐,你都几年没回家了。你发展得真好,爸爸看到你现在的成就,肯定非常骄傲。"

林知夏的目光轻轻落在林伊然脸上,声音里带着一丝冷漠:"你说的是你们的家,跟我有什么关系?"

听到这话,林伊然的身体微微一颤,眼中闪过一丝受伤。她想要说些什么来缓和气氛,但嘴唇动了几下,最终什么也没有说出来。她自己也知道,在这个话题上,她和林知夏永远无法达成共识。

就在林知夏准备离开洗手间的那一刻,林伊然突然开口了:"有一件事,姐姐,我一直想问你。你和宋筠安在一起,是为了报复我和爸爸吗?你明明知道他是爸爸介绍给我的人,我以前还和你提过我喜欢他。虽然当我得知你们在一起时，我也已经有了男朋友，但你知道我心里有多难过吗？这件事，我和谁都无法倾诉……"说到最后，她眼眶泛红，声音几乎微不可闻，仿佛是在自言自语。

"他既然不喜欢你，我为什么不可以？"林知夏冷冷地瞥了她一眼，而后径直走出了洗手间，留下林伊然一个人无措而尴尬地站在原地。

峰会圆满结束后，林知夏和张琳英道别，独自驾车回家。在停车场里，她换上平底鞋，驾车驶向自己的小窝。是的，她已经凭借自己的努力买了一辆车，并租下了一套宽敞的90平方米的一居室，再也不用和刘溪米挤在那套50平方米的两室一厅里了。

车缓缓驶入小区，林知夏熟练地将车停在单元楼对面的车位。她准备下车时，却注意到一辆熟悉的黑色奥迪从后面缓缓驶来，停在了她的车后。车窗缓缓摇下，露出一张熟悉的面孔。

林斌迅速停好车，走到林知夏面前。他一边打量着环境在他看来并不高端的小区，一边皱着眉头，表面上流露出一丝关心："你怎么住在这种地方？为什么不和你妈妈一起住？"

林知夏冷淡地说道："这个小区很好，离公司近、方便。而且这是我自己挣钱租的房子，住得心安理得。"

"离婚时不是给你妈分了商铺吗？租金应该不少吧？难道是你妈不让你乱花钱？你如果需要钱，可以告诉我。"

听到这些话，林知夏忍不住笑了，笑得有些讽刺。林斌提起商铺的事，无非是心中仍旧耿耿于怀，也想借此机会提醒林知夏不要忘记他的慷慨。

"我刚毕业的时候你怎么不这么说？哦，对，那时候你希望我从瑞尔菲格离职，认为我在业内是为了沾你的光，会给你带来麻烦。你对我这个瑞尔菲格高级经理的收入应该有所了解，你觉得我现在还会缺钱吗？"林知夏反问道。

"当初那么说确实是有原因的。至于现在，我只是想关心你，毕竟你是我的女儿。"林斌的表情带着一丝尴尬。他的确曾经疑心林知夏来这个圈子是看重自己在圈内的地位，希望能得到他的扶持和帮助。他也一直在等着林知夏开口求他，这样他就能告诉她，她不适合这里，她应该去他安排好的电视台工作。

然而这些年来，林知夏从来没有开口求过他一件事情，这令他始料未及。

林知夏注视着眼前这个在她看来充满虚伪的父亲，不想再多说什么。她尽量客气地说："你早点回去吧。"然后转身准备离开。

林斌伸手拉住了她的手臂："知夏！虽然英总很器重你，但我是你的父亲，我能给你的资源比她多。"

心中只有利益的人，才会理所应当地认为所有人都能轻而易举地被利益所诱惑。林知夏心中感到好笑。她知道林斌想用这种方式缓和他们父女之间的关系，但她也怀疑林斌这句话背后对她未来可能达到的地位的某种有意或潜意识里的算计。

可惜，无论林斌出于何种目的来找她，她早已过了需要父亲的年龄。

林知夏不想多费口舌，试图挣脱林斌的手，林斌却紧紧拉住她。

这时，一个高大的身影走到两人面前，将林斌的手从林知夏身上扯开，然后将林知夏护在身后，回过头来斥责道："你干什么！"看清林斌的脸后，宋筠安愣住了，"林叔叔？！"他转而疑惑地看着林知夏。

"筠安，这是我爸。"林知夏只好硬着头皮说道。

"你爸？叔叔的女儿不是……"宋筠安一时之间有些混乱。

"林伊然是我同父异母的妹妹。"

宋筠安的脸上闪过一系列复杂的情绪，从最初的惊愕与不解，逐渐转变为一种林知夏一时难以看懂的复杂情绪，其中似乎包含了难以言说的失望。

林斌同样愣在了原地，他怎么也没想到竟然在这里见到了宋筠安——他几年前介绍给林伊然的男生。他曾为宋筠安父母的公司慧远投资做过税务咨询服务，后来，宋筠安的父母宋志远、李慧琳成了他的朋友。

在林斌的社交圈里，富有的人比比皆是。但在众多有钱人中，只有宋志远夫妇的儿子宋筠安给他留下了深刻的印象。宋筠安年纪适中，品行端正，外表英俊。当初乔嫣陪同他拜访宋志远夫妇时，一见宋筠安便极为喜欢，坚持要他将宋筠安介绍给林伊然。实际上，林斌自己对这位年轻人也颇为满意。

然而，在双方家长带着门当户对的宋筠安和林伊然共进过一次晚餐后，这件事便石沉大海，宋志远夫妇从此闭口不谈。林斌领会到宋筠安或者宋志远夫妇并没有看中自己的小女儿，心中不免有些不快，也没有再提。

没想到，宋筠安竟然和林知夏走到了一起。

第 35 章

你密不透风的世界

林斌随着林知夏和宋筠安一同上楼,走进林知夏90多平方米的一居室公寓内。

映入眼帘的是简约冷淡的色调,洁白无瑕的墙面,浅灰色的地板。一张米白色皮质沙发静静地靠在窗边,线条流畅优雅。茶几上,一盆绿植生机勃勃,既点缀了空间,又不显得突兀。开放式的厨房和餐厅连接在一起,白色的橱柜门板线条简洁,长方形的餐桌上,一套素色镶金边的餐具整齐地摆放着。

看到这风格简约的屋子,林斌不禁想到了自己家中林伊然那间充满粉红色调、浓浓公主风的房间。两个年龄相仿的女儿,一个养成了公主,另一个却……这迥异的风格令他心中不禁涌起一股莫名的酸楚。

"你妈妈现在怎么样了?"林斌换好林知夏拿来的一次性拖鞋,坐在沙发上,问道。

"她开了一家咖啡馆。"林知夏轻描淡写。但提及此事时,她脸上还是不自觉地浮现出一丝淡淡的笑意。

两年多前,在林知夏的怂恿之下,夏忆在自家附近开了一家颇具文艺气息的小咖啡馆。对此事,一开始,夏忆颇为抗拒。她虽然喜欢咖啡,也会在家为女儿制作咖啡,但毕竟没有经营咖啡馆的想法和经验。不过,在女儿强烈的要求下,她终究妥协,无奈地开始了她的咖啡馆生涯。

不知不觉,随着时间的推移,夏忆才渐渐发现自己对这家小咖啡馆的投入远超预期。她不仅花费了大量的时间,更是倾注了无数的心思。她会精心挑选咖啡豆,设计独特的菜单,常常泡在这家咖啡馆里看人来人往,甚至亲自布置咖啡馆的每一个角落。自然而然的,这个咖啡馆在她心中也不一般了。

如今,这家小小的咖啡馆已经经营得相当不错。虽然利润并不丰厚,但也没有出现亏损,这在竞争激烈的市场中已属难得。当然,夏忆并不满足。她兴致勃勃地计划着咖啡馆的未来。

林知夏走到厨房,拿出一个茶杯,倒了杯水。

林斌则趁机问宋筠安道:"你们在一起多久了?"

宋筠安神色异样,但他还是实话实说道:"4年多了。"

4年多?林斌不知道该气还是该笑。

"谈了这么久的恋爱,怎么也不跟父母说一声?"林斌语气里带着几分责备。

宋筠安神色更古怪了。他斟酌了一下措辞,缓缓说道:"我见过夏阿姨几次,我父母也见过知夏。只是知夏一直说她爸爸有了自己的家庭,她不愿打扰也不想提及,所以,我们一直不知道知夏是叔叔您的女儿……"

实际上，宋筠安至今仍在震惊之中。他们已经谈了四年多恋爱，他不是没有问过林知夏关于她父亲的事情，但林知夏每次都轻描淡写地带过，只说父母在她很小就离婚了，父亲也有了自己的家庭，几乎不再联系。他从未想到林知夏的父亲竟然是他父母的朋友林斌。

听到这事情发现自己被蒙在鼓里，林斌的脸色变了又变。

"你们是不是已经同居了？"林斌转移话题问道，试图摆出一副严父的姿态。他注意到刚才宋筠安是从单元楼里出来的，林知夏家里也摆放着男式拖鞋。

宋筠安连忙解释："叔叔，没有，我只是偶尔过来。"

林斌皱着眉，似乎在思考什么，目光在林知夏和宋筠安身上接连打转，最终定在宋筠安身上。他带着几分审慎，慢条斯理地开口："筠安，如果我没记错，你比知夏大两岁，今年应该31岁了吧？你们都不是小孩子了，工作固然重要，但也不能忽略了生活。"

宋筠安听出了林斌的言外之意，他在暗示他们该早点考虑结婚事宜。宋筠安的目光转向林知夏，轻声承诺道："我会尽我所能，让知夏愿意信任我并嫁给我。"

提及此事，宋筠安心里不免泛起苦涩。他甚至不好意思告诉林斌，两年前，他曾向林知夏求婚，结果却出人意料——林知夏不仅没有感到惊喜，反而像是受到了惊吓，当场逃离，留下他傻子一般呆立原地。直到现在，每当想起那一幕，宋筠安的心仍旧隐隐作痛。

"你现在还在瑞尔菲格工作吗？"林斌接着问道。

宋筠安点了点头："我是去年晋升为高级经理的。"

"真是年轻有为啊。"林斌赞许道，脸上露出满意的笑容，越看越觉得两人极为相配，"你们要继续努力，争取早日一起成为合伙人！"

林知夏神色寡淡，她的目光停留在手机上，不发一言，只是静静地听着宋筠安一句又一句回应着林斌的话，嘴角不时勾起讽刺的笑。

"筠安，你可不能辜负叔叔的宝贝女儿啊。"离开前，林斌又一次拍了拍宋筠安的肩膀。

"叔叔，您放心。"宋筠安郑重地回应。

送走林斌后，宋筠安的目光转向林知夏，脸色逐渐变得凝重。

"你是不是早就知道我爸妈认识你爸爸？为什么你之前不告诉我你爸爸是林斌叔叔？"

林知夏有些心虚地笑了笑。她从茶几上的水果盘里捏起一颗葡萄，轻轻塞进了宋筠安的嘴里，然后顺势依偎进他的怀里，把头埋进他宽阔的胸膛，低声辩解："哎呀，他和我妈妈离婚好久了，我平时也见不着他，本来也就没把他当作爸爸看待呀。"

平日里，宋筠安总是无法抵挡林知夏的撒娇，她的每一个小动作都能轻易触动他的心。但此刻，当他低头凝视着林知夏时，宋筠安的脸上只有难以掩饰的悲伤："这些事情你本可以和我分享的。我和我父母都认识林斌叔叔，而你却把林斌叔叔是你亲生父亲这么重要的事情瞒了我整整4年，你真是厉害。"

"不厉害不厉害。"林知夏想用玩笑缓和一下气氛，但显然并未奏效。

宋筠安继续说道："你有一个密不透风的属于自己的世界,我进不去。归根结底,还是你不够信任我;可我对你却一直毫无保留,你可曾体会过我的心情?"

"我没有刻意瞒你,是这个事情本身就不重要呀!我们谈我们的恋爱,没必要提起他。"林知夏避重就轻地解释道。这么多年她对父亲是林斌的事情从来都是避而不提,习惯了回避,也从未想过这个事情需要告诉宋筠安。

"那你知道你爸爸之前想把我介绍给你妹妹的事情吗?"宋筠安又问。

林知夏神色微变,如实答道:"知道。"

"你……"宋筠安看着林知夏的眼神蓦然之间变得极为幽深,"当初你和我在一起,不会只是因为好胜心吧?"

"喂,你怎么可以这么想!"林知夏用手捶了捶宋筠安的胸膛,有些委屈,声音虽是嗔怒,亦轻轻的。

宋筠安握住她的手,那双星星般漂亮的眼眸此刻盛满了忧伤。他低声说道:"我希望你能把真实想法坦率地告诉我,无论那是什么,我都能接受。我很爱你,我会接纳你最真实的样子。你不需要怀疑这一点,也不需要在我面前一直保持完美和战斗状态。还有,知夏,就像你爸爸说的,我们是不是该考虑一下我们的未来了?"

林知夏陷入了沉默。这些年来,他们在一起经历了许多项目,拥有相似的价值观、理想和目标,在林知夏心里,宋筠安早已经成为她生活中最亲密的伴侣、事业上最可靠的战友。

可是……婚姻?林知夏不敢去想象。

无论是她的父亲林斌,还是前男友徐海宁,这两个人在漫长的岁月里，都在她心中悄然种下了怀疑爱情的种子。

爱情是多么虚无缥缈又转瞬即逝的存在啊。即使宋筠安此刻爱着她，这几年来一直爱着她，但他的爱是永恒的吗？万一她步入了婚姻，最终却像她的父母一样以离婚收场，她又该如何面对？

"你为什么不说话？两年前我向你求婚，你当着那么多人的面拒绝了我！"提及那段伤心的记忆，宋筠安心中的痛苦如潮水般涌动。

"筠安，你不要再逼我了。"林知夏低低哀求道。

宋筠安负气地说道："如果你真的觉得我不够好，我们可以分手。你爸爸说得没错，你是个女孩，我不能这样一直耽误你，你应该去找个能让你满意的人。"

林知夏直起身子，瞳孔紧缩，声音中透出一丝寒意："分手这种话是可以轻易说出口的吗？"

宋筠安心中一凛，意识到自己失言了。他颓然地倒在沙发上，目光空洞地盯着白色的天花板，一时间只觉得心烦意乱、疲惫不堪。

"我对你没有不满，也没有觉得自己被耽误，更没有想过要嫁给别人。我只是还没做好步入婚姻的准备。"林知夏深叹口气，"我和林伊然这种女孩子的成长环境不一样，我……我对婚姻并没有太多信心。我妈妈年轻的时候比我还要美丽，我爸娶到她之前，对她也是极好的。后来，后来……那些往事给我留下了太深的阴影。"说到这儿，林知夏眼眶泛红，再也说不下去。

宋筠安听到这些，心里一阵绞痛。他坐起身来，紧紧拥住林知夏，心中充满了自责。

"谁说我爱你只是因为你的美丽？"

过了一会儿，宋筠安似乎下定了决心，在她耳边带着几分无奈和温柔地轻声地说道："我总是拿你没办法的。我会等你相信婚姻，等你相信我。知夏，我爱你。"

林知夏蜷缩在宋筠安的怀里，感受着他怀里淡淡的清新香气、听着他温柔的声音，心中的坚冰似乎在一点点被融化，内心柔软得一塌糊涂。

漫长的拥抱过后，宋筠安轻轻抚摸着林知夏的长发，温柔地问："明天你还要去公司吗？"

"我明天得去泰兴地产的项目公司。"林知夏回答。

"我以为你不用去。于潇不是已经在现场负责了吗？她经验丰富，又是你亲手带出来的，应该能够胜任吧？"宋筠安疑惑地问道。

这个项目的另一位经理是于潇。于潇自睿辉地产项目起就与林知夏并肩作战，后来更是频繁地被分配到林知夏负责的项目中。当林知夏担任项目负责人时，于潇是她团队中的一员；而当林知夏晋升为经理后，于潇又成了她手下的项目负责人。两人的合作一直非常默契。

林知夏摇了摇头，脸上露出担忧的神色："我不放心于潇一个人处理这个项目。这个项目太重要了，涉及的问题也相当复杂，我需要亲自到现场去，确保一切都在我们的掌控之中。"

"好吧，但你要记得照顾好自己。"宋筠安叹了口气。他对林知夏的敬业和负责感到敬佩，但也不免心疼她的辛劳。

自国家住房限购政策实施以来，睿辉地产的破产等一系列变动使得张琳英开始密切关注泰兴地产。4年前，她便怀揣着雄心壮志,希望能拿下泰兴集团在大陆的项目公司。她的目光主要聚焦在泰兴地产位于上海的银桥有限公司。

3年前,泰兴集团在新加坡的总部宣布破产。随后几年,泰兴集团在国内的不少项目公司的资金链问题也逐渐暴露,不少公司陆续宣告进入清算或重整的破产程序。

泰兴集团银桥项目公司开发的上海银桥广场项目,包含7栋公寓楼和1栋商业综合体,规模庞大。然而,由于种种原因,该项目早在4年半前便已停工,成为上海建筑规模最大的烂尾楼之一。这期间,债权人维权事件频发,债务规模高达200多亿,涉及上千户债权人。

张琳英为了拿下这个项目,动用了广泛的人脉资源,成功链接到了银桥公司的实控人兼最大债权人向恒宇。经过多次深入沟通,她最终说服了向恒宇,同意向法院推荐瑞尔菲格会计师事务所作为银桥的破产管理人。虽然目前法院还未正式任命,但瑞尔菲格团队已经按照惯例先行入场,开始清查和厘清这200多亿的债务。

作为该项目的负责经理,林知夏前段时间一直忙于其他项目,没有时间去现场。她只和张琳英一起参加了几次与向恒宇的商谈会议。如今,瑞尔菲格团队已经入驻银桥公司1个多月,他们加班加点完成了财务审阅工作,验证了财务数据背后的支持性文件的真实性,并对公司的经营和财务情况进行了深入分析,梳理出了主要的资产和债务。林知夏也结束了其他几个项目中最重要的工作,准备下周亲自入场接手这个项目。

第36章

置之死地而后生

次日,天气微雨。10分钟步程。林知夏没有开车,撑着伞由家里步行前往泰兴地产银桥项目公司。

泰兴集团银桥有限公司所在的这栋大楼,此刻笼罩在一片灰蒙蒙的雾气之中。

从远处看,大楼仍旧屹立挺拔;但在如丝的微雨中,那玻璃幕墙反射出的已不再是耀眼的光芒。走进大堂,沉闷的气息愈发浓重。地砖上的灰尘与雨水混合,形成一片片泥泞的痕迹。

电梯缓缓上升,到达18层,门一开,冷风夹杂着一种难以言喻的沉重感扑面而来。办公区域空旷得只剩下回声,稀稀落落坐着几人。这几年,很多人离职,更多人被优化。不少桌面上都堆满了尘封的文件和资料,像是被遗忘的历史,静静地躺在那里。

窗外的上海街道依旧璀璨繁华,在林知夏心里,一种强烈的反差感油然而生。

人类所经历的沉重好像和这无论遗忘了什么都正常运转着的世界毫无干系。

林知夏做的第一个房地产项目睿辉地产负债规模30亿元，当时在她看来已是一笔巨额负债。而如今，仅仅是泰兴地产这家上海项目公司，负债规模就达到了200多亿元，金额翻了数倍。债务债权关系、资产权属、财务状况等也都更为错综复杂．整个泰兴集团的负债更是达到了万亿元规模。想起眼前这家公司只是泰兴集团众多项目公司中的一个，林知夏不禁感到头疼，巨大的工作量让她有些喘不过气来。同时，她心里也有着一种深深的使命感，仿佛肩负着某种重任。

团队成员已经在泰兴银桥的会议室内等着她，其中包括她的得力助手于潇。这几年间，公司经历了太多的人事变动，秦漫、陈茂宇、郑明音等人相继离职，许多她甚至连名字都记不清的人也离开了这家公司。幸运的是，于潇还在，她们这么多年来合作得一直不错，在一个个项目中建立了越来越深的信任。

在林知夏看来，升任高级经理后的一大好处便是工作时间的灵活性。没有了固定的上下班时间，她平日里的活动及上下班都拥有了更高的自由度——虽说该做的工作还是那么多，甚至越来越多。要知道，林知夏可不止泰兴地产这一个项目，她还有其他4个并行的项目。升任高级经理后，她的日程里更是多了不少公司和行业里必须参加的会议，但好在如果现场无事，她可以自由地选择办公地点。林知夏本来是个工作狂，她不介意工作量和项目量的庞大，但对自由度却有着较高的要求。

泰兴地产项目组名义上有17个人，实际下场干活的除两位经理外只有10人，这人手对债务200多亿元的公司项目来说并不算多。林知夏走到会议室门口时，只听到里面传来低低的交谈声，等她进入会议室后，便瞬间鸦雀无声。有三四个小朋友恐怕刚入职不久，还有几个实习生，林知夏也是第一次见。她挨个问过名字，鼓励一番后，把于潇单独叫到了隔壁的凭证室里。

除了日常办公的那间会议室的门卡外，他们还有这间凭证室的门卡。凭证室的桌上散乱摆放着一些凭证，其他文件也堆积如山，显得杂乱无章。林知夏坐在桌前，勉强找了个位置放好电脑，开始询问于潇最近的工作进度，并简单交代了几项待办事项。

"这个月我们都在验证客户财务数据的真实性，检查了不少凭证之类的文件，函证也发完了。"于潇说着，将打印好的几份文件递给林知夏，"虽说还没查完，但已经检查的部分，水分已经不少了。再加上现在泰兴没了造血能力，情况就是——举步维艰。"

于潇的脸上写满了"崩溃"。见林知夏不语，她忍不住又问："我们真的只能拉到7000万元的资金吗？"虽然尚未找专业的评估公司出具评估报告，但根据工程目前的进度粗略估计，要想完成工程续建、盘活公司，四五个亿恐怕都不够，7000万元简直是杯水车薪。而且，这7000万元还是向恒宇自己拟追加的投资。

林知夏叹了口气，毫不留情地吐槽道："泰兴地产不是现在才失去造血能力的，公司现金流早就枯竭了。现在在市场上看它就是一堆垃圾，谁会投资垃圾啊？这些公司各个都这样，不在债务危机早期进行应对，只想着粉饰、掩盖，非要走到山穷水尽、启动破产程序、问题都摆到台面上了，才开始想着解决。泰兴毕竟是个房地产公司，如果是轻资产公司还有搏一搏的可能，房地产公司资金需求量巨大，没有足够的投资几乎不可能复活。这些客户当我们是神仙吗？"她翻看着手里的债务清册，看着密密麻麻的人名和数字，心里也是又急又气。

"那您和英总能否和客户再沟通一下，把方案调整成……调整成清算啊？"于潇试探性地问道。

"已经沟通多次了。英总最开始提的就是直接清算的策略，是客户执意要我们申请破产重组；如果谈不妥，管理人位置可能不保，英总也只能答应。"林知夏手里拿着客户最新的一版债权人和债务清单，一行一行看过去，神情越来越肃穆。

张琳英就此事和这家公司的实控人兼最大债权人向恒宇已经做过几番沟通。但向恒宇执意要申请重组，给出的理由是为了购房者的利益。

说得好听，大家其实都心知肚明，如果直接宣告破产，向恒宇损失将无比惨重，作为普通债权人，他可以说是会血本无归。这才是他不惜亲自追加投资、鼓舞士气、试图奋力一搏的真正原因。万一……盘活了呢？

沟通无果后，张琳英只得对向恒宇说，瑞尔菲格会再多方咨询、尽力一试，且当场便把这个难事儿交给了林知夏。

尽力一试！这四个字说者和听者的解读不一样。

张琳英的意思是，这是个大概率会失败、小概率才成功的事儿，失败了可不能怪我们。她也在私下单独对林知夏说过，如果被法院驳回重组计划也无妨，着手申请破产清算即可；但一定要做足工作，显示出我们已经尽力了。这话，颇有些意味深长。

从向恒宇的神情看，他的理解却恐怕是：张琳英这是在自谦。

向恒宇是个投资人,他琢磨着既然花了高昂的费用请瑞尔菲格团队,瑞尔菲格自然有义务为他创造更大价值,越大越好。

张琳英当着向恒宇的面狠狠地夸了林知夏一番,她提到林知夏做过的几个重组成功的项目案例,特别强调了项目后续将由林知夏全权负责。虽然项目负责经理本来就是林知夏,但是张琳英这样特别强调一下,让夹在两人中间真正去执行的林知夏真是那叫一个头大。林知夏表面言笑晏晏,内心苦不堪言。不过,这些年她早就习惯了鞍前马后为张琳英卖命,何况这点承担。

林知夏和向恒宇的目标起码是一致的:他们都希望能够成功重组。按照银桥项目现在的财务状况,如果一旦清盘,不仅普通债权人清偿率为0%,优先债权人损失也将异常惨重。林知夏在这类房地产破产项目里最关心的向来都是优先债权人里购房者的利益。所以,虽然目前任谁看来这都是个极小概率事件,但林知夏还是打心眼里、真心实意地想如张琳英说的那般——尽力一试。

两周后,法院受理了泰兴银桥破产重组一案,债权人向法院管理人提请瑞尔菲格为管理人,瑞尔菲格也顺利被法院据此指定为破产管理人。

接下来的日子里,林知夏把主要的精力都放到了这个项目中。她首先选了一家合作过几次的评估公司,对续建所需的资金做出了测算评估,评估认为最低的续集资金应为7.6亿元。

如何拿到这笔巨额投资,成了天大的难题。

张琳英判断该项目拉投资无望,她其他各类项目也众多,于是置身事外于这个项目。林知夏却不想放弃,只好自己周旋于各种数据、专家和债权人之间,每天都琢磨着能在哪里拉到投资,试图找到一个可行的方案。与债权人沟通、与律师协商、与法院开会……可惜,无数焦头烂额的工作后,收效甚微。

她像是被困在了一个无解的迷宫中。

两个月很快过去。周六清晨,林知夏坐在家里书桌前,看着电脑屏幕上那个团队成员前天晚上交上来的漏洞百出的重组计划的部分内容,心中充满了挫败感。这样的垃圾报告,她却没办法责怪任何人,上到于潇,下到实习生,大家都尽力了。最核心问题实在解决不了——没有资金注入。

宋筠安凑到林知夏身边,看了一遍于潇提交给她的报告,也有些错愕:"这肯定没法用,法官不是傻子。"

"实在救不了,也只能转清算了。"林知夏叹了口气。

电话响起,是向恒宇的秘书万薇。

电话通了的瞬间,万薇便不出林知夏所料地问:"林总,我们想了解一下重组计划的进度。"

"能推进的工作我们都在推进,现在的主要问题是拉不到工程续建资金。向总是否有资源,能在续建资金这块儿再做一些协调?"林知夏斟酌着开口问道。

万薇沉默了一下,声音冷冷地说道:"向总已经提出可以自掏腰包再贴7000万元了。花高额费用找你们,你们现在的意思是你们无能为力,只能宣告破产吗?"

"工程续建需要7.6亿元,这段时间我们团队也竭尽全力,实在是很难引进投资。向总之前应该也咨询过多家事务所,重组的可行性本来就非常低。"

就张琳英传递给林知夏的信息,向恒宇之前找的几家事务所都明确告诉向恒宇，想重组绝无可能。向恒宇找到了收费偏高的瑞尔菲格，一是看重瑞尔菲格作为行业顶尖事务所遍布世界的人脉资源，二是看重张琳英在业内的名气，三是张琳英在和向恒宇谈判时，松口说可以申请重组、尽力尝试重组，如果迫不得已再清算。尽管向恒宇对此事抱有一定期望，但他并非傻子，对找到投资人的难度和重组成功的难度应该心知肚明。

万薇挂断了电话后。林知夏迅速打开邮件，她把这段时间的工作清单找出来附在邮件中，其中包含了她为了拉到投资亲自去拜访的各个大佬和企业的清单，拜访的频率高达五六次一周。这都可以看出，她的确已做足了工作。此外，她还整理了这段时间他们团队为了安抚购房者所做的种种工作。她把相关文件和会议纪要都整理好，发到了向恒宇的邮箱里。

发完邮件，林知夏长呼一口气。宋筠安好奇地拿过她的鼠标，点开邮件附件的文件看了看，惊叹道："宝贝，你这是做足了准备啊！这几周看你天天去拜访、开会，竟然还有心思整理这些。你发这些文件给向总，是怕瑞尔菲格背上不称职的骂名吗？"

"可不。等万薇跟向恒宇汇报之后，他要么去找张琳英，要么来直接骂我。"林知夏苦笑。

虽然她真心实意希望泰兴银桥能够重组成功，但是一旦用尽全力也只能宣告破产，向恒宇必会发火。

届时，如何应对向恒宇的愤怒，如何给向恒宇和各个债权人合理的说法，如何让瑞尔菲格团队看起来没有责任和过失并且在破产清算的情况下看起来也值得这个价格？这是林知夏从进入这个项目的第一天就开始盘算琢磨的事情，也是张琳英丢给她的真正的难题。

"原来如此……英总从一开始就没指望你能重组成功。她只是相信以你的工作能力和沟通能力，可以应对好客户。"宋筠安突然明白过来，"英总啊英总，我可真是服了。"

果不其然，10分钟后，向恒宇的电话直接打来，比她预想的还要快。

"林经理，您跟我秘书说找不到投资人，只能清盘？"向恒宇冷声质问，声音不怒而威。

林知夏深呼吸，随后声音平稳地答道："向总，目前资金不足的确是我们最大的难题。我刚才发了您一封邮件，是我们团队最近的工作成果。如果您这两天有时间，我希望能去找您向您当面汇报现在的情况，请您指正。"

向恒宇那边安静了几分钟，大概是在查看邮件。一会儿后，他缓缓说道："这段时间也辛苦你们了。我这两周出差，事情非常多，等我出差回来后再讨论吧。"

挂了电话后，林知夏抚了抚胸口，她在周全的准备之下，应该足以应对向恒宇。然而，她心里并没能轻松一些。来自客户的压力稍稍减轻后，更多的沉重涌入她的心。虽然接这个项目以来，她对于购房者的安抚工作做得一直不错，也不见有人再闹事，但是银桥广场的公寓虽然是商业房的性质，大多户主买银桥广场的公寓还是为了长期居住，他们中很多人现在仍然在外租着房。想起这些业主，她心里轻松不起来。

林知夏坐在桌前，专注地翻看着打印出来的近几年来各个房地产公司破产重组的卷宗。

宋筠安坐在她身旁，看林知夏脸色凝重的样子，轻轻拢住她的肩，安抚道："别把自己搞得这么累。生活和工作大多时候就是这样，只能尽力而为，然后接受结果。你做得已经够好了，不要为难自己。"

林知夏揉着太阳穴，阖起双目，轻声道："不，我做的还不够。我总觉得，我一定漏了些什么。"

"之前法院和政府沟通过吗？"宋筠安又问。

"英总提过政府托底的方案，但这方案早期就被否决了。这笔资金太大，就别说其他各家破产公司了，光是泰兴集团下面出事的项目公司那么多，政府也救不过来。"林知夏眉头紧锁。两人陷入了沉默。

政府！政府……电光石火之间，林知夏的眼中突然迸发出了神采。

"筠安，我想到办法了！"她激动地抓着宋筠安的手叫道。

宋筠安看着她，眼中满是疑惑："什么办法？"

林知夏迅速打开电脑上之前于潇发给她的项目组已经核实好的各类财务数据等文件，双手在键盘上飞快地敲打着，一边处理着这些数据，一边脸上洋溢着神采飞扬的笑容。她说道："我上个月拜访过两家国企的领导，他们都不愿意投资。但如果政府给他们施压呢？如果我们愿意以共益债的方式引入他们的投资，并许给他们优先债权人的利益呢？这样双管齐下，或许事情就能成！"

宋筠安很快理解了林知夏的思路："借力？"

"对！"林知夏神情有些得意。

"这条路要走通不容易。"宋筠安是个保守派，他对此事不抱太大的期待。

"但这至少是一条可能走通的路呀！只要不是绝境，就有搏一搏的可能，就有希望。我现在需要的就是说服政府和法院，所以，这几天要准备好足够充分的数据和理由。"林知夏适才的疲态一扫而空，精神抖擞双目有神地盯着电脑屏幕，开始投入新一轮的工作中。

宋筠安看她戴着一副防蓝光的黑框眼镜专注工作的模样，即便已经在一起4年多，他的心还是不由得再一次为她这样专注的模样怦然而动。

第37章

一场特殊的谈判

在经过张琳英批准同意后,林知夏带着材料去找到承办此案的法官,做了一番极为详尽的汇报和预测,并最终打动了法官。在"府院联动"机制①的模式下,法院进一步联合政府领导及相关单位负责人员,推动召开了银桥广场房地产项目的调度会。张琳英和林知夏作为管理人代表,参与了该调度会。会议中,林知夏做了汇报工作。在会议中,林知夏详尽地进行了汇报,她的专业能力和细致态度赢得了与会人员的广泛认可。

从各负责人的反应来看,这个事情已然稳妥。调度会结束后,林知夏和张琳英一起走到街边。张琳英的司机已经在路边等候着,宋筠安的车也停在不远处。

---

① "府院联动"机制:指政府(行政机关)与法院(司法机关)之间建立的常态化协作与沟通协调机制。其主要目的是实现依法行政和公正司法的有机衔接,共同推动法治政府建设、多元矛盾化解、执行难问题解决等。

张琳英并未急着上车,她的目光在林知夏身上流转,眼神中透露出些许前所未有的敬重:"我没想到你会考虑得如此妥善,工作也做得如此细致,我很佩服。"

"谢谢您,这都得益于您对我一直以来的指导。"林知夏声音虽然平静,内心却难掩对重组顺利推进一大步的激动之情。

张琳英淡淡一笑,正要开口说话,林知夏的手机铃声响起。林知夏低头一看,屏幕上显示的是"林斌"两个字。她心中一紧,暗想父亲怎么会打电话来。

张琳英注意到林知夏的神情变化,目光也落在了她的手机屏幕上。盯着"林斌"两个字,张琳英神情变得有些异样,似乎在想些什么。

察觉到张琳英的异样,林知夏心中不禁有些忐忑。她连忙挂断了电话,一时间竟不知该说些什么好。

"你竟然把自己爸爸的电话备注写得如此正式。"张琳英突然笑道,打破了这短暂的沉默。

林知夏惊愕地看向她:"您知道我爸爸?"她的声音有些颤抖。

张琳英轻轻点头,神色如常地说道:"你在基金组入职时填写过父母的工作信息。我招你的时候,自然也看到了相关信息。"

林知夏的心中顿时如同掀起了惊涛骇浪。她勉强稳住心神,试探地问道:"您……您不会是因为这个才招我的吧?"

张琳英看着她,脸上的笑容渐渐收敛,变得认真起来。"你要听实话吗?"她问。

"没事,您说。"林知夏表面上保持着镇定,但内心已经波涛汹涌,极为难受。

"你还记得邵志勇吗？"

"当然记得。"林知夏不假思索地答道，"川威集团邵总，是林州医药项目里我和您一起去拜访的第一位投资人。后来，川威集团投了3000万元。"那是一场对她来说至关重要的拜访，那场拜访前，她做了充足的准备。到现在，即便时间已经过去了5年之久，她仍然能够清楚记得那场会面中的对话。

"邵总欠过令尊一个大人情，他们也是很好的朋友.这事你有所了解吗？"

林知夏闻言怔在原地，难道……她只觉得这些年来在工作中的种种成就感和骄傲似乎都在这一刻被撕裂开来。她声音颤抖地问："邵总最后愿意投资林州医药，是因为他和我父亲的关系吗？"

张琳英轻轻笑着摇头。

"我那天是想告诉邵总的。但是，知夏，那天你对邵总说的那些话，已经够了，也足以证明你自己的能力。你一直以来的成绩，都是你自己赢得的。现在，你都已经走到这个位置了，怎么还在自我怀疑呢？"

她顿了一顿，继续说道："我当初招你进来，确实有一些私心。但是，如果你真的是个平庸无能的人，我也不会留你、升你。你的能力和潜力，是我一直都非常看重的。"

林知夏听着张琳英的话，身体和心里都渐渐松弛了下来。她看着张琳英，眼里充满了感激之情。张琳英对她固然不乏压榨与利用，可她能够走到今天这一步，也离不开张琳英的指导和帮助。

"我以前一直不太明白，你这样一个各方面其实都已经优秀的女生，为什么会那么不自信。直到那天在峰会上看到你爸爸带着你妹妹来，我才大概懂了。可能有的伤害要用一辈子去治愈，但我还是希望你能走出来，不用证明给任何人看，而是舒展地做你自己。"

张琳英离开后，林知夏仍然站在原地，久久难以挪动步伐。直到宋筠安走过来，轻轻摸了摸她的头发："英总已经走了，你怎么还在这里发呆？"

林知夏这才回过神来。她正要说话，手机铃声又响了起来。她接起电话，是林斌的声音："小夏，你在哪里？"

"刚在开会，现在准备回家了。"林知夏答道。

"好。"林斌说完后，便挂断了电话。林知夏一头雾水地看了看手机，没多想，这几周连续高强度工作本已就让她身心俱疲。她坐在宋筠安的车上，准备回家。在车上，她和宋筠安兴奋地讲了一遍她今日的战果。

车驶进小区，宋筠安找了个空车位停好车后，两人下车往单元楼门口走去。远远望去，只见门口站着一个正在抽烟的男人，四周烟雾缭绕。走近一些，林知夏才发现这个抽烟的男人竟然是林斌。林斌神情憔悴，眼里布满了血丝，眼圈乌黑。看到林知夏，他往前走了走，而后又犹豫地停住了脚步。

"林叔叔。"宋筠安看到林斌微微有些诧异。

"小夏，我有点事情要和你说。"林斌的声音听起来有些沙哑。

"上楼说吧。"看到向来西装革履、形象体面的父亲这副憔悴的模样，林知夏心里有点奇怪，没多说什么。她打开了单元楼的门，然后低头朝楼上走去。

"要不我回避一下。"宋筠安犹豫要不要跟着一起上楼。

"筠安，你不是外人，一起吧。"林斌对他说道。他掐掉了烟头，跟在林知夏身后，3人一起走上楼去。坐在林知夏家里的沙发上，林斌两指揉了揉太阳穴，沉沉叹了口气，缓缓说道："我被人骗了。"

"你被骗？"这样一句没头没脑的话让林知夏感到莫名其妙，她半开玩笑地说，"林总您这么精明的人，只有您骗别人的份儿，哪还能有别人骗你的份儿啊。"她有点怀疑林斌这句话的真实性。毕竟，在妈妈的形容里，他向来是个唯利是图、无孔不入的"大奸商"。

"难道是被女人骗了？"林知夏狐疑地问道。宋筠安倒完水后，坐在她旁边，听到她这样拿林斌开涮的毫不客气的话，神情倏然变得极为尴尬，只恨自己刚才在楼下没脚底抹油溜掉，现在不得不身处这样古怪的气氛中。

林斌脸色更是青红交加。不过，他对林知夏的讽刺未置一词，沉沉叹了口气，开始从头说起。

原来骗了林斌的是他相识17年的好朋友任嘉。两年多前，任嘉向林斌多次提起他的公司准备做一个名为"高端智能生态度假村开发"的项目。任嘉声称，随着人们生活水平的提高和旅游业的快速发展，高端度假市场正逐渐成为新的消费热点。为满足人们对高品质休闲度假生活的需求，他们公司计划开发一个集智能科技、生态环保、休闲娱乐于一体的高端智能生态度假村。这个项目预计总投资达到1.7亿元。其中，企业自有资金[①]1亿元，剩余7000万元计划向银行贷款筹集。贷款期限预计为5年，企业将根

---

① 自有资金：指的是企业或个人自身拥有的资金，这部分资金不依赖外部融资或借贷，可以自由支配，用于日常运营、投资或扩张等活动。

据项目进展和盈利情况逐步偿还贷款本息。银行同意借款给任嘉的公司，但前提是需要一个符合条件的担保人。

林斌被任嘉的说辞打动，加上对多年好兄弟的信任，他不但同意了帮忙担保，还自掏腰包投资了500万元。然而，令林斌万万没想到的是，任嘉在几个月前公司及项目出现问题后竟然携款潜逃出境，消失得无影无踪。他的500万元投资打水漂不说，银行方面因为找不到直接的借款人，也只能向担保人林斌追讨债务。

那可是整整7000万元的债务。

听到这里，林知夏和宋筠安都明白了事情的严重性。

"你怎么听起来比我还天真？"林知夏快被林斌气笑了，"担保，这你也敢？难道不知道担保是有连带责任的吗？这可是极端危险的事情，稍有不慎，就会陷入万劫不复的境地！"

"我也是后来才知道，银行经过调查，综合各种资产负债信息，认为任嘉企业的征信信息评估风险项较多，这才要求有担保人。"林斌双手紧握，眉头紧锁。

林知夏无话可说了。她倚在沙发上，看向林斌："说说你今天来找我的目的。"

林斌犹豫片刻，脸色发红，但还是开了口："我最近已经向不少朋友筹措资金，现在还差2300多万元，爸爸必须在半年内还清。知夏，当时给你母亲的商铺，能不能卖掉，给爸爸应急？当初爸爸和你妈妈离婚时约定，分给她的财产都要在你18岁时转入你的名下，你是有处置权的……"

听到这里，林知夏嘴角勾起一个讽刺的弧度："说你拿不出

7000万，我是不信的。和我妈离婚前你就靠投资赚了不少钱，这才购置了商铺。难道离婚后，这十几年，你就没再赚过钱了？"

林斌苦笑："我离婚几乎净身出户，只分到一套老家不值钱的房子。再后来的10年，市场环境是什么样你也知道，我投资只有亏钱的份，唯一的收入来源就是在博纳拿到的工资和奖金。两年前我另一笔投资亏掉了900多万元，任嘉这里我又亏了500万元。我就算卖了其他资产和股票，现在也只能拿出2000万元还债，这2000万元之外其他还银行的那些钱我都是跟朋友借的，我真的没钱了。"

"你每年的薪资保守估计有七八百万元以上了吧？"林知夏打量着林斌，"你可是博纳高级合伙人。"

"你看看我的工资流水就知道了，大多时候都没有这个数。我已经卖了两套房子，但凡我还有钱，是绝对不会来向你开这个口。现在因为还不上这笔钱，我现在唯一的房产，就是我们现在住的别墅，会被银行强制执行拍卖。"林斌说出这一连番话来，神情也是既羞愧又痛苦。

林知夏看着林斌，沉默了几分钟。

林斌见她不语，轻声说道："不着急，你可以再想想，一周内给我答复就可以。"

"不用再想了。我可以把商铺卖了，借钱给你。"林知夏思考片刻后，果断地说道。

宋筠安听到这话心里一惊，他下意识地想提醒林知夏，这不是小事，应该和她妈妈商量好后再做决定，又不好当着林斌的面直接开口。

林斌惊喜地看着她:"小夏,真的吗?"

林知夏起身,拿起手边已经喝掉一半的杯子,走到饮水机前接满水,边喝边慢悠悠地说道:"我会让律师拟好借条和合同给你,你把过去5年的收入流水提供给我,还款期根据你过去5年的年收入来拟定。除了本金以外,你需要每年向我支付10%的利息,并且这笔借款必须以你现在居住的别墅作为抵押。"

宋筠安惊愕地看向林知夏,意外,又好像没那么意外。

林斌的脸色瞬间仿佛被一股冷冽的阴霾覆盖,双眉紧锁,形成了一道深深的沟壑。眼神变得阴沉,嘴角微微下拉,脸上的肌肉僵硬,仿佛每一根神经都在紧绷着,随时准备爆发。

随着他情绪的变化,周围的气氛也仿佛变得压抑而沉重。林知夏仍是稳稳拿着水杯。两人的视线在空中交会,空气似乎也在逐渐凝固。

"你现在是在和你爸爸谈生意吗?"林斌眼神锐利,冷声问道。

林知夏莞尔一笑,耸了耸肩,轻松地回应道:"你也可以选择不向我借钱。"

"如果我被列入被执行人名单,对你也会产生不小的影响。"林斌冷冷地说道。

"我不在乎,我又不需要办信用卡,我也没有大额支出。"林知夏无所谓地说道。

"10%,意味着光利息一年就要给你300万元!这个数字……还有余地吗?"林斌声音似乎有些发颤。

"320万。"林知夏纠正道,"没有余地。"

"你!"林斌气得胸膛急剧起伏,他扶住桌子,看向林知夏的目光痛心又失望。

"你这算盘算得倒是如意,钱都给了你,你难道就不管你弟弟妹妹的死活吗?"他质问道。

林知夏笑了,她望着父亲沧桑的脸,毫不留情地说道:"我和您之间都没有感情可谈,更别说他们了。我咨询过朋友所在的私募基金,如果这笔钱拿去买私募基金投资,因为金额庞大,每年能有 12% 以上的年化收益。我跟你要 10%,不多。你和别人借款,这个数字只会更高。以你的收入,这些利息你也能轻松还。如果你是真缺钱,你会接受我的提议。另外的话,说得太明白就没意思了。"

"你……你怎么会变成这样!"

林斌脸色灰败,他看着林知夏,仿佛是第一次认识她。

第38章

泥潭,和摘不到的星星

"你是不是觉得我很过分?"林斌离开后,林知夏看向宋筠安,轻轻问道。

"保护自己有什么错?"宋筠安拥住了林知夏。林知夏的头靠在他的肩膀上,他的手轻轻抚摸着她垂下的发丝。

良久沉默后,林知夏趴在他的肩头,缓缓开口说:"我小学五年级的时候,父母离婚。我妈妈对我说,爸爸在她怀着我的时候就有了别的女人,我爸爸在外面的私生女只比我小了几个月。这对她而言,无疑是莫大的耻辱和伤痛。这种痛,她也加倍地传递给了原本生活很快乐的我。"

"林伊然只比你小几个月?"宋筠安这才反应过来,林斌是在夏忆孕期出的轨。他不由愕然。

"嗯,小3个多月。"

宋筠安脸色变了又变,咬着牙说道:"叔叔太过分了!阿姨也不该在你那么小的时候，就把这些成人之间的事情赤裸裸讲给你听。对一个小孩来说，这是多么大的伤害！"

"不怪我妈，她是第一次当母亲，她也受了太多委屈。"林知夏咬了咬嘴唇，为母亲辩白道。

"从那时候起，我就觉得自己好像生活在黑漆漆的泥潭里。我妈妈不惜代价地培养我，也给了我太大的压力。她总提起那家人，总拿林伊然和我对比、给我施压，好像只有我样样都比林伊然好，她才能活得舒心。所以，我努力学习，只是希望她能快乐，可能也希望爸爸能多来看看我。可惜我大概是天资有限，虽然花了很多时间学习，考试却只能勉强考到全班十几名。可能是因为我不够优秀，妈妈总是不开心，爸爸也一次都没有来看过我。

"初中时，我第一次见到林伊然，她看起来那么幸福，千娇百宠下长大。加了她的微信后，我看到她在朋友圈分享全家福，分享父亲为她亲手做的饭菜……看着他们一家的温馨和幸福，她生活中那些理所当然的点滴，对我而言却像是遥不可及的星星。在认识林伊然之前，我还会找借口自我安慰，告诉自己爸爸一定是太忙了才没来看我。但看到林伊然不断炫耀父亲陪她去游乐场、陪她旅行、陪她参加各种活动后，我才意识到，如果我的父亲真的想，他其实可以一点也不忙。

"这种困于泥潭、仰望着触碰不到的星星的生活，终于在我高一那年迎来了转机，"林知夏犹豫了一下，还是决定接着说下去，"在我16岁那年，徐海宁就像一束光，照亮了我的世界。"

宋筠安呼吸微微一滞，将她抱得更紧。这是林知夏第一次同她讲起这段往事。

"我一直对他心存感激。虽然他总是很忙，陪我的时间屈指可数，但他让我成了更好的自己。在我16岁迷茫无助的时候，我迫切需要一个精神支柱，一个引路人。而他恰好扮演了这个角色。从那时起，我便朝着他的方向跌跌撞撞地成长。他也在某种程度上或多或少消解了家庭带给我的伤痛。他在我17岁的时候对我说，他想要的是一个可以和他比肩而立的伴侣，不是一直在他身后需要扶持的小女孩。这当初让我受伤至极的话，何尝不是对我的指引。这一切，都让我比其他女孩子都要更早地意识到，无论是爸爸、妈妈还是男朋友，没有谁的怀抱永远温暖安逸，我要成为一个能够自己独当一面的人。"

虽然从理性上认同林知夏的话，宋筠安心里仍旧不免泛起一阵又一阵的酸意。

"你……你不会还对他有感情吧？"宋筠安挺直了身子，双手扶着林知夏的肩膀，目光紧紧锁定林知夏，语气中带着委屈。

林知夏忍俊不禁。她揉了揉宋筠安头顶微卷的发，随后依偎进他的怀里，手掌贴在他的胸膛，感受着他急促的心跳，轻声说："那都是过去的事了。我爱你，我只爱你。"

宋筠安心中既有痛楚，又有温暖，还有一种难以言喻的喜悦。

4年多来，这是林知夏第一次如此敞开心扉地同他说这些话，他第一次感觉到自己真正地走进了这个始终和任何人都保持着安全距离的女孩的内心。

宋筠安低头凝视着林知夏，心中阵阵悸动。看着她美丽的侧脸，他情难自制地翻身，双手撑着沙发两边，将林知夏压在身下，吻了上去，在她耳边含糊地低语："我们结婚吧。"

林知夏紧紧揪着宋筠安的衣角，她那声轻轻的"好"，最终也消融在了他铺天盖地的温柔之中。

两个月后，瑞尔菲格会计师事务所提交的重组计划草案终于获得了法院的裁定批准，这是一个里程碑式的胜利。然而，对于上海银桥广场项目来说，这只是新篇章的开始。在随后近4个月的精心筹备中，项目正式开启了复工续建工作。这标志着项目的重生，也是对全体参与者辛勤付出的最好回报。

国企投资人在政府的协调下被引入项目，又通过引入共益债的方式平衡各方利益，提高了项目的增量价值，盘活了存量资产。这是一个复杂而精细的过程，中间牵扯到了各种利益平衡。然而，在政府和法院的府院联动机制推动下，在瑞尔菲格林知夏、于潇等人的共同调和、努力下，最终最大程度保护了购房者、投资人和债权人等各方利益。

然而，庆功宴即将来临之际，一则新闻打破了原本的喜悦氛围——泰兴集团日前竟然选择在美国申请破产保护。林知夏静静地翻阅着关于美国《破产法》第15章的解读，试图深入理解这个决策。

尽管外界风波不断，瑞尔菲格内部的聚餐仍然如期进行。参加聚餐的有张琳英、林知夏以及瑞尔菲格团队在上海未出差的共计9位项目组成员。林知夏坐在张琳英的右侧，而于潇则坐在林知夏的右侧。

张琳英致辞结束后，几个年轻的团队成员围着张琳英敬酒，于潇和林知夏则坐在一旁聊天。于潇突然提到了泰兴集团在美国申请破产保护的新闻。她好奇地问林知夏："知夏姐，您有没有关注到泰兴集团选在美国申请破产的新闻？能不能给我分析分析？"

林知夏以一种客观而冷静的态度解释道："在应对泰兴集团这种大型跨境破产案件时，企业为了在美国境内的资产免遭诉讼，一种很常见的策略就是在多个关键的司法管辖区内寻求保护。比如根据美国破产法第15章，在美国申请破产保护。这种策略对于破产企业来说，既确保了美国及美国以外的债权人得到同等对待、避免不公平现象的发生，又有效地保护了企业免受债权人在美国提起的平行诉讼[①]，降低法律纠纷带来的风险。"

她轻啜了一口茶水，继续说道："一旦申请获得批准，'自动冻结'的法律机制会立即启动。在这一阶段，所有债权人将被临时禁止要求企业进行债务清偿，并且对公司提起的任何法律诉讼也将被暂停。简而言之，如果泰兴的申请通过，未来债权人如果在中国提起诉讼或者仲裁，将没办法直接执行泰兴在美国的资产。"

于潇听得目瞪口呆，喃喃自语："这岂不是让泰兴集团逃避了债务追责？国内的债权人和购房者岂不是成了最大的受害者？"

林知夏叹了口气，说道："的确如此。泰兴集团的负债，将由国内的银行和债权人自行吞下。这笔负债实际上会随着通货膨胀，均摊到我们每个人的头上。这是一个非常复杂的法律问题，涉及跨境破产、资产保护、债权人权益等多个方面。"

---

① 平行诉讼：指在两个或多个国家的同时进行的涉及相同当事人且具有相同或相似诉讼标的的诉讼程序。在这种情况下，不同国家的法院可能会对同一争议做出判决，但这些判决可能因国家间的司法管辖权和相互承认判决的协议而产生效力上的差异。

"知夏说得对。"张琳英加入了讨论,补充道,"泰兴集团的董事长早在数年前便悄悄在美国为儿子设立了一个庞大的信托基金[①],金额高达百亿。他选择在美国申请破产保护,我想其实是为了保护这笔巨额财富。"

林知夏冷冷地说道:"他明知道这样做会损害国内债权人的利益!为了自己的子孙,竟然可以如此不择手段地损害他人的利益。"

"幸运的是,我们成功帮助银桥项目公司渡过了难关。"于潇语气里有一丝释然。

"但这只是冰山一角。"林知夏语气中透露出无奈和沉重之感。还有无数个相似的楼盘和公司摇摇欲坠。那些购房人、债权人或许永远都拿不到本应该属于自己的房子和钱。他们的命运被泰兴董事长一己私利所左右,这实在是太沉重、太悲哀了。

今天是周五,林知夏早和宋筠安约好了晚上一起在宋筠安家里看电影。她喝了点酒,不方便开车,于是在饭局快结束时打电话给宋筠安,但没人接。饭后,她便直接打车去往宋筠安家。

宋筠安住的地方,是他父母两年前便为他准备好的婚房。小区坐落于上海黄浦区内环,绿树成荫,花草繁茂。

出租车停在了小区门口,林知夏下车,刷卡进去。此时,夜幕低垂,路灯散发着柔和的光芒,青石小径显得格外优雅,两旁的树木在夜风中轻轻摇曳,树叶发出沙沙的声响。花草清新的香

[①] 信托基金:一种资产管理安排,其中委托人(settlor)将资产转移给受托人(trustee),受托人以受益人(beneficiary)的利益为前提,按照信托契约的条款管理这些资产。信托基金可以用于多种目的,包括投资、遗产规划、慈善事业等。

气在微风中飘荡，弥漫在整个小区中，让人心旷神怡。

林知夏正惬意地往宋筠安住的那栋楼走去。她穿过小区中心的绿化区时，熟悉的声音从前方传来。那是……宋筠安妈妈李慧琳的声音，语气里带着明显的不满和责备。林知夏屏住呼吸，下意识地后退几步。

"我和你爸刚知道她是单亲家庭时就不同意！她竟然还是林斌的女儿！好有心机啊，瞒我们到现在。林斌欠了多少钱你知道吗？"

林知夏心中一阵惊愕。她和李慧琳见过几次，每次李慧琳都对她以礼相待，她并没有看出李慧琳真实的想法。没想到李慧琳对她的家庭抱有如此之大的偏见。

"妈，她没有故意隐瞒！林斌叔叔欠钱是因为受骗，未必没有追回的可能，他自己也还得起。以他的社会地位和跟你们的交情，你们有什么好挑刺的？"宋筠安的声音中透露出坚定的维护之意。

李慧琳并没有就此罢休，她继续说道："林斌这么多年对这个女儿不闻不问，你哪怕找她妹妹林伊然结婚都比她强，林伊然起码是个在父母宠爱下长大的健康的女孩。离异家庭出来的小孩，多少都有点问题！"

"妈！"宋筠安的声音中透露出怒意，"林伊然和她绝对没有可比性！"

"怎么没有可比性？女人何必要辛辛苦苦做事业？以我们家的条件……"李慧琳似乎还想继续劝说。

"您是想让我一生不幸吗？"宋筠安再次打断了李慧琳的话，声音无比冷冽、无比坚定，"我欣赏她、爱她，也离不开她。如果您想让我过得幸福，就请您对她好一点；否则，我会一生不幸。"

没想到宋筠安竟然能为了她如此反抗母亲。一股暖流顿时涌进了林知夏的心里，她也更加确信了自己的选择。

　　只听李慧琳叹了口气，恨铁不成钢地说："你……每次都用这种方式来威胁我，真是没出息！"虽然话语中带着责备，但林知夏也能感觉到其中的无奈和妥协。

　　"妈，您现在还不了解知夏，你们也没见几次。您了解她后，一定会像我一样喜欢她。我会和知夏的爸爸妈妈打好招呼，您和爸爸尽快准备提亲的事，后面的订婚流程由我自己来安排，该有的步骤一步都不能少。"宋筠安揽住了李慧琳的肩，半哄着说道。

　　李慧琳轻轻叹了口气，终于松口："我和你爸爸商量一下吧。"

　　两人的脚步和声音都渐渐远去。林知夏独自坐在路边的椅子上，抬头仰望天空，漫天的繁星闪烁着，如此美丽，如此触手可及。

第 39 章

生而为人，只为活着

　　林知夏和林斌约好了正式签借款合同的日子。这一天，阳光透过窗帘的缝隙，洒在客厅的地板上，天气异常晴朗。

　　林知夏事先已请律师准备好了合同。上午 10 点，林斌准时出现在门口，大抵是这段时间已经平复了心情，与上次相见时相比，他的状态看起来好了许多，黑色休闲装显得他精神不错，只是那深邃的目光里似乎还隐藏着一些难以言说的情绪。

　　和林斌一起到来的还有他的现任妻子乔嫣，她的着装精致而正式，淡紫色的西装西裙凸显出她窈窕的身姿，完全看不出是两个孩子的母亲。然而，乔嫣的脸色并不悦目，尤其是目光落在宋筠安身上时，她的脸色更是阴沉得仿佛覆盖了一层寒霜。

　　宋筠安上前开门，礼貌地和两人打着招呼："叔叔阿姨早上好。"随后，他将两人引入客厅。

　　林知夏在茶几边整理好几份借款合同，将其中一份递给林斌。

"电子版合同之前发过您,这份纸质版合同我已经签好,您确认一下。没问题就请您也签个字。"

林斌刚要落笔,乔嫣却突然伸手夺过合同,说道:"老公,让我来仔细看看。"

林斌任由乔嫣拿走合同。她细致地将手中的纸质版合同与手机里的电子版对照了一遍,提防着可能的陷阱。

乔嫣核对完无误后,林斌俯身签好字。林知夏一边整理着合同,一边慢条斯理地说道:"钱我会按照合同约定在一周内打过去。你们慢走,我不送了。"

乔嫣冷着脸,拉着林斌准备离开。林斌却拍了拍妻子的手,说:"你先下楼,我还有些话要和知夏说。"

"好,老公,我车上等你。"乔嫣点了点头,再次冷冷地看了一眼林知夏和宋筠安,然后出门离开。

林斌走到林知夏面前,缓缓开口,声音中带着一丝沙哑与沉重:"知夏,爸爸还是要谢谢你。你为了紧急出售这商铺,损失200多万元,爸爸听说了。"

林知夏一愣,随后轻描淡写地说道:"这不算什么。"

"你刚出生的时候,是那么小、那么粉嫩,别的小孩都是脏兮兮的,可是你既干净又漂亮。爸爸抱着你,发誓要给你世界上最好的一切。可是……这些年来,我却没有做到。"林斌停顿了一下,目光中流露出复杂的情绪,"我知道,这些年我对你不闻不问,是我做错了。我错过了你成长的每一个瞬间,错过了你需要的陪伴和关爱。每当我想起这些,我都心如刀绞。"

"说这些干什么。"林知夏声音轻轻的。

林斌闭上眼睛，似乎在回忆那些被忽视的时光："我……我一直想弥补对你造成的伤害，但我不知道该怎么去做。你小学的时候，爸爸妈妈分开，那之后一直到你大学出国，爸爸其实每年都会去你的学校看你，会去找你的每一个班主任，只希望他们能好好对你。可是爸爸不敢靠近你，怕打扰你的生活。我知道，这样的借口对你来说或许很苍白，但我真的……真的很后悔。"

"所以，你把对我的亏欠，都补偿给了林伊然。"林知夏笑了，笑容里渗出了苦涩。

林斌抬头，目光与林知夏相对时眼中泛起了泪光："你是我的第一个孩子，那时候我还不懂得如何做一个好父亲。现在，我只想告诉你，爸爸一直很爱你。虽然我没有表达出来，但我的心里一直都有你。"说完这番话，林斌仿佛卸下了心中的重担，他站起身，缓缓地离开了林知夏的家。

林知夏送他到了电梯口。电梯门缓缓关上的瞬间，林知夏突然开口："爸，以后别抽烟了。"

这还是林斌和夏忆离婚后，林知夏第一次叫他爸爸。

电梯门缓缓关上，林斌在电梯里轻轻触摸自己的脸颊，猛然惊觉自己的脸颊不知何时竟已经湿润。

他已经十几年没有落过泪了。

送走林斌，宋筠安注意到林知夏眼眶泛红，他试图转移林知夏的注意力，缓解她的情绪："快 11 点了，我们出去吃个饭吧。"

林知夏点头同意，走进卧室拿了一个小包，背上，又换上了外出的鞋子。

看到她仍旧情绪低落，宋筠安轻声安慰："你爸爸很爱你，我能感觉到，你也很爱他。慢慢地，一切都会好起来的。"

"这些年我和我爸打交道不多，可能我妈说我爸是个奸商，也是出于她的主观判断。如果我爸真是个奸商，也不至于被骗成这样，更不会有那么多的朋友。"林知夏苦笑道。她回想起张琳英曾说川威集团的投资邵总也是林斌的好朋友，欠下林斌不小的人情，还有徐海璎说林斌给班主任送银行卡的事，以及这一系列的事情。她突然意识到，自己对爸爸的许多判断，大多还是基于母亲的话。尽管林斌在感情上确实不负责任、出轨伤害了她妈妈，但这个人真的是一无是处、心狠手辣、唯利是图吗？似乎并不完全是这样。

"父母都有他们的难处。"宋筠安说道。

两人一起朝着小区外走去。他们走到附近商场，选了一家川菜馆，进去点菜，准备用餐。

"我打算让我父母去你家提亲，如果约你爸爸去你妈妈家里……我不知道这样做是否合适。"宋筠安试探着问道。

林知夏正在低头吃饭，听到这话，突然轻咳了两声，脸颊泛起了红晕，不知是因为咳嗽还是害羞。

"你这个大直男，这……你和他们直接商量吧，不要问我。我没意见……"她的声音渐渐低了下去。尽管提及婚姻让她内心仍有些许忐忑，但有宋筠安陪伴在旁，她对那不确定的未来和婚姻生活，竟也生出了几分期待。

"好。"宋筠安脸上是满满的笑意。

两人正在聊天，突然有人凑近，带着激动的语气问道："请问是瑞尔菲格的宋总吗？"

宋筠安抬头一看，称呼他宋总的是个看起来50岁上下的中年男子。男子头发已然有些斑白，稀疏地贴在头皮上，两眉却是浓黑如墨；眼窝深陷，一双眼睛如同枯井一般，深暗无光，眼帘厚重，微微下垂，一如井边的苔藓。男子右手还牵着一个怯生生的十二三岁的小女孩，正眨巴着眼睛看着两人。

"第一次来上海，居然就碰到了您！"中年男子双眼泛起一圈涟漪，像握住救命稻草一样握住宋筠安的手。

宋筠安脸色微变，他实在想不起这男人是谁。林知夏看出了宋筠安的尴尬，于是主动伸出手来，问那中年男子道："您好呀，我也是瑞尔菲格的经理，您是不是我们公司的客户呀？"

男子连忙握了握林知夏的手："您和宋总一个业务线的吗？宋总4年前来我们深圳出差，给我当时的公司做过破产清算业务，我们见过两次。"

宋筠安这才后知后觉地想起，面前的男人名叫梁文杰，4年前他去深圳做一家传统制造业公司破产清算的项目，彼时梁文杰是该公司的运营总监。随着科技发展，这些年大量这种传统制造业企业都因为无法跟上技术变革或为降低生产成本而陷入困境。梁文杰的前公司就是其中一家，它成本居高不下，技术和生产效率却没有跟上来，公司只得面临破产清算。

"梁总，那您后来去哪里高就了？"宋筠安反应过来后，立马问道。

梁文杰重重叹了口气："两位不介意的话，我能坐下说吗？"

宋筠安点点头："当然没问题，您坐下来说吧。"

"你先去找陈叔叔，爸爸一会儿就过来。"梁文杰指了指不远处一桌坐着的一个男人。小女孩懂事地点了点头,朝着那男人走去。

目送女孩在那桌坐好后,梁文杰才在宋筠安旁坐了下来。

"宋总,不瞒您说,我现在也是走投无路了。"

"您这话从何说起?"宋筠安问道。

"公司倒了后,我这年龄,您也知道,找了一圈新的工作工资都只有七八千,是以前的三分之一都不到,实在难以接受,我就没有再去找工作。我以为自己有些积蓄和人脉,就想到了创业。没想到这几年我自己的积蓄透支不说,欠银行的钱也越来越多。现在,我没有稳定的工作和收入来源,更没有能力偿还银行全部的债务。我现在想申请破产,我真的还不起这笔债务,我还有个11岁的女儿要养活。"说着,梁文杰远远看了自己女儿一眼,眼中泛着泪花。

"创业?您是开了公司吗?"林知夏问道。

"我,我没有开公司,我自己折腾些小生意,囤了不少卖不出又慢慢被市场淘汰的货……"梁文杰脸色涨红。

瑞尔菲格会计师事务所在深圳本来就有分所,宋筠安虽然人在上海,但有不少项目都在广州和深圳,对当地的种种法律条款了解得比林知夏更为深入。他即刻猜到了梁文杰的想法。

"您的想法是申请个人破产①吗？"宋筠安问道。根据《深圳经济特区个人破产条例》规定，符合条件的自然人可以选择进行破产清算、重整或和解。深圳目前是全国唯一可以申请个人破产的地区。

"是的是的，没错。"梁文杰连连点头，他充满希冀的目光投向宋筠安，"我问了好几个深圳的事务所，都说没办法帮我。您是大公司的专家，您觉得有希望吗？您……您能不能给我来当这个管理人啊？虽然只见过您两次，但我对您印象深刻，您是个好人。"

"管理人不是我一个人能当的，是要公司承接。我能理解您现在的处境和遭遇，但是想让我们公司接这案子……这恐怕很难。"宋筠安眉头紧皱，神情颇有些为难。

"您知道我为什么来上海吗？我不只向银行借了钱，还向当地一个企业老板借了一点钱。我还不上，他们就跑到了我家门口去闹，我只能把女儿带来投奔上海的朋友暂避风头。"

"那您太太一个人在深圳吗？"林知夏关切地问道。

梁文杰脸色瞬间如同蒙上一层厚厚的尘土，灰败得令人触目

---

① 个人破产：这里指的是深圳的"个人破产制度"。在深圳经济特区居住，并且参加深圳社会保险连续满三年的自然人，因生产经营或生活消费导致丧失清偿债务能力或资产不足以清偿全部债务时，可以依法进行破产清算、重整或者和解的法律程序。这一制度旨在规范个人破产程序，合理调整债务人、债权人及其他利害关系人的权利义务关系，促进诚信债务人经济再生，完善社会主义市场经济体制。债务人经过破产清算、重整或和解后，可以依法免除其未清偿的债务。这一制度为"诚实而不幸"的债务人提供了一种制度性退出路径，有助于其经济重生。

惊心。他沉声说道:"我太太两年前就和我离婚,带着儿子走了,我根本联系不到她。听说、听说她已经嫁人了。我现在,只想活着,和我女儿一起好好活着。"

林知夏心中一震,终于理解了梁文杰为何总是眉头紧锁,仿佛肩上扛着沉重的负担。如果梁文杰所说的都是真的,那么生活确实已将他逼向绝境。

"这样吧,我们加个微信,您把详细资料发给我们,我们先了解一下。"林知夏这话虽然说得模棱两可,梁文杰却大喜过望,立即加了二人的联系方式。

梁文杰离开后,宋筠安有些无奈地看着林知夏:"你别告诉我,你想去和英总说这事。"

林知夏不出宋筠安所料地点了点头:"能遇见就是缘分。我打算先自己看看梁文杰的债务和收入情况,做一下评估再决定。如果真实可行,我确实想问问英总。哎,我们先好好吃饭吧,这么一折腾,心情还真有点沉重。"她拿起筷子,继续用餐。

"即便梁文杰所言属实,他的情况你评估后也觉得可以申请个人破产,英总也不会批准的,你也不是才认识英总。"宋筠安斩钉截铁地说道,"我一年多前向英总推荐过一个找到我的濒临破产的小公司,那家公司能支付给我们的费用虽然不多,但恐怕也比梁文杰这案子的费用高了数倍,英总当时以回报率太低的原因毫不犹豫地拒绝了。现在这个案子,明显是赔钱的买卖。"宋筠安摇了摇头,不相信林知夏能说服张琳英。

"你去给英总推荐过项目?"林知夏一愣。

"当时就被否决了。那时候你也挺忙的,我就没跟你说。我想告诉你的是，英总不会做亏本生意的。"宋筠安神情有些无奈。

林知夏心中有些不是滋味，低头默默地吃了一会儿饭，又抬头问道："如果我们愿意额外加班来承担这个项目呢？借调几个实习生，成本也不会太高。"

"我觉得英总还是不会同意。"

"我还是想争取一下。对我们而言，这不过是增加了一些工作量，但是对于他和他女儿来说，这可能是改变命运的契机。"林知夏的目光投向了在远处吃饭的父女俩，"我知道，在这个世界上，每个人都活得不易，我们也不可能帮助到每一个人。但既然我们在这里遇到，既然他们向我们求助，既然我们选择了这份职业，我真的很难视而不见。那会违背我的良心和从事这份职业的初衷。"

"那你试一试吧。"宋筠安没有再继续打击她，但他的目光中依然透露出深深的忧虑。

第 40 章

我要有能做我自己的自由

林知夏次周二早晨去张琳英的办公室，拿着打印好的材料、债务人和债权人情况等信息给张琳英。她讲完这件事情之后，张琳英倒是并未直接拒绝，而是翻着手里的资料，沉声问道："这个梁文杰，是你的亲戚或朋友吗？"

林知夏摇了摇头："不是。"

"先不谈接这个项目需要耗费的成本和费用，深圳个人破产法保护的是'诚实而不幸'的人，保护的不是'老赖'。你莫不是又同情心泛滥，被人利用吧？我以前跟你说的话，看来你都没往心里去啊。"

"我这几天做过调查，梁文杰没有说谎，这些信息和材料我已确定是真实的。"林知夏解释道。

张琳英对林知夏信誓旦旦的话不以为然，也不想同她为这芝麻小事争辩。这些年来，林知夏越发了解张琳英的同时，张琳英也早已经摸透了林知夏的心性，知道她做事理性，但也心软、重感情。张琳英原本觉得这种情绪并不专业，但相处久了，也渐渐意识到重感情自然也有重感情的好处。就比如说，自打她 8 年前拉了林知夏一把，把林知夏捞来破产管理组，这些年来，林知夏始终坚定不移地跟着她，人前人后地维护她，完全和很多与她面和心不和的下属不一样。这让张琳英心里还是颇为感动。虽说张琳英心中清楚，林知夏这种"有过自己担，有功给老板"的做派，很有些职场里的智慧和技巧在其中，但她也没怀疑过林知夏对她的感激和感情，林知夏是个重情义的人。林知夏做事一直以来也都周到、靠谱，事事办得漂亮，这才成了她手里分量不一般的得力干将。

因此，无论心里多么地不以为然，张琳英还是态度温和地同她解释道："即便我卖了这个人情给你，承接项目也不是我一个人说了算。你也应该清楚，为了控制成本、控制风险，我们公司所有的项目在承接前都需要呈交公司审批。这种小项目，公司决计是批不下来的。"

"这……真的没有空间吗？"林知夏继续尝试说服张琳英，"英总，就像您说的，个人破产现在还在试点探索阶段。如果以后在上海，在其他城市推行，我们有这种项目经验在先，到时不是会比其他事务所更有竞争力吗？"

"知夏，你总是容易钻牛角尖。我给你一句忠告，宁愿花一年的时间搞一个大项目，也不要花几个月碰小项目。工作程序都是一样的，但是收益天差地别。我们是企业，不是慈善机构，企业是以盈利为目的的。再有，如你所说，个人破产方面现在还在探索阶段,也很容易产生纠纷,影响公司声誉。这几年我们所的破产业务口碑好不容易上去了,不要沾自己没有把握的项目。"

"英总,如果您愿意承接这个项目,我可以无偿去做。您配几个实习生给我就行,不会影响其他的工作。"

"你做事用不用脑子?感情用事会让你失去做出专业判断的能力。我早就告诉过你了!"见林知夏冥顽不灵的样子,张琳英脸色一沉。

"英总,我这几天分析过梁文杰的情况,正因为我做出了专业的判断,并判断这个项目可行,我才来跟您说。我认为这才是专业的意义。"林知夏说出自己的想法后,心里轻松不少,"我也见到了梁文杰和他的女儿,他们为了躲避债务,已经来到了上海。他的处境真的非常艰难,已经走投无路了。这个项目对我们来说是举手之劳,但能给他带去生存的希望啊!"

张琳英听后,眉头紧锁,语气冷冽地反问:"你就没有好好想想吗?为什么个人破产制度一直没能实施?欠债还钱,这是天经地义的事情——难道你没听说过这句话吗?你同情梁文杰和他的女儿,那谁来同情那些债权人和他们的家人?他们借出去的钱难道就活该收不回来吗?"

林知夏被张琳英的逻辑驳得哑口无言,心中却涌起一股不服之气。她也不知道自己哪里来的勇气,态度不佳地反驳道:"难道我们要拒绝所有的小项目吗?我一直以为瑞尔菲格是一家有社会责任感、有情怀的企业,难道竟然不是吗?"

张琳英的脸色瞬间变得铁青,她的耐心似乎已经耗尽,冷声喝道:"林知夏!你是不是这8年来过得太顺风顺水、开始飘了?!"

林知夏被张琳英前所未有的疾言厉色的态度吓了一跳,办公室的空气仿佛凝固了一般,弥漫着无形的硝烟。

"这件事情没有商量的余地。"张琳英冷声说着,将几张资料塞回林知夏手里,"你可以推荐这位梁先生去找其他的小型事务所。如果连他们都不接,那也不是你我能够解决的问题。现在,请你离开我的办公室,我要开始工作了。"

林知夏拿着资料,只能在张琳英冷冽的眼神中,默默地离开了。一种说不清道不明的悲哀和无力感从她心底涌起。

归根结底,无论薪水多么可观,本质上她也不过是个拿着固定薪酬、只配听命行事的打工人。她领取瑞尔菲格的报酬,获得了这里的平台和资源,必然也戴上了相应的枷锁。这世间的一切,都有它相应的代价。

在林知夏将自己无能为力的结果告诉梁文杰的一个半月后,梁文杰的微信朋友圈里突然发布了一条讣告,宣告了他的离世。

那是一个寻常的傍晚,林知夏和宋筠安正走在去吃饭的路上。林知夏漫不经心地刷着朋友圈,看到那条讣告时,顷刻间,她的双腿发软,仿佛失去了支撑身体的力量。就那样,林知夏摇摇欲坠地站在马路中间,整个人呆立在原地。

宋筠安察觉到了她的异常,立刻扶着她走到了马路边,关切地问道:"知夏,你怎么了?"

林知夏心中充满了无力与悲恸。她再也忍不住,抱着宋筠安失声痛哭。她感到心如刀绞,无论如何都不敢相信,那个曾经向她求助的人,就这样永远地离开了这个世界。

小人物的离世,当真是一点波澜也难以掀起。林知夏原以为这起自杀案会在新闻或热搜上引起一些讨论，但现实却令她心寒。热搜和新闻被某女星的出轨事件所占据，在一片八卦的喧嚣中，根本没有人关心这个在命运拨弄中挣扎求生却最终无果的人。

为了送梁文杰最后一程，林知夏专门请假飞到了深圳。她怀着极其沉重的心情参加了葬礼。现场庄严肃穆，气氛压抑得让人喘不过气来。在那里，她看到了梁文杰的前妻，一个脸色苍白憔悴的中年女人。她的左手边站着一个十六七岁的少年，面容清秀，但眼神中透露出与年龄不符的沉痛和哀伤。而她的右手则紧紧搂着那个曾经与林知夏有过一面之缘的小女孩。小女孩眼睛红肿，显然已经哭过很多次。

林知夏看着这一家人，心中五味杂陈。她主动上前，向梁文杰的前妻表达了深切的哀悼，递给她一个红包，并留下了联系方式。林知夏决定资助这个小女孩读书，直到她成年。

然而，即使做出了这样的决定，林知夏的内心依旧无法得到平静。这并不能改变梁文杰已经离世的事实，也无法消除她心中因梁文杰的离世而产生的自责。她永远无法忘记那天晚餐时，梁文杰那双如同枯井般的眼睛，以及当他听到她愿意尝试寻找解决方案时，眼中突然闪现的希望之光。每次回忆起那一幕，她的心都会感到剧痛。

这将成为她一生中永远无法抹去的记忆。

从深圳回来后，林知夏直奔夏忆的住所。夏忆正在厨房里忙碌着，调试新的咖啡品种，香气四溢。看到林知夏风尘仆仆地回来，夏忆有些惊讶，手中的咖啡勺停顿了一下。

"小夏,你怎么突然回来了?"夏忆温柔地问道。

林知夏站在厨房门口,目光坚定地看着夏忆:"妈,我想辞职。"

夏忆闻言,手中的咖啡勺轻轻放下。她走到林知夏面前,用手背轻轻触了触她的额头:"没发烧吧?怎么突然说这种傻话?"

林知夏深吸了一口气,眼眶微微泛红。她再次坚定地说:"妈,我是认真的。我想辞职。"

夏忆这才意识到女儿并不是在开玩笑。她眉头微皱,有点担忧地问道:"知夏,到底怎么了?瑞尔菲格这个平台多好啊,资源丰富,领导也赏识你,你的事业发展得越来越好,为什么突然想要辞职呢?跟妈妈说说,是不是有什么心事?"

林知夏摇了摇头,深吸一口气,将心中的想法缓缓道出:"瑞尔菲格的确是个好平台,它给了我广阔的视野和丰富的资源。但同时,它也束缚了我。妈,我现在不用担心生计问题,您也过得很好,我快要结婚了,宋筠安也对我很好。我觉得自己很幸运,没有任何后顾之忧。所以,我想去做自己真正想做的事情。我想要自由,想要有做自己的自由。"

林知夏说完,轻轻地抱住了夏忆,闷闷地说道:"妈,我知道这可能会让您担心,但我已经考虑了很久。我希望我能够追求自己内心的真正想法,去做那些让我真正感到快乐、感到有意义的事情。"

"你真正想做的事情……是什么?"夏忆轻声问道。

"刚来瑞尔菲格的时候,我并不知道自己想要什么。但是现在,我有了清晰的目标。我渴望挑战自我,渴望实现更高的价值。更重要的是,我渴望自由。留在瑞尔菲格,我或许能够成为另一个张琳英,继续为公司兢兢业业做着各种挣钱的大项目、赚取丰厚的薪水。但我仔细想过了,我并不想成为另一个英总,那不是我真正想要的生活。"

夏忆听了,眉头微皱,显得有些不解:"知夏,你怎么实现更高的价值呢?"对于林知夏的想法,她其实有些摸不着头脑,母女之间的代沟似乎并没有因为时间的推移而缩小。

"妈,我要辞职创业,去成立一家小型事务所。"林知夏目光炯炯有神,说出了自己在飞机上反复思考后做出的决定。

夏忆闻言脸色变了又变。一头是林知夏现成的百万年薪和触手可及的光明前程,另一头是可能一无所获甚至赔时间又赔金钱的充满风险的未知境遇。她张了张口,想要说些什么,却突然想起了8年前林知夏刚进入瑞尔菲格时的情景。当时,她也充满了担忧和反对,林知夏却对她说:"怎么坚持不下来?你怎么知道我不会成为一个不逊色于他的合伙人?"

那时候,夏忆并不相信林知夏的话,可能林知夏自己都不相信。而在这8年虽然艰辛却也步步生花的时光中,林知夏最终证明了自己。她的身上,真的蕴藏着某种巨大的能量。

"如果你真的想好了,就放手去做吧。"夏忆说着,调皮地眨了眨眼睛,"不怕,妈妈虽然是个普通人,但如果你真的受伤了、飞累了,想回来靠一靠,也是有你一口饭吃的。"

林知夏听后,嘴角不禁上扬,轻轻一笑,多日以来的郁结心情终于在这一刻得到了舒缓。她感到前所未有的轻松和愉快。

春风轻轻拂过,带着花草的香气和暖意,吹进了林知夏的家。

"妈妈,你看,春风拂过大地,这些花便都开了。尽管季节在更迭，万物在轮回，春风终是留不住的，但留不住的又何止是春风。但这些蓬勃的生命，它们却总有着向死而生的勇气和决心。"林知夏站在窗前，她的眼睛微微弯起，如同月牙，那双眼里仿佛藏着星光，藏着海洋，藏着花，藏着无尽的勇气和希望。

晚霞如同一幅绚烂的画卷，将半边天空染得金红交织，美得令人屏息。林知夏出门，看到宋筠安仿佛是踏着夕阳的余晖缓缓走来，修长的身影在金色的光线中显得格外美好。

她倚在门口，朝着他笑。

朝着岁月笑，朝着留不住的春风笑。

季节更迭，万物轮回，春风终是留不住的。

既然春风留不住，她便冷冷清清，踩着春色，大步向前，入夏又入秋，翻山又越岭。

听阳光喧哗，听花开，听人间，听渐生的白发唱出岁月悠远苍茫，听雪落下。

后记

人生,不是轨道,而是旷野

在写本书第一章开头的林知夏在上海市中心高层的客户会议室里看雨的那一幕时,我也恰好坐在客户的会议室,在2023年的那个夏天里。

那是上海外滩林立的某座高楼之上,也有远远望去窄窄的一条黄浦江和米粒大小的船只,有小小的看不清晰的车辆和行人,有会议室里说说笑笑的同事,有面前电脑中似乎永远也做不完的工作,有和小说中描述的一模一样的6块玻璃的大大的落地窗,以及窗外滑落的不知命运与归途的点点雨滴。那一刻,在我心里,突然涌起一股莫名的感动,于是暂时将眼前庞杂的数据工作搁置一旁。这段话便自然而然地从我笔尖流淌而出:

"她任眼泪在眼眶里打着转,只盯着窗玻璃外侧斜斜滚落的一粒粒水滴。水滴忽快、忽慢地划过玻璃,交织又分离,拖出长长的流星般的尾巴,落下,倏忽消失,不知滚落在陆家嘴的不知哪个角落,像极了他们的命运。

"一拨一拨地来,一拨一拨地走,风一吹就不知零落到了哪里。"然后,几个月后,这本书的初稿就毫无预兆地诞生了。

2021年,我的大学生活结束。在经历和我那一届所有应届生一样重重的笔试、面试后,我和林知夏一样,在迷茫又混沌的状态中,进入了一家极负盛名的会计师事务所。入职两周后,没有任何缓冲、学习的时间,事务所的忙季和6个项目迎面而来。从此,频繁出差,在客户会议室里忙碌到12点甚至凌晨一两点,每天像一根绷紧的弦一样地生活,我渐渐习惯。

会计师事务所实行项目制,这使我遇见了很多不同的人,领略了不同的领导和团队风格。在公司里,有太多和刘佳宁一样优秀的同事。

这里允许每一朵花以不同的姿态绽放,并不给人套上模具;也因此,尽管忙忙碌碌,每个人都有着如其所是的绽放方式。而我呢,在观察、学习这些形形色色优秀的人的过程中,在十几个项目的磨炼后,两年过去,感谢一切的痛苦与欢欣,也不再是当初的那个自己。

然而,人生从来不是一条既定的轨道,而是广袤无垠的旷野。

在某一刻,我突然意识到自己在这份工作里获得的成长开始呈边际效益递减的趋势,付出的时间和辛劳与日俱增,获得的成长越来越少,身体也以各种方式向我发出抗议。一番深思熟虑后,我知道自己是时候离开了。

2023年底,我离开了这家会计师事务所,从乙方跳槽到了甲方,加入了一家外资金融公司,开始了新的旅程。

我一向独立、爱折腾、极富主见。因此，未来是什么样、在哪里，谁都不知道，我也不知道。人生如旷野，不妨肆意奔腾。

但是，走进怎样的旅途中，真的那么重要吗？

就像我在会计师事务所的这段经历，我是如此感激这段旅程。可我所在的这个会计师事务所是不是极负盛名，真的重要吗？如果我去了另一家小小的事务所，服务的客户都不再那么光鲜靓丽，这段旅程难道就会因此而不美好吗？

重要的是，我们有什么样的心、用什么样的方式去看风景、如何面对这一切，如何在各种各样不同的土壤中、开出自己的花——哪怕小小的一朵，也很美好。

最后，我想感谢我旅途中的种种。

本书中瑞尔菲格会计师事务所纯属杜撰，书中的故事也多是阅读案例得来的灵感，和我工作的公司及具体事务没有任何关系。但我感谢我曾经在事务所的工作经历，它为我了解这个行业提供了强大的基础。

谢谢从事破产管理工作的李律师，在我写及修订本书的过程中不厌其烦地和我讨论种种破产工作有关的细节，给我提供专业的指导，让我得以尽量完善地呈现破产管理工作的真实状态。

谢谢我亲爱的爸爸妈妈，你们是我后方的港湾，更是我前方的榜样。正是因为知道身后有你们，我才能如此勇敢而毫不畏惧地迈出每一步。也是你们的爱和引导，坚定了我在职场中向上的生命姿态。

谢谢每一位读者，无论你们身处哪个职场、哪片江湖，愿你们也终在自己所处的土壤下酝酿，生芽，开出属于你们的花。